重 任

刁碧清 著

陕西新华出版传媒集团

太白文艺出版社

图书在版编目（CIP）数据

重任 / 刁碧清著. — 2版. — 西安：太白文艺出版社，2017.9（2025.3重印）
ISBN 978-7-5513-1243-1

Ⅰ. ①重… Ⅱ. ①刁… Ⅲ.①长篇小说—中国—当代 Ⅳ. ①I247.5

中国版本图书馆CIP数据核字（2017）第185351号

重任
ZHONGREN

作　　者	刁碧清
责任编辑	谢　天
封面设计	汇丰印务
出版发行	陕西新华出版传媒集团
	太 白 文 艺 出 版 社
经　　销	新华书店
印　　刷	三河市腾飞印务有限公司
开　　本	787mm×1092mm　1/16
字　　数	210千字
印　　张	13.5
版　　次	2016年2月第1版
	2017年9月第2版
印　　次	2025年3月第2次印刷
书　　号	ISBN 978-7-5513-1243-1
定　　价	49.00元

联系电话：029-81206800
出版社地址：西安市曲江新区登高路1388号（邮编：710061）
营销中心电话：029-87277748

自 序

　　人生漫漫路，看世间的千姿百态，那纷扰和繁杂只是一种生活状态，走过的一切都在回忆里淡淡地遗存着。安静地学电脑打字，坚持每天学文字的晚年，不心灰意冷，温润地过好每一天，努力地做好自己的事。偶尔闭眼沉思，让纯净的思绪游走着，感觉真是好。回味着一九六四年至二〇一四年的前前后后、悲欢离合，深感只有宽厚和包容，才能营造出一片融融春光。诚信友善延续了人们之间的长恨歌。虽然有眼泪，但也有温暖和欢笑，使其不断净化着自己的心灵。用知识沐浴，用良心去疾，心中有善，眼中有美，处事存真，这样的人生没有任何烦恼。

　　本故事是《重源》的续集，我用文字较为真实地记录了我和他们的后人，在一九六四年至二〇一四年期间关于事业、爱情、家庭、亲情、友情恩怨的故事。生命，任何人都在无情的岁月中度过，总有那么一些时刻，我们要鼓起勇气选择自己真实的生存环境。由此我通过此书写出他们做人的基本底线，善良温和的处事原则，以便能够启迪晚辈们迷茫的家庭生活。

二〇一四年十二月五日

目　录

我和老伴的日子

暴风骤雨造成的多次灾难已过。岁月如流，回首风雨，颇有一番滋味在心头，这便是我的人生之味。

我是自己飞进了他的"笼子"里，既然住进了"笼子"较为保守，最好也少折腾，这样我们夫妻便开始了艰辛的跋涉之路。往事历历在目，如浪花在心底涌动，世事沧桑，人情冷暖，或深或浅，或浓或淡，慢慢地将我心灵的空间充满，融进风风雨雨、坎坎坷坷之中。老伴喜食肉类，因为肉类使脑中色氨酸减少，大量食肉会使人越来越烦躁，哪怕是芝麻大点的摩擦，都能由浮躁转为愤怒从而爆发过激的行为。在他年轻时，肉类是凭票供应，食量少，对大脑没有干扰，家庭生活他也是任劳任怨。年轻时的我是玻璃情绪，受到一点环境或者烦心事的影响就燃烧，严重影响家庭生活的质量，但我自始至终都喜欢素食。生活习惯截然不同的我们，糊里糊涂地开启了生命的未来。

生命，我永远无法预测，不论将会出现什么，我必须挺起胸膛去面对。

生命像是一篇短小的文章，无聊的幽默，让别人去见笑，嘲讽。

生命像是使用的火柴，一根根地点起熊熊的火，照亮黑暗。

生命像是在奔跑的路上，懵懵懂懂地抱着小生命翻越。

生命像是在春耕夏耘，秋收冬藏，绿、红、黄、银中躲藏。

生命像是蜡烛，一夜一夜地燃烧。

生命像是一锅粥，一定需要慢慢地熬……

失意的阴影，曾经那么沉重，我们夫妻的人生在低谷中左右徘徊，在

1

绝望中飘摇不定，在艰难中走过了忧郁的日子，迎来了人生的黎明。

淡淡的往事，瞬间变成了无语的感动，而今我懂得了安然地度过晚年，安然就少有浮躁、少有烦恼、少有郁闷、少有惆怅。有了安然，少了安然，荣来安然，受辱安然，安然就能自找事做，生命才能鲜活。

本着广义的人类之心，所以宽容为怀地好好过日子。原本无爱情的我们却产生了最长久的亲情，女儿是我们之间最难取缔的纽带。盛年的我，也是我生命中最好的时刻，朋友、家人在原谅我的一切。

回望人生旅途的坎坷，夫君从小在家使唤佣人的习惯延续到我的身上。现在他被人遗忘，积习未改，依赖性强，我只能接受再接受，只有谅解和谦让才能排解我心里的障碍。宽容是增进心理相融的重要催化剂，丢掉长吁短叹，一脸阴云，满嘴怨言常戚戚，我只好在家庭生活中忍气吞声。在马大姐身上我学会了对自己的丈夫温良恭俭让，但温和不能让他视作软弱，个性本野蛮粗暴的我，转为温良性格后，重新唤起我和老伴之间的柔和，顿觉如释重负。

婆婆平反之后回到西安，站在她面前，我怀着浓浓的怜惜和敬意感。如今她已经落下严重的风湿关节炎，腿脚变形，每天需要涂抹满身的风油精。曾经为我们这个家操劳的婆婆，她那张饱经风霜的脸上刻记着岁月抹不去的痕迹，忆往昔，峥嵘岁月，如在昨天，清晰如初。想说的话又吞进肚里，风油精那个气味令我难以忍受，我看着为了儿子付出一生的婆婆，只好隐忍那怪味十几年。春夏秋冬、白日昼夜地开着窗户，勤洗衣物和被单，直到她老人家上了天堂，那种异味才彻底消失。

如今年老的老伴延续他母亲的传统，满身贴着伤湿膏药，那怪味升级到顶点，我建议他病要从内部根除，他暴跳如雷地指着我说："你已经到了日落西山的年纪，仍在嫌弃我！"

此时的我对他的偏见充耳不闻，我嘴里嘟囔着骂他："不可理喻的老家伙。"想想还是忍耐为安，转身离开他的身边。他随即笑着对我说："对不起，言过其实刺激了你，开开玩笑嘛。我听从你的安排，采购你喜欢的蔬菜弥补我刚才的失言。"

他上前拍拍我的肩，轻松快活，让我深切感悟到老来伴的实在意义。我们的婚姻磨合到现在，互相的感情远比"我爱你"表达得更加深沉，因为我们已经互为一体,你中有我,我中有你。看眼前手慢眼花、两鬓雪染的老伴,我才深切体味到互相关心、通心传递的重要。这时的老来伴感情更深沉,亲情更温暖,友情更执着,彼此牢牢地依赖着。

老伴一生坎坷,独苗的他六岁被祖辈使用调虎离山之计带离老家。一天之内发往长沙的十只货船在资江中破浪向前,姑姑带领他在其中一只装好茶叶麻袋堆的船上躲藏逃亡。船到了长沙,为了掩人耳目,姑姑去了广州,他由一位陌生人带到西安交与他父母。两湖会馆的学校不敢进去,由于语言不通,老伴一直到九岁才进入西安教会学校。"三反、五反"运动中,老伴在西安市东关七十二号的具有花园、楼房、地下室的家被没收,他遭到了退学,十五岁进入西安市东关二十二中学,成为住校生。改革开放时已是中年的他,获得父辈平反的资金,在老家江南投资办厂失利后,深感不是滋味,心里总是隐隐作痛,叹人情冷暖,世态炎凉。我只有开导他:"都是我们的心态造成的,忘掉那些无法挽回并且微不足道的事吧,不能因为受它干扰而失去理智,我们活在这个世上只有为数不多的年头了,总纠缠无聊的事反而白白浪费时间。"

他听明白了,心灰意冷地回答我:"人生无草稿,失去的时光不会倒流,将失败看成是交了学费,那是自己的命运。"

我故意夸他聪明了:"生活中的你我,再去沉浸在恩恩怨怨之中,就脱离了现实。"

我们明确地规定了互相制约,如果碰到烦恼事,有义务提醒三句话:"算了吧""不要紧""会过去的"。

他不安于现状、长吁短叹,他异常敏感,喜欢沉湎于往事的回忆中,口头禅时常是:"求人不如求己,他们掠夺我那么多的财产,公理何在?"

在这样的情况下,我往往忍不住大声对他说:"再不能用一种狭隘幼稚的认知方式,为自己营造可怕的心灵监狱,我觉得你是一个汲汲于物者,迷失了本性的人。"

他听得似懂非懂,伸着脖子看着我,我的声音又高八度补充道:"古人说,人欺天不欺,天意你死没药医,吃得苦中苦,方为人上人,失意时莫灰心,得意时莫忘形。"

他点头认可,继而不悦地回答我:"小声也能说话,何必动那高腔。"

这时我想的是，你既然耳聋，那我大声没错，我不服气却只能哑口无言，转头闭眼。他自觉无味地上前站在我面前说："我知道你的口头禅是稳健中寻发展，发展中不忘稳健，焦虑来源于自己的欲望和贪婪。"

我又睁眼对他微笑。

年老的他对世间浑浊的种种世态，已没有改变现状的能力，只好用玩世不恭的态度取笑周围人们身上的种种可笑之处，来发泄心中压抑的不满，吐出心里的不快。我理解老伴在少年阶段经历过较大的情绪打击，经过战火、土地革命斗争，他心理上产生了各种不适应。青年时期经历了人格障碍、贫穷、苦学、谋生计、政治运动，导致了他的偏执。中年投资失利，心中更是不平衡。青年人的竞争太过激烈，他妄想有机会重筑人生，但他心理素质软弱，整个人也力不从心。这也难怪，早已耳聋眼花的他，没有人愿费时间与他交流，因此他的内心长久积压着火气。他看不惯身边的人和事，笑话他人，可自己也让人轻视和嘲笑。偶尔我和他结成同盟笑话别人，取笑身边的所有趣事。我引导着对他说："人生苦短，开心就笑，不开心也要大笑或者轻声唱歌搅动肺活量。"

老伴若有所思地盯着我说："唱歌可以排除废气，大笑没有任何成本，却可以带来最大的红利。"

一听老伴认可我的说法，我赶紧迎合他说："面对周围的人要常常微笑，它不仅使你感到舒服，而且让别人感到愉快，用微笑去迎接每一天的生活，不但心情愉悦，还能增加亲和力，使别人更想与你交往。因为微笑发自内心，不卑不亢，既不是对弱者的愚弄，也不是对强者的奉承，它是老年人的一种修养。"

老伴不太支持我的见解，在室内踱步喃喃自语着，我疑虑地观察着他的神色开口道："你到底在说什么？"

他继续在房间来回踱步，若有所思地唱道："我想说，我不能说……"

我静静地看着他，听着他走调的声音，怀疑他今天受了什么刺激。
"先生，您能安静一点儿吗？"

他突然止住脚步停止唱歌，兴味索然地对我说："我自言自语自己解闷，你板着脸在跟谁较劲，都是跟自己较劲嘛。"

我点点头，知他心绪不佳、烦恼忧愁、情绪压抑、受屈生气时，想寻找人倾诉和交谈以求宣泄，这是一种调适情绪的有效方法，而他又找不到交谈的对象，所以自言自语也是宣泄的良药。我又对他伸伸大拇指说："自怨自艾之后，应由不高兴转为高兴而放松开心，因为生活并没有亏欠我们任何东西，所以我们没有必要总是苦着脸，科学论断说偏执多疑易得青光眼啊。"

老伴半信半疑地说："谬论，一个人的内心世界总是写在脸上。"

我赞同他的说法："一张阳光的脸就会打动更多的人。"

他和我一唱一和，紧接着说："一张忧郁的脸，就会让人如遇寒秋。"

我赶紧附和："一张脸的美丑，不可能由自己来选择，但是你的脸是否阳光，却是可以选择的，它影响着一个人的人际关系。"

老伴觉得我的话有弦外之音，瞧瞧我之后，双手握拳互相碰撞，心灰意懒地说："我们各抒己见不算耿耿于怀吧，人老了没权、没钱，没钱在亲友面前就没有尊严。"

我看见他出洋相的举止，笑出声说："金钱是身外的，地位是暂时的，健康才是自己的。真正的亲朋好友，理解各自的家境，是君子之交淡如水，老友常见心喜悦。"

老伴寻思了一会儿，点点头笑纳我的意见并伸出拇指道："高见，高见。"

天气突然昏暗，一刹那间闪电四射，雷声便隆隆地震响起来，接着下来阵阵大雨，水珠都跳进商铺，我赶紧关紧了窗户。上楼在床头闭目，一觉醒来已是下午五点，开窗一看，雨点渐渐地止住了，但院子地面的雨水较深，还没有退去，被微风吹着好像一湖春水。树上的叶子和地上的花草都被雨水洗涤得青翠，夕阳又出来了，晚霞烘托，空气更是非常清新。老伴身穿 T 恤短袖躺在客厅沙发中闭目沉睡，我想上前给他盖上薄被单，便轻轻地开门走下楼去。站在楼梯边看，雨后天气更凉，似雨前几倍的清冷。我正在思考前进还是后退加衣时，听见楼梯拐角处一声喟叹，我吃惊不小，回头一看，原来是老伴手拿我的披肩嘴里叮嘱着小心感冒，我对他回以微笑。我常在心中想，路途中多有风雨和坎坷，走到一起不容易，能有一个知冷知热、互相温存的"同盟军"该有多么难得。

对待老伴我感到汗颜，我总是将自己的思维方式强加于他，而且自以为是，不理解在我眼里看起来细小可笑的行为却是他的精神世界。我坐在离茶几较远的地方看电视，突然要求老伴扔一个橘子过来，茶几上只剩下两个了，老伴拿起一个橘子自己吃了一瓣放下，然后又拿起另一个橘子剥皮之后又吃了一瓣，我看见了摇头叹息，起身准备离开客厅。老伴上前温存地说："这个橘子甜，给你吃吧！"啊，原来如此，他把酸涩的橘子放进了自己的嘴里，把甜的留给了我。

我们每天早晨开店门都是互相搀扶着往前走，接着收拾花草，清理一直空闲的特大花盆，它原先是橡皮树的家，橡皮树在前几年的一场大雪中离去了。我给大盆里重新补上有机肥，栽上丝瓜秧，用竹竿做桩，再在竹竿上绑上绳子，绳子悬空在凉台，几天之后发现变化很大。在院子里邻居的眼中，瓜苗渐渐长大，瓜藤一天天慢慢地沿着竹竿往上爬，爬到竿顶，又顺着绳子爬，藤上开始出现像短棍似的瓜，顶着尖尖的花蕾，不几天花蕾开出黄色的花朵，瓜也长大，瓜在大家的欣赏和关注下开始走出家门。门外有敲门声：

"奶奶，我吃方便面没有蔬菜。"是门外邻居小慧的声音。

"折一个丝瓜吧。"

"大妈，我做的鸡蛋汤需要一个丝瓜。"

我站在凉台高声说："邻居们，只要你们喜欢吃丝瓜，不用打招呼随便折。"一进院里就见到绿色的丝瓜藤，仿佛是一道道绿色的丝带悬空在绳子之上，藤叶在楼前形成了一条绿色通道，充满了无限的生机。邻居们夸这是老有所为、延年益寿的活动。我不停地收到"谢谢大姐""谢谢大妈""谢谢奶奶种的丝瓜"这些回应。

老伴出门散步购买日用品，我走进茶叶店，一杯清茶于手，让缕缕香茗冲淡心中疑云，使忧郁远去，让快乐萦绕。茶叶之疗效贵在使人静心、解疑、转悲为欢、转忧为喜。茶叶化解心中之郁气，理疗心中之伤痛，使心情变得冷静、安详，将一切烦恼与忧郁置之度外，让心灵复苏，让希望再现，让快乐与我同在。

我与老伴傍晚上楼，进门打开电视收看新闻节目、少儿节目和《动物世界》栏目。有幸福甜美的回忆，自然也会有痛苦辛酸的往事。我们虽然吵吵闹闹折腾一生，磕磕碰碰过着日子，但是日常生活中互相勉励、互相体贴仍能厮守到老。尽管那是很不愉快的题目，但总有勇气去触及，感悟到人终究要化为泥土与大自然融为一体，明白了这一点，我便坦然。一天天步入老境，我的心却是年轻，虽然人生的车轮驶入生命的秋季，身后抛下一条弯弯曲曲的生命弧线。我不富有，我不尊贵，但是拥有一个健康快乐的心境。心灵没有重荷，我轻松淡然，换一种心情来欣赏我的暮年会有一个全新的感觉。暮年的人生没有边缘，只有终结，七十岁后还有很多很多的明天，明天的多少全靠我用心延续，生命的船载不动太多的物欲和虚荣，要想继续扬帆前行，应果断放下无缘的东西。陕西老年杂志中有句名言：自知则明，明而安，安而康，康而寿。每天相扶携手就这样往前走。

当旧友在手机里沉重地发出那声"老啦"的叹息时，我正坐在店里专心致志地摸索打字，敲打键盘，那声叹息像一把锤子重重地砸在我的心上。青年时期的我对这个未知世界充满了好奇，中年时有为了生存、责任、苦战、苦熬的悲壮。在这繁华城市的背后，是我时刻紧绷的神经下逐渐脆弱的心灵，是时候停下匆忙的脚步了，而锦绣年华在混沌中已经闲过，如今都像梦境一样不真实了。年轻时的我常把应曲者直之，把宜隐者露之，自以为襟怀坦荡，一味地心直口快全无遮拦，落了个有勇无谋；今天老年的我有点儿谋了却无勇，落了个害怕惹事的性格。

而今对物质名利一切都熟视无睹，但也不能让自己喜爱的电视片一点一点吞噬我的斗志和激情。所以我忙碌地整理《重源》书稿，泛舟书海，写点感受打发时间，感谢孩子们给我空间，给我安然与甜蜜。人们常说，儿大三分客，成家以后的儿女，老人不要参与他们的生活，工作的重任让他们自己去摸索，虽是一时难以改变，尤其是他们处在这个开支猛增阶段的国度中。社会在进步，经济在发展，可供他们选择的机会愈来愈多，尽量少给他们增加负担。现实的生活使我与他们拉开了距离。而我是追求宁静，喜欢独处的，比如下雨天打着雨伞漫步在小巷，喜欢淅淅沥沥的小雨拂面的那种感觉；喜欢在泥泞的小路上隔着雨帘端详周围的一切；喜欢在这样的环境中思考问题。风雨中自己脚下的枯叶沙沙作响，拜拜兴善寺内的"南无阿弥陀佛"，闻闻供香真是飘飘然然。多时作

《重源》，静静地独自享受茶叶香，自我感觉生活得很充实。自己经营自己的店，不用和任何人商量，顾客和进店的人就是我的知己和信赖的人。一种出乎意料的幸福感，写作像大江日夜在我身边奔涌，而今我的座右铭是：人生最美好的一切就是当你停止生活、生存时，还能以你自己创造的一切继续为人所用。

　　属于自己的时间有限，想说的个人体验很多，想写的事情一起往我心中的大门拥挤。我珍惜它们，尽情地接纳言说，于是便格外的忙碌。忙碌可以让我信心十足，思维活跃，富有创造力；忙碌给我力量，让我充实；忙碌给孩子们带去放心，给我带来欢乐，我尽情地享受忙碌。忙碌真正地给我以心灵沐浴，推动着我继续写作，写作对我来说似爬大山，刚开始费大力气，继续往上爬，实在疲惫不堪。《重源》落笔后出版，我没有惊心动魄的宣言，但我锲而不舍，一些困难的大墙很快筑成，又很快被摧毁，我凭借自己的执着，以老年心态写下人生经历和不少同龄人的待人接物之道。

　　《重源》就像是我溢满肚子的苦水慢慢往外吐，淋漓尽致地吐光所有的恩人和怨人。《重源》是我大胆地发牢骚，把满腔烦忧宣泄出来，倾诉自己一吐为乐，解开心结写下的感受，排解藏于心底的闷闷不乐。可它的背后却酝酿着许多快乐的真谛呢，将我所有的沮丧、烦恼、痛苦、憋屈都写了出来，在这个过程中，是我淡化悲痛的初衷。一篇文字就此完成，发现原来生活可以如此阳光明媚，原来牢骚的后面还有更多芳香浓浓的文章啊。上帝是多么的公平，在给我痛苦哀伤的时候，幸福快乐也紧随其后，给自己一片自由开心的天地。我突然又感到寂寞了，身边也难遇见一个可以尽诉往日辉煌的知己，真是莫大的悲哀。

　　但我也很庆幸，孙子大少送我一个手提电脑。"门外日光弹指过，久日茶庄间度坐"。电脑打字给我带来的推动力和轻便，使我奋笔疾书，深感这也是一种艺术的享受，把自己的所思所想，全部的心声全部尽情尽兴地输入电脑。为此我敲响键盘，内心境界受益无比，我回忆并诉说身边人们的真诚、善良、珍爱、因果、宽厚、包容、友谊的短篇故事，就这样在"土壤贫瘠"中诞生并开篇。

孙女向我讨说法

　　我虽七十岁,但随心所欲地进出北京和西安却很自如。我的老伴儿、女儿和孙女给我以体恤,始终保持宽善相迎的最高待遇,但我深感愧疚,对他们我的内心深处一直有种没尽到责任的亏欠感,尤其是小女夫妻最需要我的时候。他们是在二○○四年初,因引进人才调入北京,人地生疏,家庭生活受苦受累,我没有在他们夫妻身边提供一日三餐,整理收拾,让他们全心全意地熬过那一关,未能和他们一同排忧解难,共居一堂,但夫妻俩从未有过怨言,我更深感自责。

　　在北京住下来后,我亲身体验感触颇深。忙碌的夫妻俩工作之余崇尚自然,周末常常走出去轻松潇洒一番,带领我和老伴参观北京市的名胜古迹、各个景点,甚至延伸到郊外,凤凰岭温泉中心、龙泉寺庙、植物园、动物园……我们都崇尚简单的饮食,自然的生活方式。在周末的清晨,六点钟声响起,"起床,起床"响彻每个房间,紧接着"早上好,早上好,大家辛苦了"的问候声传入耳膜。我们各自将卫生间、客厅、餐厅收拾完毕,七点半早茶结束后坐到车里,钧植作为司机稳妥,小女服务周到,我和老伴、孙女尽情地享受。

　　今天的目的地是北戴河,从北京驱车走京沈高速公路,经过三个多小时的车程来到秦皇岛,北戴河透出一股高深莫测的感觉,它在中国政治史上的地位非常特殊。穿过松林成荫的走廊,住进如诗如画的海岛酒店,推开窗子一看雨停了,天边出现了一道彩虹。站在凉台上,我远远望着那彩虹渐渐地越来越近、越来越亮,想起了小女三岁时从老家湖南接回西安的情景。她浓重的乡音,小伙伴怎么也听不明白,小女常常被小朋友们嘲笑甚至受到欺负。姐姐们告诉她说："跑到雨后彩虹出现的地方大声叫喊就能学会西安方言。"她信以为真，于是每当雨后便照做，并很顽强地坚持下来。如今的她，对湖南、西安两地方言熟能生巧，嘴吐的还是京腔。一个真正的强者，一个真正懂得生活的女孩，她默默地耕耘，在寂静中绽放。我惊异地发现，小女虽生于忧患，但现已安居乐业，在北京这个漫长的征途中处于弱势的她练就了适者生存的能力。她能把自己融合于不同阶层的不同人中，既有恒心又有细心，勤奋、待人宽厚、乐善好施地营造了一个融洽、和谐的人际关系。她懂得充分发挥性格优势，受到领导赏识，一步一步地走上领导岗位并稳坐头把椅子，这是她的人格魅力发挥了巨大作用。事业孩子两不误，家庭和谐温馨，比如小女家中家政人员来源较杂，整体素质不高，但她实行灵活、巧妙的战术避实击虚，当机立断地调换家政人员，也少不了丈夫和她的集思广益，终于迎得大功告成。外孙女已上幼儿园大班，成了一棵苗壮的小树苗。

自从有了孩子，小女脾气秉性改了不少，心境保持在一种平静、豁达、稳定、乐观的状态。她的刚柔相济内心敏慧，为她创造了生存的环境。她那宁折不弯的个性显然收敛了不少，在娘家时，她一直是一个不重要的幺女，此刻却由灰姑娘变成了一位淳朴而不失文雅的少妇。而今，眼前的小女矜持端庄，有着柔情和温良的母爱，凭借自己在北京的事业，沉淀了内心，把忍受变为享受精神乐趣，物质的欲望压低再压低。我开心她能懂得把自己的家庭营造得如此温馨。"奶奶走呀，观海台。"孙女的叫喊声打断我的思绪。

我们在海边漫无目的地走着，海浪拍岸，海水被分离为无数雾珠，美不胜收。面对大海极目眺望，心旷神怡，无边的大海，金色的沙滩，海鸥在身边鸣叫、在头上盘旋，海水在咆哮滚浪，海带的腥味阵阵扑鼻而来。看着来往人潮，流连于绵延在海滩上五花八门的特色小摊，时而温和时而凶猛的海浪，变幻无常都近在咫尺。

我们离开海滩，来到鸽子窝公园。小婿租借两辆自行车，他带领一辆骑坐在前，我骑坐中间，孙女坐在最后面，另一辆小女骑坐在前，老伴骑在后面。全家齐用力，配合默契地奔驰在北戴河的大街小巷，绕城一圈，成了醒目招摇的一道奇景。人们驻足羡慕观看，唏嘘赞叹，我们五人在人们的祝愿声中，更有次序地律动，处处有节奏，在这节奏之中五人就是一道风景，活泼温暖如春，快意无边，人们再次称赞我们是欢乐、有着积极气氛、充盈着美好的一家。这样的运动令我百倍喜欢，令人如沐春风。

看着满头大汗、笑容满面的小婿，我心满意足。人们常说，一对夫妻爱得有多深，能接受双方的父母是最佳验证。由此说明我的女婿们对他们的妻子爱得愈来愈深，小婿对他妻女说，父母是身边的活菩萨，要从心底孝顺。小婿对我们体贴入微孝顺真切，入睡之前天天雷打不动地陪着老伴下三盘棋。早晚见面他们三人都是笑眯眯的，小婿也像他姐夫上锋、圣凯一样，实际承担了一个儿子的责任。因为他们心中的真爱是一种潜力，只有互相深爱，才能使他们的家庭保持和平与安宁。谢谢女婿们、女儿们对我们老两口的悉心照顾和孝敬，我是人间最幸福的岳母。

小婿在北京凭他的文化底蕴，兢兢业业，对人谦和、勤勉得以生存，蕴含他智慧和心血的家庭生活稳定。这都是他在现实生活、工作中练就的本领，他绕过无数险滩和暗礁，站稳了脚跟，不惧困难，懂得如何保持自在之心。同时在北京他还具有一般人少有的根本素质：对人情世故的洞察力，以及处理事情的稳妥周全。他胸怀坦荡，身边有许多志同道合的同事、同学互相帮衬。处理人际关系方面博大、仗义、善举的行为不胜枚举，也从未动摇过自己的决心。夫妻、亲友之间以诚待之，敬重长辈。他的气度和雅量对他的家庭来说是幸福的源泉，包容出了一个和谐美满的家庭。

我们的孙女小晶晶生长在这健全的家庭中，使她在成长中有了最重要的保障。有时父母语言不和有纠纷的时候，她能起到调和的作用，她在有父母爱的浓浓氛围中成长不受拘束。一天，晶晶的父母因事发生争吵，双方互不妥协，此时她表现得特别乖巧，赶紧逗父母高兴，站在他们中间小手掌举得高高做了一个裁判的动作并吼叫："停！"接着把父母双方的手拉在一起，让他们互相道歉，双方必须回答没关系才能放开。稍后当妈妈抱着枕头被褥往书房走时她看到了，使劲把妈妈往卧室里推，然后关起房间的门说声："祝爸爸妈妈团结友好，相亲相爱，给我做好表率哟。"她小小年纪的举动令我惊讶得张大嘴，她的举动最能打动父母的心,我们的晶晶是父母相亲相爱的黏合剂。

在这个知识经济的时代,呆板的我也懂得思考小晶儿的学习、健康、成长的重要性,支持他夫妻对家政优选,目前的家政各方面素质起点高,价格也不菲。

在北京我和小晶儿之间发生了冲突,但令我心悦诚服。起因是我协助家政在卫生间给小晶儿洗澡时,晶儿的爸爸恰好外出回家,家政即出卫生间给钩植开门,小晶儿也迫不及待地跑去见多日在外的父亲。因为她一丝不挂,我急中生智紧紧抱住她,她反抗乱踢乱蹬想挣脱我的手,我用劲使她没能挣脱出怀抱。家政小张进卫生间批评小晶儿不应该对奶奶无礼,晶儿恼羞成怒,对准小张一脚踢过去。我抱歉地对小张说:"别介意,她还是个小糊涂虫。"脱口而出的话引起了小晶儿强烈的愤怒,她不依不饶,反抗剧烈到我和小张难以控制的局面,我们无法继续洗下去了。小晶儿一边抽泣,一边砸门,继而大声呜呜地哭起来,弄得水哗哗作响,整个卫生间爆发了大战。她一边哭,一边喊爸爸,钩植在门外心疼晶儿,急问:"怎么啦?怎么啦,宝贝?"他一直站在卫生间门外不停地喊女儿的名字。

只听到小晶儿委屈地哭诉给父亲:"爸爸,她是一个什么奶奶,怎能骂我是个可怕的虫呀。"

我恍然大悟立即道歉并说:"对不起,我的比喻不恰当。"任凭我和小张怎么解释也安抚不了她,她怒不可遏,拒我于门外,拧着眉,气得倒抽冷气,怒发冲冠,甩门而去。这是我始料不及的,没想到后果是这样的难堪。两个小时过去了,也未使她消气和平静,她父亲更加无能为力,小孙女的心里被愤怒塞得满满的。她不吃不喝坐在我对面讨说法,我用尽柔软的话语仍不解她心头的愤怒。小女下班巧妙地对她女儿说:"晶儿,那是奶奶对你爱的一种表达方式。"说完仍无济于事。小女和她丈夫开家庭会研究对策,决定由晶儿主持并先发言。我们六人围着茶几坐下,孙女的一只小手撑着下颌,另一只小手指有节拍地敲打着桌面开口:"今天的会议主要是批评一个人,她就是我奶奶,她犯了大错误。"

钩植问他女儿:"奶奶犯的是什么错误呀?"

小孙女一脸严肃地回答道:"骂人!我本是一个小宝宝,怎能说我是一个可怕小虫呀。"她把眼光对准父母,满怀期待他们会狠狠地批评奶奶,结果令她非常失望,因为父母一直看着她并没有指责奶奶的迹象,她摇了摇头,那个样子可爱极了。晶儿模仿幼儿园老师的举止,无可奈何地摊开双手低下头。我暗暗地笑在心里,在座的都忍不住笑,小孙女发现后借题发挥站起身来大声道:"开会不准笑,奶奶做检讨。"她的小手托着腮帮静静等我做检讨,我只好苦思冥想怎样用词给她听,才能消除她心中的不满。我想出一个很美很美但不着边际的词语,按照她的理解胡说八道地比画,让她能异想天开,创造一点能找到美感的空间,便说道:"糊涂虫是美女的化身。"她听后特别高兴,心里甜甜的,欢呼雀跃地扑倒在我的身上,按住肩膀和胳膊,一下子缓解了我们的冲突和隔阂。想要和孙女亲密,只要给她带去一颗宽容的心,立刻便看到了她美好的心情。她天真地仰着头神秘地对我说:"奶奶,我有一根仙女魔法棒和糊涂虫一块跳舞,红红绿绿的。"她的话使我突然间觉得应顺着她的逻辑,赶紧跟上她的思路,但我实在跟不上,只能承认自己无能,但也不能说她不对,绝对不会轻易说出"这都是瞎说"的话。如果因为她说的事和讲的话,永远都不能跟自己在一个逻辑的起点上而否定她,就是关上一个天才的大门,我得顺着小孙女的思路。

她的智力发展很快,善于察言观色,做事认真专一,记忆力特强,我深感在小孙女面前显得粗笨。祖孙的观念和知识本就有差异,我只能承认自己在信息时代的无知。没有亲手带养拉开了距离,看着她聪明、可爱和执着,我流下的眼泪不是感动,不是欣慰,而是内疚。真对不起她从小在陌生人的怀抱里成长,小孙女弄不懂我的眼泪,抬起稚嫩的脸默默地看看我,又低下头捧着漫画书专心致志地看下去。她又突然抬头问我:"奶奶,您是不是在想三哥呀?"是的,我和小宗宗的关系就像阳光照着小草,小草依恋阳光。我和小宗宗亲密无间的拥抱,有过多少次的开怀大笑,可是和小晶晶却没有,这完全是我的错,顿时我的泪水像打开自来水龙头般夺眶而出。我站起身冲到她面前,弯腰把她抱起来,紧紧搂在胸前,来回走在客厅、卧室、书房、凉台,甚至走出门外站在楼道上,又把她背在肩后到花园奔跑。她天真烂漫地让我等下,她背背我,当我双手搭在她的小肩上,她快步往前我没跟上,小晶晶立刻开心地笑了。她这一笑气氛似乎轻松愉快了不少,我们一块玩拼图游戏。晚上她主动让我陪她睡在床上,要我讲她三哥曾在西安的故事,看到她乖乖地上床,我俩互相亲密地拥抱躺下,我慢慢地对等得心急的她讲:"你三哥很有爱心,你妈咪随时教导他对爷爷、奶奶、外公、外婆、爸爸、妈妈、姨夫、姨妈、哥哥、妹妹即身边所有的人都要有爱心和礼貌。"小晶晶认真地对我说:"奶奶,我也和三哥一样对身边所有的人有爱心。"

我拍拍她说:"真是个乖宝宝。"她笑脸扑在我胸前等下面的话,"当我、你妈咪和三哥走在街上看到那些蜷曲在街头巷尾衣衫褴褛的乞丐时,你妈咪和三哥充满怜悯之情,乐善好施,你三哥让我也递上钱去。还担心我给的那点钱不够买饭吃。"小晶晶和她三哥问同样的问题:"他们的爸爸妈妈为什么不管他们的孩子呢?"我只能对幼小的她说:"你还小,长大了就知道了。"她似懂非懂地点点头。

"你三哥很善良,有一次我到幼儿园接他路过花园,他惊奇地发现一长阵蚂蚁搬家,伏在地上看了好久好久,当我拉他起来时,他却兴奋地对我说,报告奶奶,我发现蚂蚁有六条腿,它们还能搬动比自己身体大好多好多的食物呢。这时小朋友冬冬用脚踩死蚂蚁,你三哥上前微笑着对他说,冬冬,别用脚踩死蚂蚁,它们的妈妈在家等它们搬回食物做饭呢。你三哥用微笑感动了冬冬,他愉快地加入到护卫蚂蚁回家的队伍中。"小晶晶抬头对我说:"奶奶,我以后也要用微笑对待身边的小朋友。"我表扬她真是个乖宝宝,她露出开心的笑脸要我继续讲她三哥。"你三哥也有委屈的时候。星期六的晚上,我和他睡在一起,他躺在被窝里看书,已经快十一点,在未曾告知的情况下,你妈咪拉熄了灯。你三哥先是抗议,继而竟哭了起来,说想看看白骨精到底被打死没有,你妈咪又拉开灯说:'再给你十分钟看完。'果然几分钟后你三哥主动拉灭灯入睡,并说了声奶奶晚安。"小晶晶坐起身轻轻吻我脸颊一下说:"奶奶晚安。"我看着她进入梦乡,露出甜甜的笑容。我心里的压抑似冰雪消融,看着她安详熟睡的模样,心里好涩好酸,她的头仍枕在我的臂膀上,我慢慢抽出被压的臂膀,把她的头轻轻地放在枕头上。

关了灯后我没有睡意,心里隐隐作痛,孙女向我讨说法,对我间接是嘲讽。类似的事情使我明白,孩子虽小,但他们有自己的主见,我不能凭主观臆断去强制他们服从，这样会伤害孩子的感情和幼小的心灵。

人老了，走到今天懂得了一切的无。孙女站在生命的起点，还不知道一切的有，孙女是简单的，她不知道也不用多想，天塌下来了，仍然无忧无虑地玩耍，小脑袋永远装着奇思妙想。

雨过天晴的上午，孙女站在高台看着天边一朵朵飘浮的白云，自说自话，沉浸在自己无边的想象里，一脸的向往和陶醉，我没有忍心打断她。她的想象力是我们的未来，不能用我的思维去约束她想象的翅膀，不能用我所谓的标准答案框住她的奇思妙想。她的想象力是一种珍贵的能力，尽可能地给她一个独立的想象空间，让她的想象力变成一颗美丽耀眼的宝石。孙子、孙女原来都有相同的心思，真爱你们，给了我馨香满满。

北京的朝阳公园

　　我随家政送小晶晶进了幼儿园，北京入夏，天气比西安凉爽，自己散步十几分钟的路程就走到朝阳公园。公园里到处是读书的，看报的，摇头晃脑、如痴如醉、大声唱歌弹着吉他的，还有拉手风琴的。在环绕湖边的人行道上，一圈一圈走着已经发福和正在发福的男女老少，我便找个清凉处坐下来欣赏园中晨练的人们，他们个个拿出看家本领，真是八仙过海，各显神通。

　　初夏的公园美得如梦似幻，迎春花的嫩黄早已过去，湖两岸的垂柳从如烟绿变成了墨绿，真是绿波带烟。远处飘来了美妙的交响音乐声，我抬头循声望去，原来是某外联承办的，横幅标语写着"举行盛大的露天舞会"，我使劲地穿过人群，快步到舞池旁边驻足观看。我猛然看见夏苏敏夫妻在广场舞池跳舞，便走到舞场的隔离网边坐了下来，一只手撑着下巴，专注地欣赏他们的舞姿。夏苏敏是严谨的博士生导师，指导的学子水平出类拔萃，他自然赢得了无数校友的尊敬。他善于以品质优良的前辈为榜样，通过他自己的行为，通过他自己的心，不论是教人知识，还是做人，都给大家树立了榜样，赢得学校里的师生对他深深的敬意，从而被学校留任在岗担当重任。从陶醉中醒来后的夏苏敏看见了我，停止舞步朝我走来，我上前迎着他们夫妻，却见他们身后跟着一位中年男士，身穿运动衫，仪表俊美。那位中年男士疾步上前拉住我的双手说：

　　"'百灵鸟'老师好。"眼前的他是夏苏敏姐姐的儿子，叫毛毛。

　　夏苏敏对他说："叫姑姑呀！"

　　我摇头对夏苏敏反驳道："夏兄，您错了，毛毛应喊我姨。"

刘大姐手拉着一位穿着真丝裙装的女孩清纯可爱,她站在大姐的身旁目不转睛地看着我,甜甜地一笑,脸上现出温柔而天真的光辉。大姐反对她丈夫教毛毛对我的称呼,便说:

"对,应该喊姨妈呀。"她显然听见我的声音并同意我的建议。

刘大姐回头与那姑娘用英语交谈后,那姑娘用英语对我称呼:"姨奶奶,您好,见到您非常开心。"

刘大姐翻译后,那姑娘又笑眯眯地说:"爷爷、奶奶常提起您,爸爸和姑姑非常想念您。"

我主动上前拥抱她,明白了她是毛毛的女儿。此时的我直觉心里有些不安,没见到夏姐的女儿有点失落,也许是因为与过去的生活遥远了,但还有那么一丝留恋。青年之谊是次于血缘亲情的人际纽带,它随着时运构成了我们生活的斑斓色彩,岁月虽能冲淡它的浓度,但却永不能抹去它深深的印迹。

五十年后当他们相约在北京再见时,我感到很羞愧,因我已不是当年的容颜和浪漫。我没有进过大学门,甚至连高中都没有读完,虽然在必填的表格中写的是大专学历。当时我心中有不少顾虑,他们两人各是有成就的名人,高文化高素质的夫人,会不会借此机会炫耀他们的地位和身份?本质是不是怀旧?我没有成就,身份低微,羞于相聚,心想人生这一课是永远补不上的,当时没有十足的信心到北京,一直顾虑重重。

当我们再次在约定的时间、地点相见时,我仔仔细细地端详,发现他们的模样虽然变了,已不是青年时候的样子,但没有变化的是他们与生俱来的率真,明显地写在脸上。他们使我的记忆复活,当年我们在张庄的情景一一浮现在眼前。想着那些年轻的岁月,曾经的欢笑和喜悦,那是我们最有感觉的时候,当年太张狂的我,以至于他们还都记得。现在的两人,一个是国家栋梁和社会主心骨,一个是教育界有突出贡献的文豪,我的学生也是新闻界的名人。已步入老年,无法望其项背的我,真的是需要他们怀旧?然而怀旧的一切都是那么美好,即使是曾经让他们无法忍受现实的我,我无颜面对在互相爱慕的基础上,情感根深蒂固的李浩然和夏苏敏兄长。原谅我吧,是责任让我匆匆忙忙走过五十年来的人世风雨,当我把婚姻作为生命唯一依托的时候,唯独没有海枯石烂,感天动地的爱情。只有亲情、友情、家庭可以托付终身。在现实中丈夫毕竟给我一种墙壁一样的安全感,我寻思着。被刘大姐牵着手的夏姐美籍华人儿媳又喊我一声:

"姨妈好,我曾听毛毛介绍过您。"

她给人一种甜蜜善良的感觉,我喜不自胜地上前问道:"你姐姐怎么没有和你们一道回来?"

她用蹩脚的中文回答:"姐夫车祸离开啦。"她低头不语,继而又抬头用英文说:"姐姐对您感情好深。"她的英文话语纯正,音色美丽,我也只好结结巴巴地想用上英文,但完全不知道"姐姐近况如何"这几个英文词语。她两眼直直地看着我说:"姨妈,我能听懂中文。"

刘大姐翻译后用英语对毛毛说着什么,毛毛没有进夏兄租借的茶室。为了表示友好,我用中文和她单独交谈:"爱琳,北京生活还习惯吗?"

她笑着点点头,大家坐下喝早茶聊天,空气中充满了甜美的花香。他们虽从国外回来,但语言交谈、迎接礼仪使我处处感到厚爱和敬重,爱琳给我讲了她丈夫姐弟俩第一次出国的惊涛。

十岁的姐姐牵手七岁的弟弟毛毛出国了,美国就是美国,一切都是那么直白。第一站是洛杉矶,飞机一落地姐弟俩的眼睛乱了,花花绿绿的脑袋和脸蛋,黑的白的,全部是外国品种,心里一下就像被抽空了,脑海竟奇怪地跳出一个念头,我们要去哪里?

叔叔举牌把姐弟俩接到博大市哈瑞德钢琴学院姨妈的住处,随着成长的年月入学,求得职业。二十三岁那年,灾难袭击了姐姐,她右腹猛地一阵抽搐,昏倒在地。醒来在博嘎中心医院得知自己患了急性化脓性阑尾炎,十天之后医院的账单看得姐姐倒吸一口凉气,做一个阑尾手术竟然花去三万五千美金,望着账单,姐姐直觉彻骨冰凉,连叹气都不敢了。

身在富得流油的美国,她感到一种莫名的凄凉和无情的欺骗。睁着眼一夜未眠,她从未有过这样揪心绞痛地想念国内的亲人。第二天姐姐的一位挚友到医院,陪她到医院细细地查看账单,这一看不要紧,挚友真想狂叫。他出生成长在美国,果然逮着了许多漏洞,他捧着计数器一笔一笔地核算下来,最后发现,医院竟然多收两千美金,管理人员这回真的傻眼啦……这位挚友就是后来我们的姐夫，他绽放在姐姐的心灵深处，但是半年前在一次车祸中他远离姐姐母子而去，姐姐依赖、依恋的人走了，永远地走了。

她慢慢说着，泪水不停地涌上她的眼眶，凝成两颗晶莹的泪珠掉了下来，接着又出现两颗像断了线的珍珠。无语的我黯然伤心流泪，是久久的沉默，痛苦而深邃的沉默。

毛毛在门外的手机响起，他笑着进屋走向我说："姨妈，我姐姐的电话。"他将手机递与我后，手机里传出："'百灵鸟'老师，真想你。"听着远隔重洋传来的声音，她的形象浮上我的脑海。她那双明亮的眼睛，晶莹的眼珠往上一闪的神情，脸颊只有一微笑才显出的酒窝，少女的矜持和骄傲，所有的美貌和聪颖都浮在我的眼前。她是莉莉，高年级音乐课的班长，皮肤白净水灵，红扑扑的脸蛋，胖乎乎的她声音悦耳，音乐天赋最佳，喊起立的情形让我心里顿时热了起来。"真没想到你还会记得我，非常高兴啊。"我没有多废话，毕竟是国际长途，无限的思绪瞬间冲荡着我的胸怀，茫然地交织着她心底沉重的酸楚和痛苦。电话的两端已哽咽失声，大家无比伤感，相约明年西安见，但我们的相聚所带来的温馨使我忘记了往事带来的忧伤。刘大姐对她丈夫下命令："这么好的天气给李部长打电话，请他来朝阳公园。"苏敏唯命是从地给李浩然打电话去了，刘大姐转身对我说："几十年啦，我们知道，李浩然对你的思念如这岁月一般绵长，他经常到我家来打听你的情况，借此机会好让他把积蓄了几十年的话，骤然倾诉与你。无法忘记的每一个思念的日日夜夜，这也是马厅长想说却无法与你说的话，虽然上帝冥冥之中安排的缘爱没有结果，但不能让人伤心。"

其实我怎能忘怀千里之外的他，每当忆起与他见面时的话语，一股惆怅之情默默而生。然而今日我有着一份难得的幽静与安宁，已是奶奶的人了，不能为感情所困，但我既然决定相见，听听他的心声也可。此时心底霎时掠过一股强劲的台风，海水上涌，他半生抱诚守真对我，我信任他的真诚，但我们之间有马大姐和老伴相依，还能演绎些什么？故步自封为最好，单独见面只能使我们两个老人惊慌失措，可又盼望李浩然能前来同游公园。

苏敏兴高采烈地走向我们说:"今天李部长请客,地点南戴河避暑。"我耳目一新,只知北戴河大名鼎鼎,孤陋寡闻的我毫不犹豫,心想何乐而不为,便同意前去。我立即给家政小张打电话请老伴前来,小张回电话:"叔叔被杨总叫走了,晚上才回家。"我又打电话给小女告诉她我的去向,之后便坐上毛毛开的车,在半路上和李家两辆小车会合。再次见到他,我仍会生出一种愧疚之情,他好像也看穿了我的心思。李浩然诧异地问道:"为啥没有请妹夫?"

刘大姐故弄玄虚地说:"我用了调虎离山之计。"

李浩然一个劲儿地摇头道:"不妥,不妥。"并决定派一辆车去接我老伴,夏苏敏上前对他耳语后,四辆小车直奔南戴河而去。

受邀南戴河避暑

车在有岗哨的地方停下，出来两人恭敬地笑着，从司机手里接过了并不很重的行李。一个人领着我们走过微微润湿的草地旁边的石子路，我随大家跟着领路人来到掩映在绿树浓荫之中的小楼里，小楼显得分外幽静清凉。我们被安排在这里，成了唯一的客人，我例行地随大家和接待者打招呼握手，而接待者并不了解我的身份，把我也当成了主角之一。在大厅里暂坐之后，一位神色谦恭的人看着李浩然说：

"李部长，招待不周不妥的地方随时叫我。"

马大姐老成持重地回答："不用客气，我们随便和老朋友聚在一起聊聊。"那人又给李浩然汇报似的讲了近期的重要人物后离去。我觉得自己坐在这里颇有滥竽充数的味道，便起身站在窗前往外望，呼吸变得畅快，空气里好像有无数果实的芳香，在诱惑着鼻子和牙齿。

服务员交给我门禁卡，他们给我安排了宽大的套间，我不能不自量力，便走到马大姐面前对她说：

"大姐，我一个人住那么大的房间，我胆小如鼠。"

马大姐还未开口，我便主动拿着门禁卡去了夏苏敏夫妻的房间。原本想赶走夏兄，一看没有套间，我便拉起刘大姐对夏兄说："我们两人住那套间最合适。"

李浩然却微笑地对我说："原来以为妹夫也来，所以你大姐就安排的，自便，自便。"

我有一种被关爱的感觉，每到一处他都予以极诚恳怜惜之一瞥，他确实煞费苦心，殚精竭虑。我受到如此高规格的热情接待，心里感到十

21

分欣慰,激动万分。

午睡起来,因大家都住在同一层房间,所以不约而同地进入大会客厅。这里像与世隔绝,厅内布置得十分好看,尤其是挂满四壁天青色的窗帷,给人一种辽阔、安静的感觉。我的眼里充满了柔和的光,心里一阵畅快,大厅没有开空调仍感到凉爽,影视机投放的外国片稍显低沉。

李浩然和夏苏敏在和管理员闲谈,见人陆续进大厅,那二位主人就告辞退出大厅。我们全部转移至棋牌室,李浩然和夏苏敏打开了自动棋盘,当他们俩正战得胜负不分时,夏兄的手机响起。夏兄知我对棋路熟悉,让我上前替他与李浩然交战。我转头看着马大姐和刘大姐,争取让她们先上,但她们异口同声表示对棋路陌生,我便上前接着夏兄的棋路。李浩然不露声色让出一马,我也不屈不挠退出一马,不以为然地开始拼杀,他怎知我没有其他长进却练得一手好棋路,他"大意失荆州",输了一盘。

他哈哈大笑道:"怎能败在你的手下。"李浩然不让夏兄接手,坚持要和我拼个高低。夏兄站在我身后督战,马大姐虽不懂棋路,但她站在我身后,给我打气,不停地给李浩然递茶水,有时我也享受到她的服务。二十分钟不分胜负,夏兄的手机又响起,他立即出去接电话,马大姐的手机也响起,接通后她随家人也走出棋牌室。棋牌室只剩下李浩然和我,我聚精会神地思考着棋路,迟迟不见他出手。当我抬头催战时,他却在凝视着我许久许久,我的心扑通扑通地跳着,脸上泛起红晕。我没有正视他,原本想对他道尽我对他的背叛、歉疚之情,此时的场景我反问自己,难道一切的破损、裂痕全部可以弥补吗?我只能低下眼帘一本正经又轻言细语地说:"老大哥,我们已是很好的朋友、兄妹,我是您孩子的姑姑哟。"

他只是微笑不语,也不争辩和解释,但我立刻注意到他脸上痛苦的表情,我的心软了,便岔开思路换了语调说:"我在将您的军呀。"我的手指移动棋子时轻微颤抖着,他用一种怜惜的眼光看着我,点了点头脱口而出:"你是一颗我不敢轻易碰触的晶莹的露珠,无法在日出之前勇敢地将它含在口中。"

我的脸发烧了,心也怦怦地跳起来,不知怎么回答才好。立刻意识

到此话的含意,忧郁的我笑了笑,细语柔声地说:

"您赤胆忠心、铭心刻骨的恩情我没齿难忘。"可是我的声音里流露出来一种极力忍着的酸苦。

他紧拧眉头,顿时幽深的目光盛满爱怜,重逢也许会消融他心头的寒冰,他释然地长出一口气说道:"在张庄你忍辱消失得杳无音信,我时刻担心你在外举目无亲怎能安身!但我却爱莫能助,见到你今天的状态,我如释重负。哲人说过,人生是一道减法,不断减去琐碎和烦恼,愿你快乐。"

他出炮打我的马,我的手放在马上未动,静静地思索着,我抬头用感激的眼光看着他,他也曾深知真实的我俩,从一开始就有一种狂风暴雨之势横挡在我们之间,只好有缘无分地擦肩而过。他的嘴角泛起一抹笑容,爱意灼灼的眼神,让我心里升起阵阵暖意。我又低头躲避他的视线,竭力避免带着感情的话,我轻轻摇摇头,鼓起勇气说:

"时光如水,您怎知我是一个任性、喜怒无常、不会管理家务的懒散女人,见了今天的境况我只会手足无措,碍手碍脚。"

我心如明镜,让我们的心思一点一点地逝去,把互相的思念掏空。他默默地看着我,那架势让我在他面前敞开言语,我又抬头很快在他脸上扫了一下,抱歉似的笑笑,其实我是掩盖自己曾经背信弃义的作为,我继续说:"担起遮风挡雨责任的您就像一件穿久了的雨衣,霉斑顽固地占据每一处,我只会心疼地哭和怨,然而大姐却会洗刷斑点,懂得维持家庭、亲情的最佳方式,能和她所爱的人一道负起责任,在人生的霜雨中丝丝入扣地为感情铸造厚重的磐石。她治家为人无处不妥帖,您今天的生活十分幸福。在您的眼里我年轻单纯,但您怎知我还有自私、任性、倔强、狭隘的本性,我只会耗光您的全部。您今天的路是马大姐用毕生的时光扶着一块走出来的,您今天的辉煌有她的心血,大姐对您无异于仕途推进器。我只能让您怜惜,您智慧地用勇敢的行为拒绝孙苗而获得一位贤内助。我会用心记您一生一世的。"

他抬起头来,凝重而温和的目光使我退缩,透过迷蒙的双眼,我真实地感受到了他那双坦荡、诚实的眼睛正充满怜惜地注视着我,霎时间我惭愧、悲戚。他曾经是我在张庄遮雨挡风的大树,每一种东西,每一件事情,都渐渐地清晰地侵入我的脑海,我深深地自责。在我心中深藏着几十年来,不能言说的怜惜和委屈。他深深地吸了一口气放下心来,想说的话只好咽回肚里去了。沉默一会儿我们不再说话,他却立刻有一种被捉弄的感觉,脸上露出苦笑,手拿棋子在手心中转圈。棋盘上的拼杀都忘记谁该杀谁了,我不愿意把痛苦露给他看,但泪水畅快地流了下来,我把头埋得很深,简单倾吐了自己离开张庄的困境、挫折和苦闷:

"我像初生牛犊一样闯进西安,屡屡碰壁只能发奋图强。"

我略略地理了一下头发,他收住目光淡淡地微笑着说:"倾吐心声是件好事,感觉到被信任理解,今天我又感到恢复生机了。"

我注意到他那种压抑着的沉默,我感到不安,眼里仍装满泪水没抬头,但心中始终放着一把尺子,适时地度量我和他之间的距离,绝不允许自己缩短那段距离。他觉得一瓢冰水泼到他的头上,立刻连心也冰凉了起来,痛苦地皱起眉头。我闭紧嘴唇玩着手中的棋子瞅了他一眼,见他脸上一副很沉稳的表情,那种沉稳让我感到震颤,那绝不是痛苦,也不是满足,而是一种介于两者之间的无声隐忍。他也把内心的思念藏在心底,他对我以礼相待的背后,体态、语言都很讲分寸,我看得出他心思沉重唯恐伤害我。我对他迅速投去一瞥,感激地唤了一声:"李主任。"我的泪水从眼角快速地掉下来。

他赫然如亲大哥一般,谈到随时想了解生活在异乡孤独的小妹,他说:

"你在西安的一切二哥了如指掌,我无法拉近,什么也帮不上,把所闻只能装进心底,我原本和苏敏并不相知,因为有了你,我们之间建立了亲密无间的兄弟情。我曾托苏敏夫妻帮助你抚养一个女儿,他们夫妻非常乐意,偶尔能透露一些你的信息。"

说到伤心处他的泪眶有些微湿,我隐约感到李浩然对我身世的同情和怜惜大于一份纯粹的爱慕。他又意味深长地看了我一眼说:"苏敏对我说过你虽没有学历,没有背景,但有一颗善良智慧的心,懂得生存,要求自力、自强、自律,对生活的真谛同样清醒,愿你幸福快乐。"

他的话概括了遥远的过去,他温和地说着,眼光看看四周,四周静静的。他淡淡的微笑下面仍然露出忧愁来,但我觉得他的心事一下完全去掉了，顿时感到了一阵轻松。他含笑淡定地皱着眉头看着我说：

"碧清，有一份已被遗忘和尘封已久的人和事回归于你。"

我们的视线相遇，两人都抑制着，不让自己显露出任何表情，就在此刻，马大姐端茶水进来，打破我们的沉默。

午后的阳光减弱，庭院的树影也变了样，李浩然站起身来，他的表情颇为凝重，我已经预感到事情不太妙，虽然我们之间的融洽关系目前存在，他若有所思，仍然皱着眉头对他夫人说："这地方清凉，留给你们独享二人空间。"

他正准备出门时却被马大姐拦着，只见她一副百依百顺的相，小声对她丈夫说："这地方仍留给您和小夏拼棋，我和碧清到花园去享受美景，不能浪费资源。"她手指窗外的花园，并笑眯眯地盯着丈夫说："我去喊小夏前来。"

我慌乱的眼神消失不见，尴尬的场景又恢复了自然，我和马大姐并肩漫步来到花园里，在大树旁的凉亭坐下，李浩然也跟着坐下来。大姐又温情脉脉地对她夫君说："留点空间给我们好吗？"

他们相视一笑，他的眼神也是同样的宁静和温软，像一缕冬日的阳光。他起身，马大姐紧随其后，两人亲密地前后相伴，我站在那儿目送着他们，用羡慕的眼光看着马大姐送她丈夫进到室内。

马大姐转身笑对她夫君的背影说："他是个老小孩啦。"她甜蜜的话匣打开："在他寿辰的前一天，知道你第一次上门，我正在卧室收拾衣物，听见他在卫生间自言自语说老了戴什么都不行了。我放下正在收拾衣物的手，推开卫生间的门，只见他正在镜子面前围着苏格兰制的围巾，纯毛花格呢，一一九年老字号的产品，搭配得相当雅致，他爱不释手。我理解这是夏天，他只是围着比一比，便轻轻关了卫生间的门退到卧室里，就那么愣怔半倚在床沿边上，想到他除了天气热时，用布包着放进卫生球后挂在衣架上通风外，围巾几乎天天围在他的脖子上，他总是将围巾搭于后颈使围巾两端垂于胸前，绝不让它绕颈而过，出门前还需照照镜子检查一番。我明白围巾是幌子，思念送围巾的人才是真的。"

她含笑地看着我，看得我有点不好意思，内心的兴奋平添了一份自豪感，没想到一条围巾能围住他的心，我觉得脸在逐渐发热，便埋下了头。她看看我叹了一口气说:"碧清,我心中虽然不好受,但我们婚前双方的协议必须遵守,不能单方地破坏感情。愣怔之后,我便用力把衣柜里的衣物全部拉出来放在床中间,好像根本没有停过手,浩然可是心力过人的人。我一边整理衣物一面大声对他说:'谁说的,您戴什么仍是很帅的。'这不仅仅是在安慰他,就连现在我的新老朋友见到他都说气度非凡。碧清,你别怪我,闲来无事我会禁不住乱想,他竟死心塌地地思念'百灵鸟',我心中也少不了嫉妒,但他从未有过非分的想法,始终坦坦荡荡,我只能默默吞下干醋。二〇〇五年他在西安人民大厦住了半个月的时间,有心想看看你,前思后想他放弃了,回到北京又后悔讲给我听,可见他的个性和品行。当他走出卫生间,便放出迷人的笑容,优雅地点着头,又从已装好的布袋子里拿出刚放好的围巾挂在衣架上,从上到下捏捏边角。我从衣堆里也找出我在德国买的围巾,不论花色、样式、质地都可以说品位不低于衣架上苏格兰制的那条围巾,我也拿出来并排挂在衣架上,像崇洋媚外地推销商品似的哄着他:'这也是进口围巾,挺好看的。'但他藏起他的轻慢,挤出一个好男不跟女斗的微笑,任我在他周围忙碌着。寿辰那天早上德国制造的围巾不见了,让我感到黔驴技穷。衣架上孤单单地留下苏格兰制造的长围巾十分显眼。"

我偷偷地看了一眼马大姐,脸上又泛起红晕,但是有股喜悦的光辉笼罩着我,全神贯注的我详细地听着她说:"有时我听天由命地躺在床上盯着天花板散漫地想,总有一天你想努力,也努力不成了,你只能眼巴巴地瞅着万般风光在你的面前流逝,隐去,消融。眼看着我们一天天地衰弱下去,不免恐怖地想,我们都得面临亲人一个个离去的痛苦,浩然把他的聪明才智、人生理想、远大抱负、浪漫爱情、青春年少这些人生很重要的东西,都贡献给了共产党。临到从无风三尺浪的圈子里退出来,才有可能重续风采,可是就像他在镜子面前自语自言的,老了戴什么都不行了。"她痛苦地拉着我的手问:"碧清,当时的国情不可能有那样的围巾,到底从何而来?"

我确信经过几天的接触,马大姐亲切、真诚、诚挚的心感动了我,同时命运教育了我,心理平衡后最终赢得互相信赖,便对她讲述了围巾故事的大概渊源。

一九六四年七月二十七日,当我从一场噩梦一般的恐惧中惊醒过来时,苦不堪言,甚至想到自杀。在我最痛苦无助的时候,是婆婆给我关爱和呵护,她用心田的爱拯救了我一颗破碎的心。学院外事处开化装舞会,婆婆给我一张入场票,并送我到入场口,我迟到了,慌慌张张地对验票员说了一声对不起,就逃跑似的躲到一个很暗的角落里。我静静地坐在桌子旁边,喝着咖啡,很怡然地欣赏着轻柔的音乐和舞池里曼妙的舞姿。有男士请我跳舞,我摇摇头。

一个很富有磁性的男士声音问我为什么不跳舞,他的声音有点像是李主任,我肃然一惊,才发现不知何时身边已站着一位男士。他戴着面具,光线太暗看不清身影,只能看见眼镜映着微弱的灯光闪进我的眼睛里。他还没等我回过神来,就在我身边拣了个空位子坐下来。

"为什么进舞厅一定要跳舞?"我理直气壮地回答他,其实我不会快三、慢四步,所以一开口我就极力地掩饰自己。他笑了两声仿佛是嘲笑我们这个年纪还不会舞步,但又觉不妥继而转移话题说:"你说的也是,今天这个场面全部是留学生,请问你是哪个系的?"我的脸通红,没有做出回答,他自我介绍是外籍学生的辅导老师。

也许是歉疚吧,我慢慢地跟他聊开了,我很惊奇地发现他有李主任的博识,从古词到郭沫若和巴金,到文化趋势及走向,等等,他都能发表独特新颖的见解。舞曲终于又响起,他女友的舞伴换了一个又一个,而他却浑然不觉,置身在嘈杂喧嚣的舞厅里,我的耳朵只装进他对她的不满。一个苏格兰的大三女学生,他以为我知道他们之间的传言,其实我是一个局外人。当他准备拉起我的手教我跳舞时,我起身推开他离开舞厅跑步到了婆婆的办公室。那条围巾没有拆包装,原本是苏格兰的女学生送给那位男士的,不知为什么由婆婆转交与我。

马大姐温柔敦厚地看着我说:"相得益彰,相映成趣,你把它转送给了浩然。"我点点头,当时没有深想却无形中使它以春色铺满他的心,我极力不表露自己的感情,给马大姐一个顺水人情的感觉。她继续和颜悦色地说:"我的命苦,你怎知浩然是享受被人服侍的命,我是天生服侍他的那个人,我生病的时候还要爬起来为他忙这忙那照料他上班,从没有舒舒服服地躺在床上等他给我倒茶倒水,除了母亲的照料外,没有享受过他照料的滋味，自从我嫁给他，便成了他的贴身丫鬟。在同级的干部之中，他的博学才智、工作成绩有目共睹，很有口碑。虽然女士们议论他看上去有点傲气，但他对部下和蔼可亲。我们两人在弯路上相遇，同病相怜，当孙苗诬陷和浩然亦有血缘时，在孙父的鼎力帮助下浩然自由了，接着孙父屈死，我跟随浩然到专区去收尸。孙母精神失常，浩然当时四面楚歌，仍顶着风浪把她接回省城送进医院，他忍辱到张庄把惨不忍睹的孙苗也接回送进医院，孙苗得到及时治疗保住了小命。经历的一点一滴我都陪着他，紧跟着他，我们的感情从那时开始越来越深，我深爱浩然而他父母拒绝我们的结合，然而浩然深知我真心爱他，我也是于他有益的人。"马大姐紧锁着眉头，差一点儿流出泪来，她在各方面都有提示，但她的提示是委婉的，拐弯抹角的，留给我相当大的自由去摸索。

我站起身来上前抱抱她的肩膀，她也站起来，我们拉着手又上一个台阶，漫步在另一处凉亭坐下来，她抬头意味深长地望着我说："谢谢你，碧清，给了我五十年的安心和宁静。"我既羞愧又尴尬，但觉得大姐说的话不真实，便轻描淡写地故意把主题引开。可是她的那句话说得我有些陶醉，既痛苦又兴奋，而且还有种温暖的感觉，她的大度使我良心不安。大姐的眉梢展开，内心却是繁杂的样子，她声音有些颤抖地说："你能在北京住一段时间吗？望你能常来家里看看我们。"她的声音虽然是轻轻的，似乎还有点儿弦外之音，此话隐伏了一种危机，隐藏了极大的隐患，我隐隐约约感到心里有一丝慌乱，她的话音在我耳里就像一声闷雷，震得我手足无措。我怔怔地看着她不知怎么回答，怀疑她在试探我，顿时怦然心跳。我瞥了她一眼，下意识地使劲摇摇头说："不能，西安的小孙子离不开我，近两天准备离开北京。"我找理由逃避她的追问，借故到卫生间，她紧跟我默不出声，我掉头看见大姐眼眶竟涌出两颗泪珠，同时感到她眼里的失望一直沉到我的心底。我心里默默地向她道歉，原谅我吧，大姐，没有我的出现，您的心里也许会画上一个完整的句号。

我拐着她走出卫生间，走出林荫道，明晃晃的太阳像一把锋利的刀子刺得我眼睛发痛。马大姐的眼里闪过一丝痛苦，拍拍我的肩膀说："刚才的话切莫误会。"她平静地说着。我笑笑并摇摇头牵着她的手，沉默对于我来说是最好的回答。我们俩手拉手回到掩映于绿树和鲜花丛中的房间。

高知大姐的婚姻

南戴河的晚上月光很好，一朵朵白云，像棉花铺在偌大的青瓷盘上，几点明星嵌在云朵的缝隙间闪闪地发光。在这气候温和少变的凉爽中，空气清新，湿润柔和的海陆风昼夜交替，淡淡轻轻的柔风真凉快，园中小桥下的流水哗哗作响。一朵云缓缓移动，遮住了半轮明月，却放出一颗极亮的星光，环境幽美，花香入肺。没有一点杂音，我沉醉在这人间仙境般的境地之中不出声，心旷神怡地尽情享受。

两位大姐围着我坐，再次表示对我视同小妹。我看了看老练、精干、随和的马大姐，又转眼看看个性恬静、外圆内方有主见的刘大姐，她们决定明天不走继续游海滩。然而我天性所限，在她们两人的果断决定、通达事理的言语中，我豁然领悟，生了勇气说："明天不走再住一夜，让老伴着急去。"两位大姐大笑夸我有胆量，马大姐说："今晚咱姐妹仨睡在一个房间，畅所欲言。"当她一看手机快十一点半时，急忙起身说去给李浩然铺好被子后她再来。

刘大姐看着马大姐离去的背影叹了一口气对我说：

"你的命真好，你的老伴是于人有益，于己心安。"

在刹那间的回忆中我兴奋地点点头回答她："我们虽不是恩爱夫妻，但在我和老伴的实际生活中，物质的细小变化给我带来了实实在在的淡淡的幸福，却被我粗心地忽略了，没有用心去感知我的老伴。"

刘大姐笑逐颜开道："你聪明啦，懂得了富贵中求得婚姻。"

我回答她："人在这个奇妙的世上，富贵由天定，尤其是婚姻靠缘分，你所给予的都能回到你的身上。物以类聚，人以群分，两位仁兄各自的夫人绝配一双,我和老伴是混一碗饭,我是贱体粗安。"

刘大姐哈哈大笑,拍拍我的肩并抱抱我说:"碧清,我深感你好可爱哟。"但我没有领会到刘大姐的富贵婚姻险中求的含义。

刘大姐是北京某名牌大学物理研究生导师,气派和架子在她身上几乎看不到,但"真诚"和"知识"的特质,以及这两个词所散发的力量,却仿佛从她身上的每个细胞渗透出来。由于她的成就超越许多同辈人,甚至盖过许多很早出道的同行,投在她身上的无数目光中有羡慕也有嫉妒,加之出身的原因,她一直是党外人士。最具有讽刺意味的是,身为教授的她,强烈支持大学的教学改革,现在她却成为改革的最大牺牲者,提前离休回家当家庭主妇。马大姐最终没有来到我们的房间,刘大姐和我躺在床上近乎失眠,温度适宜,我们没有一点睡意,我便请刘大姐谈谈女人的幸福,她不推辞并娓娓道来:

"我觉得女人的幸福美满在一定程度就是善于选择和善于妥协,幸福不在于丰足的物质获得中,也不在显赫的权势掌握中,更不在荣誉的成功获取中,而是在人与人的关系融洽之中,像今晚上我俩睡在一间房里倾心而谈。你想知道我和苏敏的故事吗?"她突然转了话题。

"当然,当然。"我心潮澎湃地喊。

刘大姐看看手机的时间,然后情不自禁地对我漫谈起来:"美好幸福的今天那是我们用真爱获得属于自己的经历,在这个意义上来说,历史就是我们的婚姻、家庭、牵挂和担心的人。首先是因为你爱他,而后才能谈及许多其他相关的问题,而我当时很清楚,以我的出身和处境,苏敏是我最适合的男友。他敬业、善良、幽默,与他交往时感到轻松,他对朋友、同事具有一种巨大的发自内心的责任感,当时我深知他是完全值得信任和依赖的人。记得有一次我俩坐在校园的一家小餐馆里,我突然有种感觉,他就是我身边的这个人。在我人生的道路上能使我做出正确选择的感觉如此之强烈,以至于我忍不住拉着苏敏的手,当时和后来我都明确只能和他携手共同生活。不必担心什么后果,我觉得这一点对任何一个女人都很重要,如果一个人对自己身边所爱的人顾虑怀疑,那么婚后的家庭生活是非常沉重的。"她的这句话深深地朝我刺了一刀,因我是对李浩然有所顾虑而失去了他。

　　她继续道:"一九六八年五月我们认识以后,相处了一段时间,一种渴望牢牢地深入到我的心底。他异乎寻常的可爱,我当时没有隐瞒我二十八岁是苏敏老师的事实,对二十六岁的他说我要嫁给他。我不顾家人和组织上的反对、成分论的阻碍、别人的议论。一九六九年十月,我死心塌地地投奔到他的怀抱。接着厄运降临,二十九岁的我摘除左侧卵巢,这意味着从此我丧失了做母亲的权利,青春仿佛一下子枯竭了。手术做完之后,我痛不欲生,劝苏敏另做选择,当他双目垂泪出现在我的病床前时,我的心碎了,但苏敏的眼里满是怜爱,他低头吻我脸颊继而问道:'难道我们两人的幸福仅仅在于一个孩子吗?'失落与悲哀,忧愁与恍惚使往日活泼爽朗的我变得郁郁寡欢,每当星期天我看到那些天真烂漫的孩子,穿着漂亮衣服牵着父母的手,乐颠颠地走在马路上、校园里时,我立刻感到有一根无形的鞭子抽打着我的心,苏敏总是安慰我并讲笑话让我开心。"

　　我领悟到他夫妻的秘诀,那就是和和美美最是真。刘大姐和苏敏的婚姻五十余年,他们没有升官发财的激动,没有时下社会流行的婚外情的痛苦,日子清淡而平静。我便打断她的话问道:

　　"夏姐的一双儿女你们应当视为己出。"

　　刘大姐叹了一口气:"一九六七年他们的爷爷奶奶带到香港时失去了联系。"她抑制不住难言的痛苦流下了眼泪,下床到卫生间擦了擦眼睛,我起身给她倒了一杯酸奶加蜂蜜,意识到刘大姐那直爽豪迈、坚韧不屈的个性竟也散发着那么多的柔情之气,温纯之美,我俩在一起彼此感到亲切温馨。时间已是凌晨一点,她仍然没有睡意,我只好喝了一杯绿茶提提神,她开门往外张望后回头对我说:"马厅长的房间仍亮着灯,说话的声音不小。"我好奇也饶有兴趣地出门来到了李佳夫妻的门外,偷偷听马大姐的谈话的内容,但什么也没有听清。侧耳又听见马大姐的抽泣声,我惊慌失措,立即转身却碰到李佳夫妻的门,他们的房间在我们和马夫妻的房间之中,只听李佳姐的丈夫高声问:"谁?"

　　我局促不安,轻手轻脚地进了我的房间,不露声色急急忙忙地关了门。我把听到的内容说与刘大姐,浮想联翩地猜测哭声是否与自己有关。刘大姐好像早知原因,否定并安慰我说:"这事与你无关,事出有因,马厅长的大儿媳被引渡回国,非同小可,他夫妻正在就事论事。"起初我大惊小怪,继而又如释重负,我担心李家遇到了什么事,刘大姐闭口不谈,我想到她说过的"富贵婚姻险中求"的含义。她见我沉默不语担心我胡思乱想,就没有上床反而坐在我的床边小声地开导我说:

"你和李部长之间的友情是冰冻三尺非一日之寒的,马厅长的高招是不在意,她那是给自己设立一道心理保护防线,不仅不去主动制造烦恼自我刺激,而且即使面对真正的负面信息的时候,也会泰然处之。这既是一种自我保护的妙招,也是一种坚守目标、排除干扰的良策。她对丈夫的爱,根深蒂固,爱到了深处,那是爱他所爱,喜他所喜,愿意为他保住一段美好的友情。碧清,你不必多想,马厅长是一位透明爽朗的人,宅心仁厚,从容坦诚地过她的婚姻生活。对你真的是以诚相待,你大可放心。"刘大姐喝完酸奶到卫生间洗漱后,回到卧室站在我的床前想说些什么,摇摇头却没有吐出口,转身上床后又面对我说:"苏敏以前给我讲过你的一切和他姐姐的想法,你的善举和胆量。空白介绍信不但救了他,还救了夏姐的一双儿女和两位老人,使夏姐的公婆顺利地离开湖南到了香港,当然也少不了苏敏姑父的功劳。赵家和夏家的知情人非常感激你。"她拿出一张卡并告诉了卡号的密码:"这是毛毛的意思,你一定要收下。"说完便放在我的枕边。

我心不在焉,心神不宁地挂念着马大姐的哭声,轻描淡写地回答:

"我知道苏敏兄不是坏人。"

刘大姐摸摸我的手臂继续说:"一九六四年你失踪后,像一块巨石压在苏敏、吕小明等人的心头上。那天晚上他们聚集在你兄嫂的房间,哭声激怒林场的工人,毛毛领着大家去校长家里要人。"

毛毛圆圆的小脸蛋,意气风发的面孔又立即出现我的眼前。帅气的他,是我任教二年级一班的小班长,收作业本的那个认真劲叫人印象深刻。刘大姐接着说:"一九八六年,李部长调往北京第一次拜访苏敏,他们两人由相识相知逐渐发展成为亲密朋友,随着时间的推移两人由亲密无间成了情同手足,最终成为莫逆之交,我和马厅长也成了密友。一九八七年的一天,苏敏突然决定帮你带养一个女儿,听到此话后,我呆呆地愣了半天,突然醒悟过来,我激动地大声喊:'那样碧清能舍得?'我拉上苏敏给你打电话,征求你的意见,但他失望地摇摇头说你又失踪了,熟悉和了解你的人心里都非常沉重,当时马厅长还流下了眼泪。"刘大姐讲述他们的关心、担心,勾起我坎坷的回忆和对工友们的想念,而后我破涕为笑地说:"真诚地谢谢你们。"刘大姐继续道:"我们两家的男人说你是一个独特的女子,李浩然随时随地打听你的消息。"我们的门外有轻轻的弹指声:"夜已深,好好休息,明天游泳爬山。"是李浩然的声音,大姐习惯性地摊开双手摇摇头,立刻关了灯。

刘大姐他们夫妻不是那种把爱情挂在脸上的人,他们互相深爱着对方,但不外露,苏敏是个幸福的丈夫。

我自此深思曾经在张庄的我,承认自己的生活态度十分不负责任,虚度光阴。闲适欢笑的人生,今儿惊醒,即不复寝,窗外海涛声微撼我们来到南戴河的第一夜。

清晨起来,揭帘外望,一片海波似的晴空,有一两堆洁白的云,稀疏地来往着,树叶在晓风中飘摇,送给我一丝快意,觉得那一种友情浓浓的,黏黏的,幽幽的,深深的。

多亏两位大姐的宽厚,否则尝不到他们情感敬重的款待。我似惆怅非惆怅地站在窗前痴想了一阵子,夏苏敏自始至终是我的好朋友,李浩然自始至终是我亲密的知心朋友。我竟流下无助的泪水,望两位仁兄饶恕我当年的轻狂。

早饭毕,大家信步走向环境优美的海滩,沿着芳草铺面的小径,迎着海风,金色的海滩和碧绿的海水无与伦比。我凝神听着四面的海潮音,顿感轻风习习。我们缓缓地来到潮起潮落的游泳场,这里是最幽静的海滨风景地,深受大家的喜爱。李佳姐夫妻等人护卫李浩然和夏苏敏去游泳,我、马大姐、刘大姐对游泳没有悟性也就没有兴趣,看见沙子形状很好,走到没有阳光直射的沙滩一角,我们彼此顾不得优雅,随身躺倒在沙子中享受日光浴,顿时心旷神怡。

除了北戴河外,南戴河在中国政治历史的地位非常特殊,许多重大决策、重大事件和它都有联系。三个老太太躺在这远离男人们的空滩上,日照充足,何等的自由散漫。刘大姐和我此刻的关系越来越铁,她明白昨晚马大姐的哭声让我心中不安,她积极鼓动马大姐交代她夫妻的恋爱经过和家庭生活，并说让我们也分享共产党高级干部的浪漫。在这海阔天空的环境里，我们干脆把鞋袜都脱了，在沙子中走得挺惬意。我们三人并排，刘大姐在中间卧躺在沙子中，沐浴着暖融融的阳光。刘大姐给我递了个眼神，但我个人坚信有志者是长期积累出来的，不敢多言。可还是积极支持刘大姐的建议说：

"马大姐，您年长应该先说说。"

马大姐坐起身来："看来今天我是躲不过去了。"

我和刘大姐齐声："对，对，对，您躲不过。"

马大姐的脸略带倦容，眼皮微微下垂，没开口差点儿眼泪先流出来。"在那是非颠倒的岁月里……"她说得缓慢而深沉，语言轻轻地讲述她夫妻一幕幕的温馨，说说停停。"你们两人和我不一样，我是离过婚的女人，还带着一个拖油瓶，在别人眼里是次等货。"她由于睡眠不足，今天的脸显得苍白，额头上几条皱纹绽露，嘴唇干裂无血色。她默默地看着我，我敬意地望着她，她绕过刘大姐的后背伸手拍拍我的背部，我脸上略微热了起来，便扭头看着远处。我觉得她有一种可怕的谦卑心理，一路伪装，昨晚我已从刘大姐的口中得知她无力的母爱。我一脸的若无其事，在我躲闪的眼神中感到她心头有郁结，我便站起身端起茶水上前递给她并坐在她的身边，依然默默地看着她的脸。这时刘大姐召唤，我又由马大姐的身边转到她身边，继而由仰卧转为俯卧抬头望着马大姐微笑着，我总是从容诚恳地尊重她。当看我无所谓的表情时她继续往下说："往事如昨，一九六三年十月，婚后两年痛苦的生活，我生了越儿以后，一九六五年五月，我便离了婚。我进党校学习，刚走在大门一拐弯处的柏油路上时，被一布袋子砸到头。我抬头看见三楼一窗户开着，正要开口说话却见一男生走近我身旁，双手要回布袋子并不好意思道歉转身上楼。几天以后在餐厅又碰面，这位男士那张脸那么熟悉，猛然想起他是我高中同学孙珍妮的丈夫，那天我也参加了他们的婚礼。我便端上饭碗有意坐在他的身边，我试着问他是不是孙珍妮的丈夫，他的脸红到脖子根，羞涩地点点头，无语站起身丢下没有吃完的饭菜，连碗也不要离开了饭厅。他的无礼激怒了我，我对他的浪费做了举证，他受到校党委的点名批评，大字报高音喇叭满天飞，每天轮番地播他的检讨和认错。一个星期没有见到他,我于心不安,觉得此事与我有关,又主动找到校党委说明当时的实情,才知道他疾病复发已住院八天。我和校党委的老师到医院看望他,当我削好苹果给他时他不伸手,摇摇头拒接,我深感到他的个性之强。由浪费事件我们相识,原来我们是兰大的同级不同班的同学,然而当我和浩然刚绽开笑脸还未来得及合拢嘴时,一场史无前例的'文化大革命'开始了。我们都属于'保皇派',无事一身轻,他经常一人孤独地待在宿舍,我问他为什么不回家,他告诉我没有了自己的小家,心中另有所爱,但她失踪了。

"回忆当年心潮起伏历历在目,我们两人互相看日记,他把自己的所爱毫无保留地全部交给我阅读,听着他讲述日记中记录的往事,我被深深地震撼,主动请求到张庄小学蹲点半年。我安慰他时常想到'百灵鸟'失踪所触发的隐痛,当他的怨恨和郁闷一起涌上心头,决定终身不婚时,他的镇静和严谨,着实令人震惊。他的语言之简练,精神之自信、从容、宽厚,尤其是对孙家父母的处理方式,更烘托出他作为党政官员的风采,我对他由崇拜转为深爱。苦难能赋予我们情感以升华,我主动他被动而结婚,我非常珍惜我的婚姻,爱我的这个家,我爱他所有的优点包容他的缺点,但我深知他的心底装着'百灵鸟',可我从不嫉妒和揭穿,因为'百灵鸟'非常传统,从不直接或间接露面,凡是浩然爱的也值得我爱,爱屋及乌嘛。"

马大姐慈祥而超然地看着我们,疲惫的面庞泛起红晕,马大姐的确使她的家庭沐浴在女性慈爱的光辉里。马大姐对我的一腔真诚、热情及信任,使我深感她那颗诚挚大度的心。当年我和她丈夫已到了谈婚论嫁的阶段,而今演变成特殊的友情,这些始终萦绕在我的脑海中。马大姐的最后一句话如一股暖流顷刻涌上我的心头,我尴尬地低下头,双手遮住脸,下巴埋在沙子中。刘大姐看看我说:"李部长曾对我们说过,一九六二年在林场,一眼就看中活泼可爱、满身洋溢着青春风采的小丫头。'百灵鸟'是一本需要细细品味的书,她能绝处逢生完全是她所在的环境历练而来的。"李浩然的评价无法掩饰我的慌张,悔恨的情感扭绞着我的心,眼泪快要流下来,但我竭力控制着自己。马大姐打断刘大姐的话:"浩然说你当时是一个不谙世事的纯情少女,天真烂漫,只是需要生活的历练,丰富的阅历……"我听了这样的赞誉心里很是高兴,为之怡然,但脸上没有承受的样子,自己灰色的前途像潮水似的涌上来,她们的话使我感到惭愧。这是突然袭来的,使我无法抵抗,但又有点兴奋,有一点幻想,连自己也不清楚,我真的受之有愧无颜往下听。自此深思,我借题发挥大声惊呼道:"你们安的什么心?还要我磨难,酸甜苦辣我吃过几遍啦。"灵机一动我像发疯似的在沙滩上乱滚,疯狂之极。靠近海边,海浪润湿衣裳,海涛声声可闻,我逃避似的滚下水中,二位大姐笑出眼泪,直喊肚子疼爬不起身来。当我滚到浅水区和她们拉开了距离,吓得夏苏敏和李浩然等人奔跑过来,气喘吁吁、大惊失色地问道:

"怎么了,怎么了?"

二位大姐挥手指着我齐声大呼:"'百灵鸟'原来是个疯子。"

阵阵大笑荡满沙滩,我的脸涨得通红,我随即站起身跳出海水上岸,狂奔着绕他们一圈,嘴里歇斯底里地喊道:"你们是预谋,丢开我老伴合伙欺负我,哪有这样不近人情的娘家大哥大嫂。"

他们众人却捧腹大笑,像是逢场作戏,抓起沙子一齐向我扔过来。我紧闭双目,高兴地沉醉其中。不知从哪里来了一位小男孩饶有风趣地喊:

"爸爸妈妈快来看呀,老奶奶们在打架,老爷爷们在帮忙。"

我们不约而同地停止扔沙子的游戏,气喘吁吁地躺坐在沙滩上,眉飞色舞地望着那小朋友傻傻地对他笑着。刘大姐突然对着我喊:

"碧清,你问我什么是女人的幸福?能跑能跳是你的幸福。"

马大姐补充道:"有人惦念着,吃自己喜欢的东西是你的幸福。"

李佳姐高声说:"能笑能唱,身体健康是你的幸福。"

夏苏敏手指着我说:"你有追求,锲而不舍地拼搏,是你的幸福。"

李浩然起身,仰头看着天空说:"家人平安,岁月静好那是天大的幸福。"

寡言少语的李姐夫居然也插话:"接受平淡生活,懂得珍惜友情是你的幸福。"

我双手举过头,心花怒放,对准他们喊道:"大哥大姐们,幸福就在我艰苦奋斗的路程中,我的心中、悟性中,这样的欢聚时刻有多么幸福。"

　　两天的惊喜和感动,如夏空的急电,奔腾闪掣到了最高点,老朋友们久别重逢,在令人神往的沙子中流连忘返。

　　我坐上李浩然的车返回市区,因车的后备厢里有他送给我的拉杆箱,他让我和马大姐坐后排,我没有听从安排,先上车坐在副驾驶座位上。他笑对夫人无奈地摇摇头,我装作没有看见。当车准备启动时,我从提包中拿出早已准备好并用报纸包好的卡,留下一张字条写道:

　　如果我收下这张卡,毛毛将失去了姨妈,请司机小何转交给夏苏敏。

　　小何返回车上开车上路了,李浩然突然问我给苏敏写的是什么,我实话实说后,他们夫妻开心地笑了。

　　南戴河之行礼遇太大,我兴奋异常,欣喜之余,心里感到十分愧疚。回头看看李家夫妻,一对慈眉善目的老人,夫妻俩相敬如宾,亲密感不自觉流露,一缕温馨流过心田无与伦比。那神情是多么的恬淡安详,多么的怡然自得。人生历程,仅此特殊之缘,就使我终生难忘,让我预约来世,来世我还要与你们相会,做你们的好朋友。车行驶在返回北京的路上,橘黄色的落日余晖给一切都带上一丝暖暖的温情。

游七十二峪东佛沟

　　二〇一三年八月十一日,从北京回到西安。我还未洗漱便看见手机信息:奶奶,我们在机场,西安太热了,爸爸说回家放好东西就接你们上山,具体时间我妈通知您,他们先到超市去。看了大少的短信,我随即通知即将从北京来西安的客人出发的时间。刘大姐在电话里传来:"西安和主人一样欢迎我们,热情似火,太阳毫不吝啬地把光和热洒向大地,一出门就被毒辣的阳光灼伤。"今天的《华商报》题目特别醒目:秋老虎扑进门要咬人。今年伏天四十多日,昨天起已进入末伏,难熬的二伏天就快过完,可是今日秋老虎发威,高温引来奇闻,今日我省局部地区高温可达四十摄氏度。

　　圣凯全家刚从新疆风尘仆仆地飞回西安,自驾车已到我的院门外。我和老伴急忙从楼上走到院子,短短的时间却像掉在河里刚上岸的模样,浑身上下湿淋淋的。进到车里顿觉凉爽,不见大少在车里,我急问:

　　"大少怎么没有来?"

　　圣凯回答:"学开车去了。"

　　我埋怨道:"丹麦赫尔格市议员亚朗狂言,盼高温烧死中国人,你们也想让我大少热着?"

　　兵儿反驳着:"你孙子自己决定的,快开学了,不抓紧练习驾车再没有时间了。"

　　"那你们为什么带他去新疆?"我不高兴地追问。

　　圣凯抢着回答我:"您大孙子是在读国防生,让他提前到兵营体验生活对他有好处。"

　　我默不作声了。想到明智的老二夫妻，首先教会大少面对问题的各种处理方式，放手让他自己去做，目的是学会生活的本领，在困难中能够自己解决问题，在不确定中能经得起生活的考验，锻炼出一颗独立自主的心，让他在磨难之中变得更加成熟。大少身材伟岸，风度潇洒，和他弟弟一样生就一张帅气的面孔，两条修长的腿衬出一副挺拔的身材，刚满二十岁的人生经历，要比不少同龄人显得丰实和精彩。父母放手任他自由翱翔，让他在"秋姑娘"入门、"秋老虎"使劲撒欢儿的时候学开车，这股闹腾劲让我的大少备受"烤"验。

　　但沉少的妈妈对她儿子的教育方法截然不同，她沉溺于自己的小世界，封闭了自我，我担心她日渐会影响孙子沉少。沉少安静独学，久而久之社交能力退化，更不愿意与人打交道，无疑会给生活和心理带来不少消极的影响，然而他毕竟要独立面对一个既充满希望又布满坎坷的外部世界。我盼望他努力适应环境，沉少心地善良，有颗正直、无私、稚嫩的心，我担心他独自面对外界茫然。一天，他回到小寨的家，发现家中的电线插头老化，买回新的送回家中，然而昂贵的插头派不上用场，不知它也处在物换星移的时代。大少、沉少他们的爱让我心里甜甜的。

　　正当我心花怒放时，车已到鸡窝子，圣凯回头征求我的意见，到分水岭还是东佛沟？我和兵儿异口同声要到东佛沟。东佛沟有山、有水、有庙，兵儿还专程给庙里一位八十多岁的尼姑老太买的食物和生活必需品。

　　"尼姑老太是东北人，喜欢吃甜酱。"她回头对我说。

　　我夸她积善成德和敬老的爱心，没想到在这深山老林也扎了根。兵儿嘻嘻哈哈地告诉我："去年圣凯还给她的房间拉好电线装好灯，小黑屋里亮堂堂的，下车大家休息好后我带你们去参拜。"

　　一出车门立刻感到凉风习习，我们穿上毛衣徒步走了十公里的蜿蜒山路。在海拔两千米的高台上，那里有无边无际的松林和众多的峡谷，有成群的飞禽走兽，植被茂密，几乎与外界隔绝。兵儿乐滋滋地走到庙里去找尼姑老太，她正在睡午觉，一见兵儿夫妻喜上眉梢，她拉着他们的手，拿着供果，一个劲儿地往兵儿手中塞，可见他们早已结下深厚的善缘。我进到庙里跪拜后，进到老太的房间一看，呈现在眼前的是狭小而潮湿，弥漫着草木香火混合的味道。老人的腿脚已经不太方便了，不久前她摔了一跤，走路微微有些佝偻，弯着腰一瘸一拐的。她对庙里的一切都十分严谨，生活仍然能够自理。身体硬朗个性爽快，说起自己的人生经历侃侃而谈：

"我家姐妹八人，因生活所迫来到陕西落脚。"老太挽留我们和她一块吃了米饭和咸菜，在这间歇，我到处看看环境和生活条件。老太对我说，这四间房子和房前房后的石梯、台阶是她精心的杰作。房屋外堆放的层层叠叠的取暖用的木柴如小山。她指给我们看："有的是香客帮的忙。"她带领我们看灶膛和客房，一条黑狗和几只猫静静地睡在那里纳凉。它们一声不响，已习以为常，四个房间除了狗和猫相伴就她独自一人。我们问她："您怎么不收后人？"

她摇摇头说："来了几批男女信徒，守不住这份与世隔绝的清净，离庙而去。"

我的心情无比忧虑，看着这风烛残年的老人，孤苦伶仃，心里有股说不出的滋味，我想她的亲人们并不知道她仍活在人世。身处在这深山老林，但她心情平静，微笑着对我们说："尼姑庵是个神圣的地方。"她内心有一种不可言喻的失落和怀念，她不愿意让外人窥探这里的隐秘，每天早晚烧香拜佛，已成了她的精神领地。我想，只有狗和猫将能陪伴她走完人生最后一程。她还讲了这条哑巴狗不为人知的趣事给我们听，我对这条忠于主人的狗肃然起敬，但我猜想她也有不幸女人的命运，有难以启齿的，尴尬的，不为人知的故事，不完满的人生经历。老人既孤独又凄凉，十分需要帮助和关怀。兵儿夫妻抽时间给她带去诚挚的爱心日用品，并帮助老太开辟出来一个菜园。我们和北京来的客人也在其中出了力。

夕阳的余晖照在尼姑庵门前坐着的老人，她目光凝视远方，神情庄重，我们回头远远看过去她像一尊雕塑。她在看什么？想什么？狗和猫在她膝下围绕，在苍凉的晚年，真正陪伴老人的只有那条狗和那几只猫。

归途中大家坐在溪流旁，这里的流水虽然没有江河水瑰丽，可它的温柔却让人感动。吃着带去的西瓜，享受着天然氧吧，我们玩牌比输赢，放声高歌，静听呼声。农家乐客栈坐落在山坡绿荫之中，白墙红瓦错落有致。晚上我们走到院外的小路上,明月半弯,银光黯淡,抬头望着星辰布满的夜空,耳边听见蛐蛐隐身于黑暗中轻轻鸣叫。风拂过树梢,刹那间一个冷战让人感觉大地寒凉,十八摄氏度的气温只好让我们躺在农家乐客房的床上。窗外翠绿满目,耳边流水淙淙,我听着大山的呼吸。

我们一行人心情轻松,随意在清晨散步,凝视着烟雾笼罩着的森林。旭日初升,公鸡啼叫,一线阳光穿过树梢,照射到红瓦顶,一切如此寂静和安宁。

面对此情此景,记忆犹新,这三十年来从未间断,年年夏天孩子们带着我和老伴投身秦岭的怀抱,融入大自然,身心触及地气和美丽的景致。住在乡下,空气新鲜、凉爽,心情也好。记得小孙宗宗才三个月时被抱到喜鹊岭避暑,他睡在他二姨夫的肚子上,二姨妈坐在身边不停地赶着飞来的小虫,小宝宝甜蜜地酣睡在梦中。

每年夏天炎热难耐,他们兄弟姊妹结伴上秦岭巅峰、分水岭、草甸。我和老伴总是坐在圣凯自驾的车里,后面紧跟上锋、典典的自驾车,大家在长安子午路大道会合。相随紧跟奔驰在山路上,车窗外几十米以内的视野,全是青翠欲滴的树林,到处是浓浓淡淡的绿,缥缥缈缈的云,秦岭山谷显得神秘而幽静。车子越爬越高,山路越来越陡,山谷中白色的浓雾一直漫到公路旁,给丈把宽的路面接出了无限的外延,使人感到公路不是开凿在山上,而是飘浮在雾海之中,似乎一直通向云遮雾掩的尖山。车子奔驰在崎岖的盘山路上,一侧是直削的石壁,一侧是陡峭的山崖,只要稍不留神,车子就会滑下万丈深渊而摔个粉身碎骨,我不时回头寻找上锋和典典开的车子,心惊肉跳,我担心他们在这样的路上开车是否安全,完全没有赏景的心情。我们来到了高山草甸,遥望山顶穿越云端。

秦岭梁海拔两千二百七十五米,置身越高云雾越浓。在步步接近高山草甸顶峰的征途中,温度降低到只有十几摄氏度,植物被雾水洗刷一新,路上时而陡险,时而平缓。来到山顶,仙境如梦,到处是浓浓的雾,当雾散开一块地方,我急着上前采野葱,被重重迷雾遮掩着竟丝毫没有身临悬崖之感。当风吹散这些迷雾的时候往下一看,才真的令人惊心动魄。我们支帐休息,自带了天然气火炉灶,孩子们一起动手才让熟食进口。天色已暗,我却不愿意回到火炉般的西安,无奈他们都要上班,只好迟迟上车往回走。

太平峪，传说当年皇上、妃子们嬉戏过的地方。进到山中像被扔进了天然氧吧，神清气爽。孩子们扶老携幼走过仙桥，也是算沾了点儿仙气。满山紫荆花，是名副其实的秦岭一绝，绿绿的又是一年春满人间。

库峪，拜完佛爷，尝一口金鳟鱼，上到山顶却只见剩下一座重达一吨的铁庙，让人百思不得其解的是，如此重的东西是如何运到这里来的。一人徒步已很艰难，山峰险峻，延绵不断，层峦叠嶂，使我倍感奇异。我们来到另一座山顶，穿过山洞顺着一条弯弯曲曲的小路到达山脚的镇小学。学校如此破旧不堪，也不知道是哪个年头盖的房子，墙皮有些剥离，几排屋顶都呈现波浪形，小小操场上除了一对篮球架之间比较平整光滑外，整个场地都是荒草。

盛夏清晨五点的晨风在葱郁的白杨树上调皮地舞动，舞得人心凉凉爽爽，但是我的心情却并不凉爽。同路的人发出怜惜声，大家看见一对姐弟光着膀子，姐姐大约十岁，弟弟五岁，姐姐背负大竹篓，弟弟背着比她大的竹筐，一前一后地往瓜地里跑去。到了地里姐弟俩看见妈妈早已采了许多西瓜堆在地边，姐弟两人异口同声地说：

"啊，这么多。"

妈妈抬头用衣袖擦着脸上的汗水，笑眯眯地责怪女儿说："你们应该在家里做作业。"

姐姐嘟囔着噘着嘴巴反抗说："我决心不上学了，还做什么作业。"

妈妈坚决地回答："西瓜卖了，就有学费了。"

"妈妈别做梦了，西瓜钱只够弟弟的学费，爷爷死去之后借来的钱还没有还。"

妈妈长叹一声："先给你们找学费吧。"

妈妈接过女儿手中的馒头，蹲在地里边吃边拔身边的野草，姐弟两人埋头往筐子里装着西瓜。被露水打湿的西瓜抱在怀里有一股透骨的寒气。真的，穷人的孩子早当家。

拖拉机在宽敞的柏油路上欢快地跑着，嗒嗒的声音像一首悦耳的晨曲。东边太阳急不可待地升了起来，红红的。姐姐焦急地对妈妈说：

"昨晚电视天气预报说，今天气温四十摄氏度以上，我们把西瓜卖给拖拉机叔叔吧。"

妈妈点头，弟弟飞快地跑到大路边向拖拉机叔叔招招手，拖拉机在路边停下，一个中年男人走过来问西瓜怎么卖。妈妈说两角一斤，那男人没有还价低头挑西瓜，只见他托起一个西瓜左拍拍，右拍拍，还放在耳朵边听听，再用手按按，我真担心那个西瓜享受不了他的"优待"而突然破裂。他手里的西瓜走马灯似的换了一个又一个，终于他挑好三麻袋，一称三百一十斤，六十二元钱。

妈妈喜滋滋地说："小弟的学费快够了，我身上还有一百八十元钱。"

姐姐用怀疑的眼光问妈妈："你哪里来的那么多的钱？"

妈妈左顾右盼，低声对女儿说道："前几天你外婆给的，别让你弟弟知道了，乱讲话。"

那位姐姐不安地劝妈妈："不能再用外婆的钱了，以免再次出现家庭纠纷。"

"知道了，知道了。"妈妈心不在焉地答应着。

妈妈继而皱着眉头，想说的话到了嘴边没有出口，那位姐姐好像知道妈妈要说什么，她抱起一个西瓜就往公路边走去，回头用肯定的语气对妈妈说：

"我已经退了学，在家帮你喂羊，把债务还清。"

妈妈愤怒地大声嚷着："你的胆子不小呀。"

之后扛着一袋子西瓜朝女儿的方向走去，弟弟抱着西瓜来回往瓜地边缘搬运，嘴里大声喊着："我就是家里顶天立地的男人。"小小瘦弱的身影顿时让我们几乎窒息。

我们无不为之动容、心酸、心疼，于是建议把身上带去的钱拿出一点微薄爱心。大家继续往植被茂密的羊肠小道探险求凉，日落后返回原处。

公路边的白杨树哗哗作响，夕阳的金光透过树叶的缝隙漏洒下来，照得人眼睛亮亮的。汽车渐渐稀少，漫步到公路上悠闲叙谈，大家突然止步，有人开口：

"看起来姐弟俩的西瓜生意不妙。"

大家的目光集中在大堆西瓜上，瓜堆旁铺着被褥，等待着夜幕降临。

北京的客人有兴趣地和正在准备安营扎寨的姐弟聊着：

"小弟弟，今天的西瓜卖出去多少？"

小姐姐懒洋洋地回答："三个，十五元二角。"

小弟弟兴奋上前："西瓜很甜，买一个吧。"

北京的客人齐声说："好吧，我们全部要了，怎么搬呀？"说着指了指坡上的客栈。

小姐弟喜出望外，欣喜若狂道："我们负责给你们送到房间。"

北京的客人们议论着，山里孩子渴望读书，可是仍未摆脱的贫困时时阻挡他们求学的脚步。最后商谈只拿走五个西瓜，给那位妈妈一千元人民币，说：

"让女儿继续上学去吧，每年的学费我们承担。"

那位妈妈瞧瞧大家，惶惑不安的样子，手足无措地没有出手接钱，露出惧怕和疑惑的表情。北京客人中一位长者慢慢走到小女孩儿的身边说：

"小姑娘，你们种西瓜得流汗，我们吃西瓜得付钱，你们的西瓜非常的甜呀。"

这声音暖暖地像微风一样吹进我的心中，凉爽着我的心，我敬佩地看着他们微笑的脸。那位姐姐勇敢上前，他们互相留下了通信地址。北京人在秦岭脚下播种了善缘，那位母亲眼里满是兴奋的泪花。

涝峪，朱雀秋雨仙境，原生态之峪，让人倾心之峪。秋风吹过，细雨霏霏，沿石阶徒步攀登，像走进陷阱，望穿周围山峰迷雾。居高临下掠过树顶，神秘的想象随之而来，是阿凡达驾乘斑溪兽的呼啸，还是蓝精灵在云雀背上的歌声。身下草丛随山势起伏，仿佛绿色海洋托起生命的摇篮，灵气上升真让人留恋。

赤峪，险峻之峪，又叫红河谷，由宁静和邵兵主演的同名电影，令人赏心悦目。我和上锋、燕子、圣凯、兵儿、典典夫妻穿林涉水别有风情。因气候湿润，山里的石头和树木都长满了苔藓，鲜绿成景，山中林荫密布，凉透了心。峡谷的最北边有一座喷泉，水泉喷离地面一丈高，附近的积水已蓄成一个小池塘，四周浸泡的岩石在太阳的照射下，金光闪闪。还有潺潺细流从石缝里不断涌出，水塘旁的绿草、青苔已经长成一片草地。我们在这里安营扎寨,全家坐在自带垫褥之上玩牌斗地主,在欢声笑语之中尽享天伦之乐。

土门峪,古朴之峪,坐塔终南望长安,春天满山桃花盛开,槐花最为耀眼。老三夫妻领着儿子小宗宗,在姐姐、姐夫的带领下采折槐花回家解馋,小宗宗奋不顾身地往上攀折,装满带去的手提袋子。初夏甜杏、蜜桃,圣凯专挑大个儿的拣。秋天满山诱人的红柿子、黑桃,我们优先采摘,花钱少实惠大,其乐融融往家返。

高冠峪,青水之峪,山不在高,有水则名;水不在深,有山则清;山水秀丽,风景宜人。我们全家喜欢集体玩水,在河滩巨石上纳凉,欣赏两岸姹紫嫣红的花朵。大地以自己的丰满展示它全部的诱惑,田园染上一层层金黄,各种各样的果实成熟,等待收获,金灿灿的种子需要晒干,红透了的山果也希望最后的晒甜。

抱龙峪,抱出了天子升龙来,相传唐太宗李世民出生在此地。走在崎岖的山路上,一边是潺潺流水,一边是灌木丛生,时不时有惊鸟飞过。一路野花怒放,蝴蝶飞舞,河水悠悠,悦人耳目,瀑布飞流而下,水花四溅,如珍珠撒满了山,满眼浓艳的美丽景色格外迷人。春光似海,抱歉不能一一描述陕西之美,感谢大自然赐予的每一缕气息都惬意。

小木箱内的厚重

二〇一三年九月,天气渐凉,我从拉杆箱里取出小木箱,打开一看,林林总总的青年女士日用品占去木箱一半的位置。我急不可耐地翻看文件袋子里的纸张,厚厚叠叠久已变色的信封,当一封"百灵鸟"字样的信件跃入我的眼帘时,我心潮起伏,连忙抽出信纸匆匆阅读。他竟能把心曲诉于纸张让我读个明白,他把自己全部的友情,满腹的思念和话语都倾诉于笔端,读着他笔下写的真挚话语,一股暖流顷刻涌上心头。读着,对照着他写的日记,此时我心神不宁,但也非常激动,在此之前我并不知道他的心是那么的忧伤、恳切。他把自己的感情倾注于纸上,下面是浩然写给"百灵鸟"的真心话语。摘述如下:

百灵鸟你在哪?你问我新娘为什么自杀,我现在告诉你。一九六四年我和同岁的新娘进入洞房,竟是我噩梦的开始。原来我的新娘是个孕妇,她泪流满面地倒在我的面前,拉着我的手坦白地说:"我是真心实意地深爱您而嫁给您。"继而双腿跪在我面前,声称遭到顶头上司的强暴,她没有勇气用正义的力量进行抗争而就范。我马上联想到了她和他的一幕,她存心让我在众人面前丢脸,我抬起手掌真想狠狠地抽她一记耳光,这时我深知自己的身份,不能对她动粗,况且让家人和亲友知道了,我怎么解释呢。一贯在众人面前趾高气扬,条件优越,唯我独尊的她长跪不起。已是身怀有孕、弱势的她,这巴掌让我没有打下去,我轻轻用脚尖踢了踢她撑地的手臂,让她站起来。

她竟借题发挥叫嚷起来:"你敢打我?哼!这孩子明明是你的。打我,给你打!"她一边嚷,一边站起身向我扑来,狠狠地掐我。夜深人静,我不想把事闹大,一边躲她,一边低声命令她:"别嚷,别嚷,深夜啦,邻居都熟睡了,我求求你。"她不再嚷了,闷头靠近仍掐着我,不知她挺起的肚子哪来那么大的力气,强迫我和她上床。我顺势躺在地板上,咬着牙,拒绝和她意乱情迷。新婚之夜就是这样度过的。

早晨五点,我开门出去,她一个箭步上前死死地抱住我说:"爱是无罪的,你走我就去死。"事已至此,我想了许久许久,于是我只能接受她,无论怎样,今后我和她要一起创造生活呀,想着等孩子生下来再说。我万万没想到,她竟如此强迫我对家人宣布,她肚里的孩子是我的骨肉。她的胆量和敏锐实在令我刮目相看,她处在逆境中仍那么嚣张,我不从她,她竟用头撞我,继而大哭大闹。有人敲门,我上前开门一看,是那社鼠城狐的权力之人,他把我们的新房竟安排在他家的对面,领着他老婆前来喧宾夺主。为了掩人耳目,他大声高喊:"恭喜,恭喜。"进门后,珍妮竟敢当着我的面温情脉脉,端茶倒水,暗送秋波,仍藕断丝连地与他双手相握,感到奇耻大辱的我扬长而去,丢下一句离婚,出了新房的门。我独自在咖啡厅里坐了很久很久,深夜十二点咖啡厅已关门,我便徒步绕城漫步,天亮后五点回到新家。她不在家里,我心里竟然有着莫名的轻松快乐,哼着歌到书房铺床时,大嫂推门而进,沉着脸对我怒吼:"你这个新郎跑到哪里去了?珍妮病了,是孟委员送到医院的。"我默默地把她推出书房,昏昏沉沉倒头就睡。第二天仍头昏头疼,吃了止疼药后,迷迷糊糊又倒在床上。深夜起床找水喝,我站在阳台上看着漆黑的夜色,感到生活毫无意思,真想从三楼跳下去一了百了。

第三天早八点,门外有轻轻敲门声,一看时间八点二十五分,我立刻起身走去开门。孙父推门进来神色严峻地拍拍我的肩说:"然然,在这个城市里,你再也不会成为别人的笑柄了。"他温存地抚摸着我的头,我的心揪了起来,隐隐感到不安。他继续严峻地说:"你不要有什么心理负担,走,跟我到医院。"他挽着我的胳膊出门上了车,来到医院的太平间里。孙父指着躺在白布下面的人对我说:"这是她最好的归宿。"我欲哭无泪,心如刀割。然而那口蜜腹剑之人,摆出一副领导的架势对我说:"你要好好想想自己的前途啊,你是年轻党干呀,不要因为家庭的私事影响自己的前程。"我藐视地看了他一眼说:"我今天的路既不属于我自己也和任何人无关。"难听的话还未出口,孙父的脸迅速变色,同时向我使眼色,勉强回头看着我,轻轻地摇摇头,默默不语。公安人员交给孙父一份珍妮留下的遗书,他未看,直接放在上衣的口袋里。我的心里咬牙切齿地咒骂面前这个衣冠禽兽、老谋深算、老奸巨猾的党内败类,想着绝不能让他逍遥法外,他的老婆也令人发指。我为珍妮一洒同情泪,留在我心里的愧疚至今还在隐隐作痛,我虽秘而不宣地处理完后事,但新娘自杀的消息就像烽火台的烟雾无声无息地弥漫开了,我只能任人不着边际地道听途说。我沉默寡言下到基层躲到张庄认识了你,我快崩溃了,盼你立即能出现在我的面前。

一九六四年七月二十一日

读后,我深深地陷进了焦虑的情绪之中,几乎不能平静和自控。原来浩然竟忍受着如此残酷的现实,他的感情生活陷在悲哀之中,找不到人来倾诉,他的内心藏了许多许多的疼,于是一股力量开始推动他向"百灵鸟"吐诉,未果,却造成了绝望的折磨,丧失了快乐和平静,"百灵鸟"无形中充当着他情感的杀手。

我的心在隐隐作痛,其实在张庄时,"百灵鸟"已有心把全部的爱给他,因为我确实深爱着他,可是结果我只给他增添了更多的痛苦。我自己感到惭愧,也有许多许多的话藏在心底没有时间吐出,在他的心里留下难治的伤痕。我继续读着浩然的日记,是那么的令人震惊,那么让我感动,那么甜蜜心肺,重新唤起我痛苦的回忆,我的眼泪不能自制地淌了出来。下面摘录几小段:

小清的失踪触发我的心在隐隐作痛,郁闷、烦躁一起涌上心头,并发出一腔怨恨之情。

一九六四年七月十五日

失去她我已陷入苦闷的深渊,期待着她的出现,我活着等待她共同给我们未来的生活增添光彩……

一九六四年八月九日

你对我的相爱是从电话里开始的……存在在我心中得以延伸,我对你有更多的精力,更多的爱,更多的怜惜,更多的时间等待,我的生活需要你在身边。

一九六四年十月一日

我思索,我慢慢地等待,为你花费时间……我们的生命才会开花。

一九六五年五月九日

爱的意义在于奉献,不在于享受,我猜得到你善良柔弱的心中有一根石柱……

一九六五年十月一日

我愿意认真对待一张洁白纸张的她,不愿让她空空荡荡留有遗憾,更不愿让她惨遭……

一九八三年五月于西安

真让人脸红,我这已过而立之年的儿子他爹,至今她仍是我心中的一个小丫头……

一九八九年五月于成都

拿起电话又放下,终于没有拨号,虽失落和茫然经过困惑理智,其实思念在距离之中。

一九九五年九月于西安

任风吹,任雨淋,她却能顽强地生存下来,能否见到她的身影?

二〇一二年十月一日于北京

老了多健忘,唯不忘相思。

二〇一三年五月于北京

当我读到这本深沉而绵长的日记时,心头温润的感动久久不能平复,我心中涌动着一种久违的愧疚,泪水顿时顺着我苍老的面颊滑落。那一瞬间我终于领悟,我欠浩然一个温柔和宁静,望您宽恕,一时的失误给他带去了永远无法弥补的缺憾。真实的我早已把自己存在谷底太久太久,一身都冰凉,而他就像太阳,很刺眼,我只能躲避,偶尔也想过用阳光来取暖,但他懂得越是珍惜脚步走得越远,我们不能抗拒世界上所有美好的东西,它们都有有效期限,这是大自然不可改变的规律。原谅我吧,没有能治愈您灵魂最深处的伤口,一种愧疚的歉意涌上心头。第二封信展露在眼前,往下看是浩然养父写给他的。

然然我的侄儿:

他是个包藏祸心之人,我和你父亲兄弟俩相配合,在那战火纷飞的岁月里是他的部下,"白色恐怖"浊浪滔天的时刻,我们赤胆忠心,赤手空拳,跨越千山万水,冲破国民党数十万大军的围追堵截,胜利地进行了二万五千里长征。新中国成立以后,他身居高位,肩负重任,地位可谓显赫,我们之间已不像战争年代那般亲切与随便。珍妮所在的歌舞团解散以后,是他帮她安排了工作。当时的兄弟友情现在却成了"君臣",一俊遮百丑的他堕落到令人恶心的地步。为此我相信珍妮是被迫无奈,此事我早有所闻,由此我与他产生了很深的隔阂,并警告过他,他是有家室的人,让人不可思议的是,他老婆竟找上门骂我诬陷。珍妮心灵上的矛盾和性格纠缠在一起,你雅兰妈妈曾经掏心掏肺地规劝过她,她只是流泪不做任何回答。我夫妻权衡利弊后,我是急赤白脸无计可施,女大不能留,留下就出丑啊,我夫妻决定让你们尽快完婚。我们的牵强附会,万万没想到后果是这样的不可收拾,给你造成的伤害,我们心疼,心神不宁,食不甘味,深深自责,后悔干了蠢事。孩子呀,这也是她咎由自取的最好归宿。我们只能默默地将巨大的痛苦往肚里咽,我不会放过那污泥浊水之人,给你造成的心理伤痕,我夫妻深思熟虑之后,愿将小女苗苗相配,小女心甘情愿,不知你意下如何?

孙鹏程　一九六二年七月二十九日

这封信解开了我心中的不解之谜,人世间的丑善,的确是事实,一个无法事事如意的世界,但是养父善良的心啊,对儿女的终身大事始终没有放得下。我真正明白了什么是父爱,那是实在用话讲不请的,只有用心才能感觉到。有位哲学家说过:一个人心地善良不善良,只有看他对孩子的态度便可清楚。可以断定珍妮的继父孙鹏程老人是无私善良的。佛法说:人世间无论是谁伤害了谁,从长远去看都是自己害自己,或许当时并没有知觉,但定绕回来。我深信无疑,继续读着浩然父亲写给他战友孙鹏程的信:

鹏程、雅兰:

多时不见,更加想念。我们两家曾经比邻而居,战争年代我们肩并肩,你们的两个女儿和我家的几个孩子吃住玩在一起,不分彼此。许多人认为我们应该是儿女亲家,我的三儿曾交给了你们这已成事实,雅兰到张庄对三儿倾心爱慕的女孩加压和谩骂强迫女孩消失,她母女仗势欺人有失身份,我感到十分不妥,利令智昏。那女孩和你家孙苗在人权上是平等的,你们扼杀了这平等的权利,损人利己的雅兰不要把善良看作愚蠢,把谦虚当成软弱。三儿和那闺女相遇、相爱是天意,可以说是金童玉女,而你们却破坏了良缘,赶走了那姑娘,定会遭到天谴。我坚决支持和接纳那女孩,并将那姑娘调入兰州上学。她本身是个孤儿,背井离乡,失踪已有一个月。三儿痛不欲生,我请人到她家乡去过,但她没有回去。鹏程,我明白地告诉你们夫妻,我和三儿是不会轻易妥协的。他绝不会罢休,那姑娘的准确消息我想你应该知道如何得知。她是在你的管辖范围之内,是因你妻女被迫失踪的。如果那姑娘遭到不测,三儿表示以命相追。

孙苗不去上班我十分恼火,大家不开心,哪有拉郎配的道理。她母亲说孙苗和三儿有血缘,昨晚我和三儿长谈,他摇头说绝无此事,他感到非常愤慨,我尴尬又无助,对我来说自然十分痛苦。对于他们,彼此指责对方都会更加敏感,我想目前的处境如果有一点不自然和勉强,至少可以使我们考虑到这么多年彼此之间的友好真诚,我只能冒着丧失我们彼此的忠诚和互相信赖的危险,写这封信让你知道内情。我永远直话直说,无论是有意识的还是潜意识的,我相信三儿从来不会,也永不会用阴谋卑鄙的手段去伤害孙苗,更不要说珍妮走后。他从内心深处排斥孙苗。

昨晚三儿住进了医院,他的精神雪上加霜,我心如刀绞,看着他潸然泪下,我知道他的内心只能存下那个姑娘,很不容易重新赢得情感,他对她的思念刻骨铭心。哀莫大于心死,他目前拒绝接纳任何人。如果我不告诉你这些,我将不能和你坦诚相对,至少在这个时候,我很难相信孙苗母女的话。鹏程,请你和你夫人审时度势,尽快解决这件事,重新获得我完全的信任。三儿对你夫妻尊重、爱戴,盼早日解决。

李敬百 一九六四年十月一日

晚年的我读着这些言辞恳切的字句,忧郁哀愁,不堪回首。我细细咀嚼老人的心声,深感天下父母情最真,那份深沉而绵长的爱牢系在儿女身上,那份亲情是世界上最灿烂的阳光。无论你是好是坏,飞得多高多远,父母的目光都在你的背后,关注着你,心疼着你,支持着你,父爱对于儿子是深沉而厚重的。我又拿出仇雅兰给浩然的信往下看。

浩儿:

孩子,你不会漠视爱你的人的依赖而拒绝我的恳请,今天我卑躬屈膝提笔,简明扼要说起去张庄的理由,我和你母亲当时的确是无奈之举。苗苗从小娇生惯养,并不是一个很乖的孩子,我容易受到女儿的影响,对她的话听之任之,但忽略了你原本天性淳朴、善良、爱憎分明的特点。苗儿近期总是隐隐潜伏着一丝躁动,一贯任性地在外面疯跑,虽然她也正正经经地背起书包坐进了课堂。她从小自我优越感强,霸道,被同学同事们前呼后拥,她心安理得地接受,每一天都骄傲自满着。我身心交瘁,伤痛还未消,惊惧的是那天苗儿披头散发,满面泪水地扑倒在我身上,我从未见到她这样伤心和无助。她继而双腿跪在我面前说:"妈妈,我有身孕了。"我喜出望外地问她:"浩儿知道?"她泪眼汪汪地看着我说:"他被白骨精迷住了,不要我了。"并交给我一封你写给那姑娘的信。我当时心惊肉跳地看完,心想苗儿已二十三岁啦,忧心如焚的我终于落下止不住的泪水。找到你母亲,她气愤地说:"岂有此理,怎能等闲视之。"箭在弦上,我们匆匆忙忙到了学校,事先没有告诉你父亲和你孙叔,怕他们担心和失望,无法为自己辩驳。和你母亲商量后,我们决定给你们完婚,防止别人口舌。我的自尊心都在挨打中度过,你母亲一路沉默却无责备言语令我心碎,我伤心到了极点,好强的苗儿自尊心也受到打击。

就在这种打击中我们走进了学校,操心苗儿冲动把事情搞砸。我和你母亲无法平等地和那姑娘交谈,那姑娘拂袖而去,我们局促不安地离开了学校,住到了区招待所。那天晚上天气好闷,可你母亲见到了那姑娘后原先的激情一落千丈,她态度改变反而指责苗儿无礼。

天理难容,恼羞成怒的我和你母亲争吵开了,我委屈自己的女儿受到了欺侮,造成的后果她难辞其咎,而你母亲却开门走到凉台,踮起脚尖在看区委家属院是否有亮灯。忽然,你母亲下楼后拉住一位女同志匆忙地往外走,我隐隐感到有些不对,只见一男一女挽着你母亲出了区委的大门,他们的身影拖得长长的,在月光照射下显得很凄清。我原本想赶上去,当看到他们三人到学校方向去时,我顿住脚步,回到房间将苗儿紧紧搂在怀里并轻轻责怪她:"你怎么就这么不争气呀,他不爱你,看你怎么收场。"苗儿无语垂首,无法为自己辩解。我有点怀疑她信口雌黄,心中突然有数了,她怎敢惹是生非,忍无可忍的我由你母亲去安慰那姑娘。原本天亮后我们就准备离开张庄,早七点学校一位女教员报案那姑娘失踪了。后面的事我郑重其事地吩咐区政府全力派人暗寻，大家也都尽心竭力了。

一年过去了，你的音讯只是在他人电波里传递了解。恨铁不成钢的苗儿花言巧语地搪塞我和她父亲，我们母女自愧无颜面对你和许多帮助过我们的人。许多年来，你在成长中不断地改变着自己，从软弱变成平和，学业有成，德才兼备，政绩突出，对党忠诚。必成国家栋梁之材的你，能宽宏大量地对待苗儿吗？我承认我们之间产生了误会，是我一人造成的，看着神情忧郁的苗儿，年迈的我无比担忧，痴情的她知道父亲的决定后，顷刻间感到天昏地暗。我对因爱而做错事的她说："苗儿，爱是不能勉强和奢望的，你是一朵夺目的鲜花，有心人定会来采摘。"浩儿，虽然我们在观念上有轻微的差异，但我和你孙叔给予你最大的自由度，对你的信任和爱戴没减，因为我们最了解你。有些事情你应该留下来独自享受，和你恋恋不舍的"百灵鸟"继而高枕无忧，因为我们曾经也年轻过。我给你孙叔介绍了那位姑娘："咱们的浩儿没有选错人，那姑娘虽背井离乡，但已是无产阶级先锋队伍中的一员，实属屈指可数。"我将把对你的爱分出来点留到那姑娘身上，有空你回家商量，风风光光迎娶你的新娘，我们的儿媳妇，苗儿的嫂子。愿你开心快乐。

仇雅兰 一九六五年元旦

我读着孙苗母亲的这封信时，甜蜜苦涩什么滋味都有，一种巨大的幸福感穿心而过，我激动得热泪直流。她有那么宽阔的胸怀，他们把对浩然的疼爱化为精神给予我，这封信给我带来一天又一天的好心情。如果我依然蒙在鼓里，仍痛恨孙苗母女，如果我仍然只是仅仅盯着伤害过我的孙苗母女，那么我就不会看到更多美好的东西，甚至不能够透过伤害那扇窗，看到自己一路走来真实而美丽的风景，当然也没有今天的我。其实伤害也未必不是财富，但我现在应该做的是调整好心里的这杆秤，这不仅能扩大我的视野，还能开阔眼界，把心中的郁闷释放出来。明白了浩然不弃孙苗，他们夫妻对孙苗的爱心和照顾。一直伤感、消沉的我不能再缄口沉默了，我必须对孙苗真诚相待，我也应该尊称她一声孙苗姐姐，因为她是我获得幸福的根源。我接着往下看浩然的母亲写给她儿子的信。

三儿：

我怀着十分刺痛的心，不厌其烦地给你写下这不可偏废的人和事。本来我们母子可面叙，但见面的时间短，况且你的眼神使我只好把要说的话咽下去。你父亲晚年为了一个小姑娘是儿子的所爱，竟和我结下心结，你父子对我误会太深，总认为那姑娘失踪与我有关，而你对我耿耿于怀。儿子，我今天有必要用文字给你说说，相信妈妈绝非隐恶扬善。当时我和你雅兰妈妈听了苗苗的一面之词，看了你亲笔写给那姑娘的信后，我们非常震惊，疾步到了那姑娘的学校。当我见了那姑娘就爱从心来，雅兰也改变了态度，她委婉地对那姑娘说："请你放手。"她还真心实意给那姑娘调换工作，并没有任何恶意。苗苗对那姑娘谩骂时，雅兰阻拦和批评，回到招待所更狠狠地骂了苗苗，并请我找那姑娘谈谈。已是深夜，得知那姑娘在办公室批改作业，我和区委书记夫妻前去，那姑娘情绪激动，关闭房门不见我们，我们毫无办法。天刚亮她就失踪了，有人说她到兰州找你去了，我心乱如麻，当时你并不在兰州，我们匆匆往兰州赶，那姑娘并没有到兰州。雅兰后悔并指示区委、县公安局尽力寻人，未果，她深深愧疚和自责，她和你孙叔亲自到县委责令公安继续明察暗访。半年之后，仍然没有找到那姑娘。你孙叔夫妻把那姑娘的哥哥安排到地区木材公司上班，那位仁兄拒绝后，她又派专人三顾茅庐地邀请并送去五百元现金。那位仁兄个性倔强地退回了。

儿子，我和你雅兰妈妈好心办了坏事，可都是为了你呀，没想到造成的后果对你伤害最深。张庄之行给你蒙上一层浓重的阴影，给你造成不可挽回的伤痛，我们真后悔。目前你应该理智判断，那姑娘若真深爱你，她会找你的。你父亲当着全家人的面,让我认了那姑娘为最小女儿,因为他们兄妹是孤儿,为了生存来到我省,失去了生活的基础,我们不能袖手旁观,要让三儿你心里稍安。我真心诚意地答应要了这个小女儿,你父亲露出不可言喻的欣喜。你不能再计前嫌,几十年来我和你雅兰妈妈一同大风大浪走过来,你应该原谅她母女,她们并不是你想的那样仗势欺人,罪有应得。恕我直言,雅兰是个善良有正义感的女人,她有着可怜的身世和辉煌的过去,她和我经受了长征血与火的洗礼,锻炼了她由一个无依无靠的童养媳变成了一位坚强的红军战士,跟随部队参加了举世瞩目的二万五千里长征。她的生命里曾经有过一段辉煌的历史,她担任过西路红军妇女先锋团的一名连长,一位叱咤风云的女将,也曾做过马匪的女俘,受过非人的折磨和凌辱。在长征的路上只有经历过的人才知道那是何等的艰辛,上有飞机,下有大炮,前有阻截,后有追兵,白天打仗,晚上行军,爬雪山,过草地,吃草根,啃树皮……

一九三七年五月,你出生在漆黑寒冷、枪炮轰鸣的夜里,我们所在的独立团被马步芳军阀团团围住,我躲在祁连山悬崖峭壁上的一个山洞里,饥渴交加,俩战友出洞找水源发现一个孕妇,气息奄奄危在旦夕,孙政委也就是你孙叔,他果断抱住孕妇上山进洞。后来在一个僻静农户老乡家雅兰生下了珍妮,珍妮的生父是参谋长,在战场上牺牲了。

三年后他们结婚,一九四二年有了苗苗,苗苗是他夫妻的掌上明珠。新中国成立以后,雅兰为人民和政府做了许多有益的事,她作为一名老红军的光荣经历感动过许多人。史无前例的"文化大革命"迅速席卷了整个中国,红卫兵把斗争的目标指向他们夫妻,他们的职位被罢免,家中遭洗劫,她无法忍受,精神深度失常,惨不忍闻,可悲可哀。

儿子呀,你雅兰妈妈留在人间只有数天啦,人生百味涌上心头,我永远忘不了和她跋山涉水,在风餐露宿的路上手拉手背着、抱着你和珍妮。当在河西走廊惨遭重创,你父亲和你孙叔被俘入狱时,是雅兰和我患难与共,坚强联手背着你们度过那沧海横流、豺狼当道的岁月。功不可没的雅兰,原谅她吧,你名义上作为养子,在这特殊的情况下你有责任,义不容辞地关心和帮助他们家共渡难关,使她母女在饱受艰辛屈辱之后,能得到你的照顾。我想你父亲在天之灵会支持我的,疼你爱你的孙叔会感到欣慰。儿子,言行是一面镜子,能够照亮她母女的心,拜托啦。

> 母亲于医院　一九六八年九月十五日

读着这篇五十多年前的信件,跃然纸上的仁义厚重之情,使我的心灵被深深地震撼着。我的心情格外沉重,从字里行间看到李、孙两家互相依托来往的密切,两家是患难之交,关系自然非同寻常。友谊厚重深深地感染了我,不尽的怀念始终蛰伏在内心深处,虽时间流逝,思念却依旧萦绕于怀,总是觉得不吐不可以告慰他们在天之灵。尤其是一九六四年我获知和浩然之间的真情,如获珍宝般地收藏,我为拥有这份珍贵的财富而自豪,我沉醉在来自心灵深处的感动,热泪不断地往外流。对于我们之间的友情,它是如此珍贵,如此美丽,如此独一无二,如此铭心刻骨。此时对于友情的点滴感受,细微情感,心灵触动,我用了细密深长的心思去体会,体会友谊背后的真情,体会那份友情带给我前所未有的喜悦和感激。感谢天地温暖着我,睹物思人,谢谢您,李浩然。

畅游长沙、张家界

二〇一三年九月三十日，受小女夫妻之邀到张家界游玩。原本商量我和老伴从西安坐火车于十月一日中午到达长沙，他们从北京飞到长沙，上午八点左右，接站后借用钧植同学的车开往安化祭祖坟。人老情切，思乡情在生命最后的时刻里愈来愈炽烈。

不遂人意的是钧植开会误了飞机，他们只好改成第二天从北京直飞张家界，当我和老伴在长沙下火车后，钧植同学的司机小屈举牌接上我们，直奔郊区一幢别墅里。钧植的同学夫妻俩陪我们用餐后礼节性地送入房间，他们离去时已是下午七点。

长沙的变化令我们大开眼界，一个人下电梯出了大厅，园中景色十分奇妙，我就像刘姥姥进了大观园，踟蹰于夜色下霓虹灯闪烁的花园里，迷失了方向，左右分不清，上下看不明。大厅的标牌是外文，中文字太小，没戴眼镜视线模糊怎么也看不清，找不到进电梯的门，我心如火燎般焦急地寻觅着。见不到一个人问路，左看右看上看下看都是我，这时来了一个戴红帽的男青年送我到房间。

我告诉老伴到处都是镜子，各处一个样，不能出去以免迷失方向。我们只好坐在巨大的落地窗前，玻璃窗都挂上了深红色的帷幔，散发出一道耀眼的光芒，使人产生一种热情的感觉。玻璃墙面占了房间南面的一堵墙，与地毯同样颜色的窗帘看上去轻柔细软，资江的夜色一览无余。

二号早上，小屈送我们直奔张家界，原本三个多小时的车程用了五个小时。我在机场出口见到小孙女，她笑眯眯地急不可耐地扑向我。

"奶奶，又看见您和爷爷啦。"

小屈告诉钧植说："二老年纪大，头儿千叮万嘱开车要慢。"

走进张家界森林公园，最美的风景显现眼前，雄奇险峰，怪石耸立，深谷飞瀑，生态天堂独特的崖峰林，使我惊叹，成群的猴子站在道路两边酷似欢迎我们。坐上缆车到山顶，徒步到天子山，天门洞是最高峰，临空独尊的气势，秀丽的风景和传奇的天险让人称赞。从高山客运索道一路奇观通天大道，高空观景缆车到悬于峭壁之上的鬼谷栈道，惊险刺激。走在天门山玻璃栈道上，景观不断变化更迭，让我们惊喜不断，行于其中奇石异草举步皆是。峡谷吊桥更是绝壁处的风景，诱惑着我们忘却疲惫的脚步。来到贺龙元帅的铜像前，上香跪拜。

一位年长游客高呼道："贺老总的一生，刚正不阿，光明磊落，坚持真理，敢于直言，上不畏权，下不凌弱。不为功名所驱，不为仕名所惑，他为了真理和正义赴汤蹈火，义无反顾，深深地扎根于群众之中，与老百姓同呼吸共命运。"

金鞭溪之幽绿，大峡谷之深邃，瀑布冲泻，质朴之美，尽收眼底。在土匪山洞内行走，每转一个角度都是一幅绝美称奇的天然创作，洞里有一眼清泉，四季长流，清澈甘甜。周围的绿树异草郁郁葱葱，土匪真会隐身，在这峭壁悬崖洞里无进路。

我们只有跟随众多人排队坐等船来接送，坐在安静的群山之间，飞瀑乱溅，回头看见司机小屈和导游小田坐那伤感，小屈泪流满面，我十分诧异便起身走到他们两人跟前。

我关心地问道："小屈、小田，心情不好？"

小屈转身擦掉泪珠回答我："看到您二老受到孩子的孝敬，我就想起我母亲和老婆的命真苦，她们两人都是我的恩人，没有享受到我一分钱的福气。"小屈慢慢站起身来坐到我的身边对我说："阿姨，您愿意听我刺痛的家事吗？"

我拍拍他的肩膀，真心实意地微笑看着他点头回答："非常愿意听。"

小屈深情地说道："由于我家境贫寒，小学毕业后就开始独自谋生，后来接了父亲的班。十八岁那年回了一趟老家，四川家里的日子过得很苦，母亲用盐拌饭招待我，当时我的眼泪一下子就滚落下来。我拿出五十元钱交给她，她不要，我便装出生气了的样子，她只好放进了口袋里。

当我返回单位，拿出母亲给我做的新鞋时，鞋垫下面压着厚厚的一个布包，打开一看，一元钱有二十张，还有我给的十元一张的五十元钱。那一刻空气仿佛凝固了，汹涌的泪水肆无忌惮地滑过我的脸庞。"

我摸摸他的手臂说："可怜天下母亲心。"以表示安慰。

他苦笑着继续讲道："我母亲是一名小学代课教师，父亲是因为卖了自产的天麻，被单位定罪为投机倒把分子，母亲受到牵连离校回家。她要照顾生病的爷爷奶奶，田间地里，家里家外，也只有母亲一人的身影。她为我们父子奉献了一生，从不会因生活的捉弄而放弃，最终活活累死在田间。"

听到这些话后我几乎泪湿衣袖，小田已成了泪人，小屈痛苦地埋下头。大家沉默以后他继续开口：

"去年父亲带着继母和弟媳来到长沙住了将近一个月，我没有时间陪他们，只能由老婆带领他们在市内景区游玩。他们回四川的那天，老婆主动给了一千元的红包，父亲坚决不收，眼泪汪汪地对我说，我们农村现在不缺钱，看到你们和睦相处，孙子健康成长我非常开心，你阿姨在孙子的枕头下放了两千元，是给孙子的见面礼。我们真的不缺钱。"

我真诚地夸他妻子有孝心，继母有美德。这一夸没料想到小屈竟涌出泪来，我大感不解拍拍他的背，他抬头鼓足勇气接着讲：

"我顶替父亲当了一名锻工，有一天晚上十二点下班以后，我习惯地点燃一支烟躺在宿舍的床上抽，原本吸完后就去洗澡，可是我睡着了，烟引起了大火烧毁了宿舍。我虽侥幸逃生，但却付出了惨重的代价，我被开除了。在一无所有的时候，秦枫没有嫌弃我，她求她继父给了我一份临时工作，到车队洗车。后来又学习开车，那时我把她当成了救命恩人。

"一年后，有一天晚上两点左右，我正在睡梦中，窗前有轻轻的响声，我看见秦枫的身影一闪，急忙开门把她拉进房间。而她扑通一声跪在我面前，眼泪不断往下流着说继父要强暴她，十分震惊的她咬掉继父的耳朵，继父逃出房间不知去了哪里，房间里到处都是血迹。望着她那无助颤抖的样子，我意识到她闯下了大祸。我心中柔弱的琴弦被拨动，不自主地把浑身打战的她搂进怀里。她的手冰凉，微弱的声音问我怎么办。我紧紧地抱住她任泪水在她的脸上纵横，发生了这么大的事情我该怎么办。现已是深夜三点,她继父是我的恩人,也是我的上级,她母亲是高级知识分子,被病魔折磨多年,基本上是长期卧床、脾气火暴。她羞于见母亲,我心里的压力更大了,最后我决定独自负起处理这件事情的责任,先到她家擦干净所有的血迹,我越擦越气,想教训那个衣冠禽兽,我对他感到厌恶。尽管心里无比愤怒,我仍要克制自己的情绪,当务之急是找到他先治伤,我不让秦枫声张。半年后她继父消失得无影无踪。

"病床上的母亲逼迫秦枫报案,我们谎称他已出国考察,那继父从新疆给单位寄了一封辞职信。"

秦枫比小屈大三岁,大专毕业,是车间的技术员,怕失去对病中母亲的疼爱,又怕母亲心中极度悲痛,她对母亲隐瞒了实情。一年以后的一天,小屈正在给她家搬运煤炭,秦枫扑在他的怀里动情地说:"我和男友分手了,咱们结婚吧。"

他脸上挂着微笑,领略着浓浓爱意,水一滴一滴打着他的脖子,噼啪有声。在周围的人看来她是下嫁于他,岳母一直看不起小屈,数落着她女儿道:"黄鼠狼给鸡拜年。"老人为了发泄心头的怨气,本能地嫉恨他。

起初秦枫旁敲侧击,他装着听不懂,接着秦枫偶尔挖苦几句,他怕老人和女儿吵架,不予理会,紧接着老人公然恶语相加,他仍然无言以对。小屈尊敬老人,又无比宠爱老人的女儿,他听得心烦就开始不去她们家里。

秦枫对他悄声说出的话语句句落在他的心头,水晶般清脆,彼此回应余音绕梁,她极力细言软语安慰他,他难以控制自己的感情,于是两人发展一通之后,小屈顺从了秦枫,对她俯首帖耳,欲望让他们胆大妄为,这无疑是一种爱的权利。老妈变得更加尖酸刻薄起来,像是手中有一把刀朝他又是刺又是砍。

他们结婚以后秦枫给他生了一个儿子,今年十三岁。在这个家里岳母从不正眼看他,还责怪他破坏了她们的安宁,对他评头论足,百般挑剔,指着说他是祸根,说他吃得那么多,吃饭的样子很难看,从不同桌一起吃饭,不准他随随便便进到女儿的房间,并抱怨:"成何体统?"他沉浸在痛苦之中,尽管如此,小屈还是爱她们的。

我心酸地盯着小屈的脸,一种强烈的怜惜和酸楚在心头,小屈无可奈何地补充道："丧尽尊严的我整天忍受着岳母的讥讽和谩骂,儿子不让跟我姓,自卑而倔强的我心疼妻子,只能天天忍受着凌辱,却百般恭维取悦于岳母,全心祈求以换取对我的好感,但我的祈求看来没有灵验。秦枫一直维护着我的自尊,做好了饭先给我盛好放在我们的房间里,她理解我所有的委屈和苦衷。

"去年十月,我到沈阳去接车,秦枫把实情和盘托出告诉了她母亲,两人同时吃下安定的药物。岳母被发现我即刻报了警,妻子吃的过量耽误了时间离我而去。岳母醒来以后第一个要见的人是我,看着她眼睛中弥漫出来的那种彷徨,急切的希望和绵绵的悲伤,我内心猛然地翻腾起来,一股热泪盈满眼眶,惊心一跪。她紧紧地拥抱了我,久久不愿放开。她对我说:'儿子,以前我的过错伤害了你,今天给你赔罪了,你的善良拯救了我这个家呀。'我跪在岳母的床前说:'妈妈,过去的已经过去了。从今天开始,我为了您,也为了您的女儿、孙子,我们三人互相依靠继续生活。我有责任侍候您老后半辈子开心快乐。'"

小屈又说:"岳母为了她的外孙子,坚强地活着,曾经的傲慢绝不让她觉得有自卑感,她以慈母的心胸接纳了我。晚上我躺在床上默默发呆,回忆虽然很清晰,但在慢慢地飘远,妻子离开我已有半个年头,睹物思人,心如刀割,生命的坎坷和生活的压力让我过早地苍老。当夕阳带着血红的伤口坠落,黄昏占据了大街小巷。站在凉台的角落,我成了一个迷惘的孤岛,可我的思念在奔跑,我的热情在燃烧,泪水流淌到心底感觉已经麻木了,亲爱的,请走好。我会侍候孝顺好咱妈到老。"

夕阳斜照,山谷水散发着深蓝色的光泽,从路边的一棵老树旁,眺望峭壁之上的植被郁郁葱葱,夕阳的光亮和山石的绿意交相辉映。我们顺着人流登上一艘小船,在波光明暗之间穿梭向前。通过舷窗看见两岸幽邃高耸的峡谷风光,这平静的氛围止不住我们内心的起伏,小田紧挨着我坐,她茫然地抬头看着我说:

"阿姨,我和小屈相比快乐得多了。"

接着对我透露了她的生活和秘密。她遭遇的挫折不仅仅是下岗,她那同学自由恋爱的丈夫,竟公然另择新欢抛弃了她和女儿。身为妈妈的她不得不与婆家人继续接触,但是又无法越过那道看不见的障碍,那种发自内心的沮丧与失落一直围绕着她。一阵阵揪心的痛楚过后,她知道既然不能改变这一切,那就独自带着女儿面对现实。后来她考取了导游证,收获了一份心仪已久的工作。

当我们下山坐上小屈开的车时,已经快八点半。只见一对年轻父母怀抱一个幼儿,向开过来的小车招手阻拦,之后失望地来到小屈停车的地点。我们下车看到那年轻父母满脸的泪水,焦急的母亲怀里的幼儿满身是血,幼儿的哭声撕心裂肺,那位父亲对小屈正要下跪时,小屈急忙伸出头问:

"你有什么难处?"

"救救我们的儿子,好心人求求你啦。"说完后他双腿跪下,头不停地碰地。大家明白发生了什么事,原来小孩的鼻子被狗咬掉了。小屈急忙下车拉起那位长跪不起的父亲转头看着钧植,小婿点了点头。小屈急忙说:"快上车!"只见小田迅速地递上一千元钱,小车飞快地向长沙方向驶去。我们站在那里还未反应过来,小屈开的车已经离开了视线。我看着小田,感到他们是多么善良的一对呀,希望他们在张家界收获的一份感情,能够开花结果。

自由恋爱的他们

二〇一三年十月十九日,我刚下楼进到店里,邻居田甜哭丧着脸双手抱拳向我借钱:"昨晚儿子的父亲住进医学院重症监护室。"

我一边数钱一边对她说:"你自己身体虚弱,赶快通知你儿子、儿媳回家帮帮忙。"

我的这个邻居不知道是什么原因,自从她的丈夫回到家里之后,儿子、儿媳、孙子从不回家。她苦笑一声转身出了店门。

二十一号早上,辖区民警和社区的工作人员来院内寻找田甜的儿子,知情人把田甜儿子的准确地址告诉了他们。二十二号上午听说田甜的老伴由儿子转院到西京医院,然后小夫妻俩丢下父亲不管。大家议论纷纷,说小夫妻俩不近人情,两人应该分开照顾二老。

"家家有本难念的经,不知者不论他人是非,是他威海自作自受、咎由自取。"楼上的常老爷子边往大门口走边发了话。

大家百思不得其解,有人把常老从大门外拉回院内,毋庸置疑,常老和田甜父母在一个单位,所以他是知道详情的。在人们不着边际的议论中,有人想探个究竟,此时田甜的儿子和儿媳同时来到院内,给楼主丢下一张字条匆匆离去。人们争先恐后地看字条上的内容:

> 他在一九八七年抛弃我们母子,在外和别的女人过上了露水夫妻的生活,当时妈妈重病在身还要兼职挣钱,维持我们母子的生活,现在他应由那女人和她的儿子照顾。

人们震惊了，只听得院内常奶奶唉声叹气道："不恋温柔家，放纵必堕落，一旦失理智，自我毁人格。"

茶余饭后大家围挤一堆，七嘴八舌、半信半疑、捕风捉影、各抒己见地谈论着田甜，我也有极大的兴趣想知道田甜的实际生活，就在常老夫妻的身边坐下听详情。

常奶奶慷慨激昂地摇摇头道："当今院内，现实生活中和田甜遭遇相似的是朵朵，说实在话，我是看着她长大的，心里非常沉重。常言道，女怕嫁错郎，我们的姑娘就走错在这一步。"

邻居一听朵朵，好奇心上涌，没有人再追问田甜过去的事情，全都开始关心在一个院内的朵朵，围挤成一圈的院内邻居催着常奶奶说下去。常老爷子转身又插话：

"做人不宜非分想，自律要严格，表面温文尔雅的汪可，现今暴露了他的本性，他实际就是个下三烂。"

大家不太理解此话的分量，互相交头接耳，有人顾虑那是邻居好友家的隐私，不可轻易偏信，有人吵着恳请常老爷子继续说。只见常老爷子没有一点顾忌，愤愤不平地开口了。

朵朵来到这个世界不足月份，被放在保暖箱里三天三夜。在她奶奶的宠爱、父母的钟爱、姐妹们的谦让下健康成长。她天生丽质、优雅漂亮、聪慧灵犀、温柔善良、学业有成。她刚进入人生中最美好的年华，披肩长发，亭亭玉立，她是那么纯洁，那样的耀眼完美，俨然一位天使，无时不令同院的少女们效仿。

姐妹们的婚姻被牢牢掌握在父母的手中，只有朵朵在大学时自由恋爱与校友汪可倾心相爱，出双入对。汪可的爱像火，烧得她无处可藏。大学毕业之后，父母便放手，朵朵接受了他的爱，义无反顾地嫁给一无所有的他，面对质疑朵朵回答有爱就够了。新房是朵朵奶奶在学院里面的房子，汪可对朵朵多情，视她为生命中最重要的人。结婚一年以后朵朵生了一个男孩，汪可却诱骗一未婚女子被捉奸在床，原本他们有坚定的爱情基础，而今汪可竟然不顾道德和法律的约束，他们的婚姻结合原来是那么的脆弱。当时朵朵正在读研，一边准备论文答辩，一边带宝宝。宝宝没有满月就被抱着回到朵朵娘家，朵朵非常沉默，为了宝宝忍受心中的凄苦，带着心碎的眼泪提出离婚。娘家众人开导朵朵，认为汪可没有分辨能力去采了野花。汪可瞧着妻子躺在床上，她的表情是那样的祥和安静，完全痴迷在妈妈的角色里，他明白在幼小的儿子身上欠下了一笔良知债，于是下跪涕泪交流地哀求妻子能原谅他。娘家人劝朵朵说："他浪子回头金不换。"她既认同又痛恨，对他虽然余怒未消，却也不忍心看到他在学校同事和众人面前难堪和尴尬。她虽然受到了汪可如此的背叛，但为了儿子还是平息了一段时间的震恕，选择继续维持婚姻关系，朵朵的弱点就是为爱而活着。她把对汪可的爱看得高于整个生活，在婚姻中变得很软弱，默默承担妻子和良母的角色。她忘不掉汪可美好的身影，渴望生活稳定、美好的她，仿佛与现实隔着恒定的距离，她悔恨又割舍不掉，思心疼，又思温柔。汪可最终使她忍耐，她仍然接受了他。

人生没有无谓的体验，她无法缩短两人之间的距离，爱情专一的她，坚持神圣的两性关系必须符合伦理规范。她和丈夫达到以上的共识和承诺后，一家三口相安无事，家庭生活平静而和谐。朵朵兼双职，每天早出晚归，双方事业按部就班地往前走，儿子健康乖巧，没有波澜的生活进入了正常的轨道。她执掌教鞭育人，安居乐业，不断陪伴儿子上学放学，学钢琴、绘画，晚上陪孩子做作业。她天天忙碌着衣食住行，繁杂而艰巨的家庭重任把她心中的苦冲淡了，她把女人特有的慧心、仁爱、情意一起输入到丈夫和儿子的心里，她是一位有责任心的妻子和母亲。

二〇一三年，汪可的职位升迁了，他又厌倦了平淡的家庭生活，第一次的背叛不可挽回地引起更多的背叛，如同连锁反应。他的欲望在黑暗中越来越大，原本在家庭中像太阳的他，觉得妻子、儿子的缺点像星星那么多。

有人插话："如果太阳能在家里发光，那么星星还有光芒吗？"

怨妻子远离朋友和社交圈子，怨儿子依赖的总是妈妈，面对共同生活十几年的妻子，汪可产生了一种厌弃之情。于是他像怨妇那样到处埋怨妻儿，漠视大于体贴，疏远多于亲昵。这些不断折磨着她母子的心灵，朵朵在奋力重燃心中已被遗忘的青春，寻找激情的余烬。她无法忍受心头的焦虑，期盼着一家三口共进午餐的日子，一起到操场玩球锻炼的午后，还有家里充满关爱的气息，期盼丈夫在工作之余辅导儿子的数学作业，这些都是她和儿子的奢望，渐渐地母子俩对一切娱乐丧失兴趣。朵朵在漫长时间中备尝生活的艰辛，但她从不抱怨，只是哀叹自己的命不好，她感到丈夫的怪癖和恶习已经可怕地深入肺腑，她眼神定定地望着儿子，感到一阵茫然。

一位女士插话："平淡如水的日子安静地一天天过着，爱情在柴米油盐酱醋茶中慢慢逝去，而亲情则在相依相偎、共同生活中逐渐产生嘛。"

有人制止那位女士的话，建议继续倾听常老爷子说朵朵，老人不推辞，愤愤不平地继续说着：

汪可的职位升迁了，在他那浮躁的日子里，丧失了甘于平淡的朴实之心。他穿得挺挺括括，刻意卷曲头发自以为派头十足，他的下属名叫史泉，是有夫之妇，同他坠入情网。他神魂颠倒并难以自拔，飘飘然地接纳史泉，心甘情愿地当起小三。

朵朵不清楚，隐藏在丈夫背叛她母子欲望背后的究竟是什么。就为了人们传说的有夫之妇史泉吗？汪可相信了史泉是校方领导的第三者？史泉真的有能耐让汪可继续高升吗？实践证明那位领导给汪可打招呼要他照顾史泉，汪可确信史泉有坚强的后盾，自此他便无所顾忌，明目张胆，白天黑夜与史泉形影不离地谈情说爱，不把妻儿放在眼里。朵朵此时已观察到了丈夫的变化，提醒他注意自己的言行，而他却说，自己现在是风生水起，女人都围着他转。朵朵有心想了解丈夫在新位置上的近况，她要这么做也是天经地义的，甚至可以径直闯入丈夫的办公室，但她有她的避讳，想到丈夫毕竟是在学校中上层的位置，这多少有些不便。她探寻丈夫的念头因此变得复杂起来，最终还是放弃了。

朵朵在家中的观察印证了这一切。丈夫经常凌晨四五点回家，倒头深睡到下午再去办公室，理由是在外考察，节假日也在外。他深深迷恋着情人史泉，她让他心花怒放，让他念念不忘，白天他也带着那美妙的回忆昏昏欲睡。在入睡的边缘，在因视觉模糊而变得魔幻的空间里，他突然肯定自己仍然被约束在妻儿身边，心中以为妻子纠缠不清又不能给他仕途升迁的机会。暗自回味前夜的享受，他的思念绵绵无绝期，他忘记了责任和义务，看眼前的妻儿又丑又烦，夫妻矛盾也日益尖锐起来。偶尔回家的他暴跳如雷，对妻儿冷若冰霜、野蛮粗暴，满嘴脏话难以入耳，狂躁的他总是在深更半夜回到家后，打开电视将音量调至最大，让卫生间的流水响声不断，以此来折磨妻儿，使妻儿心惊胆战地从睡梦中醒来。

一位中年男士插话道："因为妻儿阻碍了他心中的另爱，使他不能从容地越过妻儿这道防线，不能越过妻儿屏障的主要原因，是他面对接连的升迁后，有一种类似毒瘤的婚外依赖。"

常老太接话道："那史泉的烈火把汪可的血液烧得沸腾，汪可把妻儿逼得没有进路，没有退路，可是朵朵仍然担心她丈夫的仕途。"

年轻女士也发表自己的见解："朵朵应该去捉奸。"

老太奶奶赞同说："捉奸可以说是对背叛婚姻者最好的道德惩戒。"

另一位高个女士不赞同道："但在获取这份权益，为举证去捉奸时，很可能会使自己受到伤害，捉奸不成反而浪费时间和精力，将会对身心产生严重的影响，甚至一辈子都无法忘记那丑陋的一幕，这可能是朵朵放弃的原因。"

老爷子继续道："朵朵是一个善良、知趣、软弱、得体的人，她听天由命，随遇而安。汪可是她的丈夫、她儿子的父亲，她对儿子的父亲便听之任之。"

朵朵的闺密说："汪可的感情来得太突然，也太让人感到意外，他衣冠楚楚，人模人样，看不出原来是个人面兽心的东西。"

那女士的丈夫接话道："也许朵朵生性就粗心，也许她太过于自信，生活中一帆风顺，事业发展顺利的时候，没有留心到丈夫夜不归宿的变化。当他提出离婚时，朵朵的心绪几乎全乱了，从此才从困惑中恢复过来。"

女士补充她丈夫的话说："慢慢地朵朵从慌乱中沉寂下来，开始询问原因，真诚地希望她丈夫不要做出轻率的决定，因为他们已步入中年。但朵朵却一连几天都不知他的去向。"

夜幕降临，朵朵照常安排了儿子的学习，渐渐明白了丈夫冷落她的原因，一个人静静地坐在客厅等他回家，希望与他坐下来好好谈谈。

"你在外的事情，我不闻不问，离婚的话我们的儿子怎么办？你有什么要求我尽量完善，按你的意思执行，请你珍惜多年的夫妻情分。"她这样温柔的声调，近于恳求。

丈夫恶狠狠地回答:"儿子让他自生自灭,什么夫妻情分,你懂不懂旧的不去新的不来?这是男人们的自然规律。"

局促不安的窘态和羞怯使她竭力控制着自己,她的脸色变得十分苍白,现出沉思的神情,流露出憎恶的情绪。丈夫的放纵使她深感不安,而又生出怜悯的心情,看了看丧失父性的他,朵朵把想说的话又咽了回去,她想用女性的善解人意去化解他的不快,让他能得到充分的宣泄。然而不堪入耳的谩骂、脏话、嘲弄,像一把尖刀似的插入她的心头。她的姐妹们把她看成傻瓜,对汪可的评价是不学无术的绣花枕头。汪可对老幼蛮横无理,她也毫不在意,她只愿意听丈夫的甜言蜜语,她对生活毫无经验而又自视甚高,一味追求幸福,却早已把自己的命运交到丈夫的手中。

朵朵坐在儿子的床边,往事像潮水般向她涌来。她怎么也想不通,莫非男人地位变强了,女人在家庭生活中就非要弱,非要俯首帖耳?他和那个女人在办公室出双入对,单位领导装聋作哑,难道社会就没有公理?十年树木,百年树人的大学可以容忍男女关系混乱吗?他怎能把金钱、地位、享受当作是人生的终极目标?

朵朵问他:"你整天整晚甚至几天不回家,到底干什么去了,住在哪里?"

汪可凶巴巴地咆哮着:"你算老几?你有什么权利盘问我?别人买单我住宾馆!"

朵朵理直气壮地反驳他:"我还是你老婆,我要为这个家、为儿子负责。"

汪可竟赤裸裸地当着儿子的面回答:"那我告诉你,有钱有势的大老板的女儿倒贴于我,把我侍候得舒舒服服。"

朵朵继续追问:"她是谁?是不是你们两人旧情萌发。"

汪可不知羞耻地回答:"我现在是学院的中层领导,年轻女人多得是,排着队让我一个一个地挑。"

朵朵细细琢磨婚后错综复杂的事,仿佛在他得意扬扬的神色中察觉到,这个女人的背景非同一般,并不是人们议论的史泉。她心情沉重,情绪低落,但还是有意提醒他:"难道我们的婚姻得不到法律的保护?"

汪可仍不屑一顾："什么法律？那是对弱智而言的。外面的女人是自动上门往我身上猛扑，你去告发我，我还是学校组织上信任的人，我早给单位的人说过，你是一个疯子。"

她打住话头陷入了沉思。丈夫说得没错，大量的购物卡早已为他赢得了上司的信任。她站在那里没有开口，沉默着，一副无精打采的样子。她无法揣摩此刻的丈夫，究竟是在追忆迷茫的过去，还是在庆幸清醒的现在，他的良心和承诺都到哪里去了？为了情欲，竟然不顾道德舆论的强烈谴责，不顾法律，绝情弃她母子而去，天平已不是倾斜而是完全倒塌了。

此时朵朵仍旧将心事袒露，希冀用自己的坦诚，用情感的芬芳熏醒他发了昏的头脑。可是汪可的几句话像刀子一样刺痛她的心，"在协议上签字"的话仿佛炮弹炸得她狼狈不堪。朵朵想到儿子摇了摇头，签字容易，那儿子在什么地方上学？这个问题她顾虑得最多，儿子需要照顾，需要有这个家。另外，她没有必要成全那女人，那是她的丈夫，是她儿子的父亲，她认为自己应该争取。朵朵哀求他："我们不能重新开始吗？"当初她有多么盛气凌人，现在就有多么低声下气。

可是汪可在泥潭里越陷越深，竟然当着儿子的面骂妻子："你像狗皮膏药一样贴着我。"

汪可的话像一把尖刀插进朵朵的心脏，血不住地往外流淌。儿子紧紧地抱住了她。此时她仔细打量，突然发现丈夫的脸已经扭曲，嘴也歪了。她不知道丈夫经过了什么样缠绵深刻的感情，那份感情狂热得出乎她的意料。朵朵平静地推开丈夫的手，拿起笔，可是儿子就站在他们中间，见儿子无助地看着自己，从眼神到姿态都带着悲伤。她感到儿子在心中好沉好沉，便放下了笔，母子相拥而泣，这似乎是对她人生的一种嘲讽，又似乎是命运对她的一种捉弄，朵朵只能把苦涩的泪水往自己的肚子里流。婚姻原本是一份责任，丈夫已是一个缺乏责任的男人，是不会明白幸福的真谛的。儿子目睹妈妈柔弱疲惫的模样，不忍心谈及学校又要费用的问题，上前对他父亲说："爸爸，学校收校服费用，你能给点钱吗？"

他正心烦意乱，对儿子呵斥道："找你那死妈去。"

　　父亲的无情深深伤害了儿子的心，委屈的孩子不知能否承受父亲的无视。儿子看着父亲拿着吹风机吹头，搭配衣服的款式，之后喷完香水照照镜子甩门而去。

　　朵朵有苦说不出，她揪心过，哭过，甚至为了儿子哀求过，她深深地陷入迷惑里。夫妻本是一条船上的两个水手，两人的命运连在一起，同甘苦共患难，彼此都有责任，但丈夫的心却彻底变了，为了满足他的欲望，竟然连自己的亲生儿子也不认了。她还是觉得很突然，虎毒不食子，丈夫这样的变化让她一时难以接受，虽然饱受精神的折磨和凌辱，但为了儿子她也得吞下自尊。

　　一中年男士愤愤不平地开口："起初珍惜多年的感情，有一定的责任和道德，现在是彻底的背叛，本性难移的汪可改变不了他的习惯，正如豹子改不了它身上的斑迹，结果已成为事实。朵朵就只能陷入进退维谷的困境。"

　　中年男士的妻子打断她丈夫的话："男人最大的缺点是不能专一地爱，女人最大的缺点就是爱得太专一。朵朵是美女遇上了流氓。"

　　年长的另一位女士气呼呼地大声嚷道："女人爱上男人就想天长地久。"

　　一位高个子的女士满是怨气地说："你想要天长，男人未必要地久。"

　　老奶奶也接话："当爱不在情已空，男人就转身离去，当今社会中年男人的感情危机到了剑拔弩张的地步，便会威胁到婚姻甚至把妻儿逼到悬崖边上。"

　　始终没有说话的另一中年男士摇摇头："有时婚姻危机仅限于心理活动，爱情与亲情的转换是一个必须面对的现实问题。"

　　老爷子抵触地搭话："面对汪可的多次出轨，朵朵为了儿子选择隐忍一切。陈世美被人们唾骂了上千年，如今还魂在汪可身上，汪可就是当今的陈世美。这种人留在党政干部中间的确不可取。"

　　每到周末朵朵母子就陷入可怕的不安状态，她整夜失眠，回忆着她们那些幸福的日子。她觉得丈夫和自己一样像个无助的孩子，也许他没有那么狠心那么无情，别人说他是放荡的好色之徒，到了不可救药的地步。她觉得丈夫只是迷失了方向，他其实是一个可怜的男人，在这个城市除了妻儿没有亲人，现在是被妖魔缠身，看来职位升迁也会害人。汪可像变了一个人，回到家中他总是心神不宁、找碴儿骂人，甚至亲口告诉儿子，他乐意养别人的儿子。朵朵几乎以恳求的语气强调："你有责任抚养你的亲生儿子。"

责任？朵朵向他提起对儿子的责任，这是他听到的最糟糕的字眼，他几乎肯定地当着儿子的面回答："什么责任？你的儿子只不过是我丧失的一个精子。"

滑稽又可悲的汪可所接受的高等教育，恰恰成了某种道德障碍，纯粹地糟蹋着他的心灵，出口的话隐藏着龌龊的人性。妻子以专注的目光久久地看着他，眼中闪过讥讽、鄙视的神情。

夫妻关系在某种程度上取决于他们的感情，即他们是爱还是不爱？是善待还是仇视？这是永远都无法下确切定义的。汪可在混乱的思绪中，萌生了一个亵渎神明的想法，即他和朵朵的夫妻关系不会仅仅只是动物之间最原始的状态吧？这真是人类史上的怪现象，从这个定义可以看出其中的讽刺意味。他的这些想法十分危险，甚至让他远离人类的文明。

朵朵一次次忍受精神的折磨，可是仍念着他的好处。她又重新想起遗忘多时的往事。在怀小宝宝时，她像在梦里一样看着昏暗的灯光下，躺在床上醉醺醺的丈夫，当时她在心底狂喊，无比担忧丈夫的健康，像梦游一样摇摇晃晃地在房间来回走动，像踩在棉花垛上，脚下轻飘飘的。深夜的楼道空无一人。十二点以后，丈夫仍然坐在客厅看着电视，嘴里抽着烟，烟雾在客厅的上空缭绕。她跌坐在沙发上，用手捂住脸，泪水从指缝间流淌下来。她的心一阵阵抽搐，疼，疼呀，丈夫怎能这样伤害自己，他是自己的亲人啊。转眼间产期到了，丈夫送她到了医院，她躺在妇产科的床上，丈夫坐在床边拉着她的双手共同承担痛苦。护士推进小婴儿，那份惊喜和责任降临到他的头上，他走上了"父亲"这个神圣的岗位。他看着妻子的身边躺着的婴儿，此时手机响了，接听后是另一个女人的声音，对这个小生命他的脑海竟然出现一片空白。

汪可再次逼朵朵在离婚协议上签字时，朵朵回头看着儿子已被他影响得难以入眠，他的态度和作为对朵朵来说是多么大的侮辱，他的样子多么冷酷,她怔了半天,空白的脑海中没有了一点主意。两人同甘共苦经营了十七年的家庭,孩子已经九岁,丈夫对这个家却不再有感情了,不再对她母子关怀备至,体贴入微了,朵朵的心冻结了。汪可迫切想要抛弃她们母子,他咬着嘴唇默默地坐在沙发的角落说:"你死皮赖脸地缠着我。"每一句尖刻的话她听了都心如刀割,她恨自己没有志气,没有骨气,只会一味妥协、痛苦、挣扎、隐忍。汪可漠视她,常常对她进行精神虐待、语言刺激,借酒装疯,沉迷于极乐之中,浑浑噩噩、醉生梦死、不能自拔,痴迷于纵欲行乐,行为举止也变得更大胆,甚至开始随意辱骂妻儿,似乎故意以这种放肆的手段摧残妻儿,目光凶狠无礼,经常半夜变本加厉地威逼她在协议上签字。还让母子两人净身离家,每月给儿子四百元的生活费,迫使她同意,如果不从,便要把她们母子赶出家门让她们流落街头。多年来,朵朵才第一次真正看清他是一个没有良知的人。

站在一扇窗户前,目光扫过家属院,盯着对面附中的操场,朵朵不知道该怎么办。是独自离家把儿子留给丈夫吗?可是儿子吃喝拉撒睡丈夫不管不顾,她担心儿子孤苦无依,她感到了一种无法舍弃的爱。这份责任令她害怕,她盯着操场寻找着一个答案。

目光越过学校的教学楼,朵朵在思索,如果她消失不见,汪可可能立刻就把儿子强行送回河南新乡老家,让儿子在那环境落后的地方自生自灭,那她就再也见不到儿子,也必然活不下去了。她确信此时的丈夫,疯狂玩起了所谓的爱情戏码,儿子的一切会被抛诸脑后,小小年纪甚至会有生命危险。她盯着教学楼揪心地寻思着。

望着家属院脏兮兮的墙壁,朵朵潜意识里是如此的懦弱,瞬间明白如果就这样悄无声息地离开自己的家,那岂不是与丈夫同样疯狂。她用极其冷静的态度回答了自己,盯着隔墙思忖着。

时值春末,天气炎热,所有窗子都拉上了窗帘,朵朵急急忙忙去超市为丈夫、儿子准备晚餐食材。她用自己的思想筑成一个囚笼把自己囚禁起来,但又拼命想挣脱出这个囚笼,怎么决定,除了她自己之外,没有任何人可以帮她。

二〇一三年五月,邻居直白地告诉她,汪可经常在她到学校上课的时间带女人回家,这简直令人难以置信。

"丈夫在外面怎样,我不想知道,也没时间探究真假,至于把女人带回家里,他还没有那个胆量。"

邻居们委婉地提醒她:"放个录像试试看嘛。"她心中非常清楚外界的评判不是过于轻率就是捕风捉影,但传言实在令她哑口无言,让她心碎而又愤怒。汪可随心所欲地把女人带回家里,影响她母子的正常生活,朵朵半夜三更常常从梦中惊醒,儿子也深受其害。她左思右想在小房间放了录像机就开车到学校去了。

下午回到家里,朵朵打开录像机,画面中汪可和史泉赤裸裸躺在小床上的画面让她触目惊心,无比恶心。一切太出乎她的意料,丈夫竟真敢在上班时间在家干这种事情,难道他不觉得这是在伤害妻儿吗?

没有,他的心中没有一丝的内疚,他被史泉吸引着,就在快感蔓延全身的那一刻,他内心无边的黑暗渐渐展开。对妻儿的厌烦使他恨不得立即将他们赶出家门。他无所顾忌、为所欲为,对他来说,那样虽然辱没了妻儿,但会让自己有一丝快慰。

朵朵对从怀疑到真实产生的剧烈痛苦已经麻木,她那全部建立在丈夫、儿子、家庭基础上的孤岛生活,使她远离现实。她也许可以依靠自己的道德力量去抵制丈夫,不幸的是她时时刻刻都担心丈夫会因此失去职位,担心他们三人会永远失掉赖以生存的家,只要能够得到安静的幸福日子她就心满意足了,这么简单的要求丈夫都不给。朵朵仍然想着他是儿子的父亲,为了丈夫的前程和儿子的脸面,她即使吞下两只苍蝇,也仍然保持沉默,然而内心已经瞧不起他了。他的职位再高也掩盖不了道德上的无良,没有责任心和爱心,只贪图自己享受。他的全部工资都用在吃喝玩乐上,衣服不计其数,光鞋子就有几十双,他已是一个十足龌龊的男人。

为了儿子的安宁,朵朵走出夹缝生活,终于明白最可靠的还是自己。一天,她去学校接儿子,路过学校的宾馆,儿子去上卫生间时间过长,她去找儿子的时候认出了丈夫的姘头。她一刻没停步,拉上儿子悄无声息地走过,躲避那揪心的一幕。朵朵很清楚录像不能曝光,只能存储在她的内心深处,不能曝光是怕影响丈夫的前程,不能曝光是怕儿子在同学中受到伤害。事实已经造成无法弥补的裂痕,她母子也已心力交瘁,她急需找亲人倾诉。令她没有想到的是,亲人们、朋友们个个极力劝她尽快离开汪可,那一瞬间她着实不知所措。亲人们的话时刻浮现在她的脑海:脱离那恐怖、受害的房间吧,这样才能得到心中的一片宁静,抚平你母子的心绪。

汪可不愿协议离婚,坚持让朵朵到法院起诉,他自信会有人帮他,且有能力摆平各级法院,但令他没有想到的是,妻子毕竟是受过高等教育的大学教师,她不信丈夫的邪念,她把自己从困惑中拔出来,让自己尽快投入新的生活状态,频繁接触亲朋好友以淡忘自己的失落,这是一种化繁为简后的睿智。朵朵请律师事务所给汪可发去离婚协议,但不愿暴露丈夫的视频,只求在法律的范围内离开他,让他跟那小三去做露水夫妻,偷偷摸摸地生活,让他为别人养儿子去吧,让他等着别人的儿子给他养老送终吧。

朵朵心里一阵轻松地说:"女人千万不能将幸福寄望于婚姻,别以为只要结婚了,一切不快乐就会结束,我过去真是大错特错了。"她懂得了婚姻的主要因素应该是彼此相爱,如果彼此不再相爱了,离开也好。但离开后的朵朵仍关心着汪可,他毕竟是儿子的父亲。朵朵虽身体柔弱,经济节俭,但是和儿子相依相拥、心情舒畅,慢慢地在往前走。

大家议论朵朵到高潮时,突然田甜和她儿子从外面回到院里,话头因此被打断,所有目光又集中到田甜身上,从她嘴里得知威海在生命的最后时刻,内心受到的遣责越来越深,甚至放声哭起来:"悔呀,好后悔啊,悔不该不听老婆的苦口良言,有如此悲剧,自作孽自受过,结发妻不可弃呀!"但是世上没有后悔药,威海只有带着无限悔恨睁着眼睛离开人间。田甜泪流满面继续叙述道:"去年,威海到了重病晚期,被那女人的儿子赶出门,威海为了那女人抛弃了妻儿,如今她却像丢垃圾一样把威海扔到门外。威海家乡的父母已去世,其他的亲戚也拒绝接收,他身无分文、无家可归、骨瘦如柴,无可奈何才投奔了我。"

田甜虽然恨之切,但又爱之深,接纳了威海并陪着他到医院治疗、化疗,每天一起在院子散步。

一位大妈惋惜地说:"女人心疼男人,终到极致,把男人当成了儿子,满足儿子的心愿,甚至宽恕儿子的错误。"

　　二○一三年十二月二十一日,医学院无力救回威海的命,田甜领着她娘家人和儿子给威海料理后事,她哭成了一个泪人告诉大家:"他太自我太固执,丢下家庭和儿子不管,枉有一身才华,走时才五十八岁呀。"

　　老爷子却说:"他长期生活作风糜烂,不吸取万恶淫为首的教训,纵欲无度,其结果一定是虚无和绝望的人生。"

　　人们感慨,田甜拥有一份难以言尽的人间真情,威海的身后最终守候的还是他的结发妻子。

幼童力挺保妈妈

二〇一三年十二月，某个星期天的清晨，我接到了兵儿的电话："妈，大姐夫今天邀请全家到子午路吃烤鸭，到时您等我的电话。"

放下电话以后我有点心软，上个星期天才吃了他家的大餐，且费用不薄。是因大女婿过生日，全家十几口人前去庆贺，大女儿规定不收一分钱的礼物。

接听兵儿的电话后，我立即关好店门，就到对面广场找到老伴。他坐在广场蘑菇伞下面的椅子上，低声唱着《青藏高原》，那声音明显颤抖，五音不全。我上前拍拍他的肩，示意他跟我走，老伴跟着我一前一后，来到子午路的烤鸭店。

我抬头一看大厅，包间全部坐满了人，侧耳听见旁边餐桌的一声感叹，一位貌似大姐模样的女士说道：

"结婚时我就觉得你们两人不合适，所以没有前去贺喜，你们现在离婚了，宝宝怎么办？"

另一位穿着得体，红光满面的女士插话："由不了他，婚姻不是买卖的商品，他想要就要，不要就丢弃，他的良心叫狗吃了。"

又一位更年轻，穿着更时髦的女士皱着眉头说："现今的有夫之妇越来越不在乎伦理，使一些男人成了花心大萝卜，无形中给好好的家庭投下了阴影，长期下去将会形成一个什么样畸形的社会？"

坐在老人旁边的一位中年男士伸长脖子说："如果他们离婚了，会使宝宝的感情指针发生摇摆。"

"离了，离了，离了先保住命呀。他求婚，结婚，离婚，都非常出人意料。我深深地受了伤害,孩子长期受他的隐形暴力,对他造成的是精神隐疾,无异于雪上加霜呀。"

这声音那么熟悉,我明白了,这不正是彤彤和他妈妈朵朵么? 这时,就听到一个稚气嗲嗲的声音:

"外婆,不准他们离婚,我是爸妈的儿子,谁让我没有了父母,我就跟谁没完。"幼童的声音快哭了,似乎也要哭出男儿的坚强、任性来,大家屏息听着幼童的话,整个餐厅的气氛顿时凝重了。彤彤的外婆一把将幼童搂在怀里说:"彤彤,你比外婆聪明,小小年纪怎能离开父母呢,没有他们的陪伴,你更可怜更苦啊。"

大家默然了,目光投在那位年轻妈妈朵朵的身上。她纤巧温柔,她的那种真诚,总是从大大的眼睛里透露出来,她怔怔地坐在那里,说不出任何话来。听了母亲的话后,她的神情变得认真起来,好像在思索着什么,同时眼里还浮现出一丝让人不易觉察的淡淡的哀愁,她说:

"他的作为多么冷酷,他已痴迷在那份感情的洪流里了,既然他提出离婚,那我同意协议分手。"

彤彤眨着眼睛抱着他妈妈:"不准和爸爸离婚,不然我就出走,流浪去。"

"彤彤,不是你妈妈的主意,是你爸爸逼你妈妈在协议上签字。"外婆避免用"离婚"二字。

彤彤边擦眼泪边说:"我要求爸爸不要抛弃我和妈妈,我爱他们两个人。"

女士们的双眼直视着彤彤,其中一位说:"'离婚'二字实在过于伤害孩子纯真幼稚的心灵,也许这是大人们心中的欲求,那份永远抹不掉的痴心,给彤彤造成的伤害谁能承担?"

大家的目光聚集在彤彤身上,交谈议论着,朵朵低着头似乎在感叹岁月如水流,她抬头慢慢地对大家笑笑说:

"还是分开为好。"她也避免在儿子面前提到"离婚"二字,她脸上浮现出困惑的神情,继而又朝大家尴尬地苦笑道,"他已有了严重的心理道德障碍。"席间探讨在继续,他们中间有人高声道:"当初他是那么爱你,以一种虔诚的心与你结婚生子,原来他是个不负责任的人,连儿子也不管了。"

一位女士对朵朵说："你和他是合法夫妻,他和那女人只是偷情而已,由他去吧。"

人们的目光再次一起投向彤彤齐声喊道："听彤彤的话,这个婚不能离了,拖着他,等他回心转意。"

那女士补充说："古人说宁拆一座庙,不毁一桩婚,只能劝和不能挑拨,百年修得同船渡。"

女士身边的男士说："衣食足而后应知荣辱,既然建立了婚姻关系,双方都要努力保持并且承担起家庭的义务。"

朵朵脸上浮起一丝自嘲的神情："这就是他曾经对我说过的美丽诺言。"语气非常平静却像是在对她儿子倾诉,分明感到她的话语中传递过来的那一份疼痛。

朵朵清纯地微笑道："妈,我已是四十的人啦,我们之间的事您不要伤心,他对您说的话您不要当真,法律意识淡薄的他昏了头,谁家分手的夫妻不放狠话,我没事的。"

全家人聚集在一起关心、开导着朵朵,商谈解决家庭情感引发的矛盾,引起了我的共鸣。

朵朵抱着儿子爽朗地笑笑,从她的笑容中我看到了一种特有的传统美德。她说："为了这个家庭隐忍,为了我们的儿子,我都可以原谅他,我现在仍是他的妻子、儿子的母亲,我也会尽到妻子的义务、母亲的责任。"

彤彤扑到母亲的怀里撒娇说："我每天都要和妈妈在一起,妈妈听我的,我再去求爸爸不要丢下我和妈妈,妈妈多给学生上课,挣很多的钱呢。"彤彤的话让人心疼,外婆一把又将彤彤揽在她怀里,不停地吻着彤彤的头。彤彤把头埋在外婆的胸前,一会儿,又慢慢地抬起头来拉住外婆的胳膊,用手梳理着外婆花白的头发,转眼泪汪汪地看着瘦弱的妈妈。我心里禁不住一阵阵难过。看着朵朵忧心忡忡的模样,我的内心产生了怜惜感,禁不住说:

"身为大学教师的知识女性也有婚姻的危机和无奈啊。"

"平安夜的晚上,我和妈妈已在睡梦中,爸爸进来让妈妈在协议书上签字,妈妈说半夜两点需要睡觉,爸爸就拿起鞋子打妈妈。妈妈只好拉上我住到校园的宾馆里去,还不让我哭,怕别人笑话。"彤彤结结巴巴地说。

朵朵阻止儿子往下说,外婆不愿意,鼓动彤彤继续说下去:"第二天早上我和妈妈回到家里,爸爸仍在睡大觉,妈妈煮好了饭送我到音乐学院学钢琴,下午又送我去上绘画课。回到家里,爸爸还在睡大觉。"

外婆心疼、爱惜地看看女儿不停地叹气。

朵朵无奈地摇摇头说:"我千方百计地想对他负责,他却我行我素,我掏心掏肺地规劝他,他仍然充耳不闻,随心所欲。"

朵朵看着妈妈伤心流泪,抱抱妈妈,用纸巾擦掉妈妈脸上的泪水,轻轻摇摇妈妈的肩膀说:

"妈,你别为我担心,我会好好教育您的外孙,让他早早长大成人。"

二〇一四年的春节,汪可借酒发疯故意把家里搞得一片邋遢。朵朵母子两人抱头哭泣,而后朵朵打扫屋子,彤彤从五楼往下一袋袋地倒垃圾,这就是她们母子度过的大年初一。

正月十六凌晨一点半,睡眠中的彤彤外婆被电话铃声叫醒:"奶奶,爸爸回到家打妈妈,快来救救她。"彤彤的声音让老两口心急如焚,外婆双手颤抖着怎么也穿不上衣裤,还劝老伴不要起床:"天下着大雪,你在家等我电话,我一人去。"外婆站在窗前看着窗外雪花飞舞,雪花犹如一只只白色的蝴蝶在嬉闹,地上的脏物被掩埋在雪下,那些落在路上的雪,因为一落地就遭遇了纷至沓来的脚步和车轮,瞬间成了浑浊的泥土。

第二天早上,妈妈又提前出门上班去了,彤彤叫醒还在酣睡的爸爸说:"你和妈妈离婚吧,我不会再阻拦你们了,我只有一个要求,把房子留给我上学。"汪可揉揉惺忪的睡眼,抬头望着彤彤,暴跳如雷地从床上爬起来吼道:"什么?什么?房子给你,我住哪里?"彤彤没有回答他的问题,只是凝望着他默不作声,汪可边穿内衣边说道:"儿子,你跟着我就可以继续留在附小上学,那不挺好的么?"

彤彤露出不太信任的神情回答:"爸爸,你应该搬出去,买这房子妈妈付了一大半的钱,你应该把房子留给我和妈妈。"

汪可一听,气急败坏地举起拳头想打彤彤,彤彤夺门而出,汪可追出门口厉声骂道:"你就是你妈拉的一泡屎!"

　　彤彤鄙视地回头看看父亲,对他已经完全失望了,他决定永远和妈妈在一起。

　　朵朵对汪可的表现伤透了心。她自悟到每个人都应承担各自的家庭责任。每个人都拥有一片自己的心灵花园,园丁就是我们自己,对于花园中的杂草要毫不吝惜地拔除,为自己的生命营造一个良好的生存环境,幸福就会留给自己。四十岁的她,正是女人的黄金时期,岁月虽然在眼角刻下了细细的皱纹,但是她的眼神仍然充满着智慧与深沉。

　　这朵倔强的花,盛开在生命的旅途,无论风雨,无论白天黑夜,一直会倔强地绽放……

悼念我的好外婆

二〇一四年大年初三,接到李佳姐的贺年电话:"碧清新年好,菲菲月底返回加拿大,专程到西安看望你们,给你们拜年,顺便参观兵马俑。"

参观兵马俑是真,顺便看望和拜年那是李佳姐的巧说。我抱歉地回答:"佳姐,新年好,全家快乐,我在北京给小女守家,他们全家出境到迪拜,初七才能回到北京,菲菲之行能缓缓吗?"

她惊奇地回答:"啊,你们怎么没有同去?"

"原本一起去的,老伴突然身体欠佳,我留下陪他。"

她惋惜地说:"你生疏了,到了北京也不和我们联系,三嫂他们知道吗?"

我否定以后,她坚持让菲菲见我一面顺便给我拜年。

菲菲的车开到了小区外打电话给我,老伴留在家里,我走进菲菲的车里,坐在副驾驶后,看见车头上的本子封面写着醒目的"悼念我的外婆"的字样,外婆不就是李浩然的母亲吗? 没有取得菲菲的允许,我迫不及待地拿起翻阅,此时又觉不妥,菲菲当时没有任何反应,我只好放回原处,但禁不住心潮澎湃,想知道李浩然的母亲在家庭生活中是个什么样的人。车驶进了地下车库,坐电梯进到李佳姐的家里。客厅窗台上芳香清雅的水仙花,增添了节日的气氛。坐在客厅,水仙散发着沁人心脾的清香,令人心旷神怡。进餐厅路过书房时看到一叶兰花洁白柔嫩,叶色浓绿光亮,姿态优美淡雅而有风度,衬托出其他花卉的鲜艳和美丽。

在李佳姐家吃完午餐后,跟随她的家人游北海公园。今天是一个很好的天气,一切沐浴在明媚的阳光里,沿着前面的大街一直往西,走过沙滩，走过景山，一直走到北海，看到了高高的白塔就在眼前，团城上的柳树枝上白花花的雪片迎风招展，像是飞着无数的白蝴蝶。年轻人去滑雪，我们一步一步慢慢地走进白塔，随行的保健医生让我们围着白塔心诚地绕上三圈算是拜塔。我们听从了她的建议，规规矩矩地完成心愿。下塔后我和李佳姐夫妻沿着湖畔向五龙亭、九龙壁漫步，呼吸新鲜的空气，抖擞抖擞精神，倾吐一些这一年生活带来的烦恼和压抑，是何等的痛快。李佳姐开口离不了她三哥夫妻，我恳请她不要告诉三哥我在北京，的确太麻烦他们，我已去过电话拜年了。话头又转到她母亲身上，我趁机坚持要菲菲悼念外婆一文的复印件一份，并请她成全。她痛快地应承了，并勾起了她的回忆。

母亲一生清贫，最大的财富就是她的五个孩子，她与我父亲含辛茹苦地把我们培养成有高学历的人，在我们身上倾注了她的全部心血。我们一个个离巢而出，却依然是她的精神支柱，我们的困难使她挂心，她总是不遗余力地帮助我们，我们的成绩使她开心，她尽情地享受这份欢乐。我常年远离母亲，只能通过写信陪伴她的晚年，抚慰她的心灵，当我从境外飞至医院的病榻前时，看见她的眼神都散了。我俯下身去，亲吻她的前额连声喊着妈妈，可她竟不能应声，神情是那样的痛苦，许久许久她才应道："忙哦。"我再也无法假装微笑，急忙扭过脸擦去抑制不住的泪水，这句"忙哦"足以让我歉疚一生啊。

母亲的生命力是顽强的，几日后，居然能进食了。她一清醒过来，要求立刻见到她的子女、孙子。我们扶她坐起来，三哥坐在床头背靠着床栏，用双手抵住妈妈那全无力气的背脊，我就坐在床边让她靠着我的身体，我们为她按摩捶腰，替她梳理那并不显白的头发。她觉得舒服多了，我贴着她的脸轻轻唱着她最爱唱的《莫斯科郊外的晚上》，三哥柔声地问她："妈妈，好听吗？"

母亲用尽全身力气说："能够听到'百灵鸟'的声音吗？"

三哥在母亲身后泪水夺眶而出："能够，能够。"他违心地应答，看着母亲早已瘦弱的面庞，不敢触及母亲那沉重而愧疚的目光，只要抬眼一看，三哥就会情不自禁地凄然泪下，那一刻他明白了什么是母爱，是一种把看不见的委屈独自吞咽进肚里，同时还接受子女内心的责难，而不做一言片语的解释。然而母亲的临终遗言只是说了一声想听"百灵鸟"的歌声，可见五十年前的学校之行令她愧疚至今。其实现在的三哥家庭美满和谐，早就把对母亲的埋怨忘得干干净净，早已淡漠了对此事的记忆，没想到"百灵鸟"事件一直是母亲的一个心结。我们知道母亲倔强，她依然在与死神抗争，我们知道母亲多情，无限眷恋美好的人生。送走母亲的当天，我们兄妹在她的遗像前点起清香三炷，顿时香烟缭绕，曲折旋升，望着它就像望见慈爱刚强的母亲飘然舒展地离我们远去，徐徐去向遥远神圣的那一边追寻父亲。

我们崇拜母亲，她生前喜欢在秋冬时节暖暖的午后，坐在窗前聆听着一首流水潺潺的音乐，慢慢品味淡然而清净的人生；喜欢在安静的冬夜沉迷于一本好书，在美好的语境中悠悠畅游，放下所有的繁杂，思绪在简单中摸索，宛如微风柔柔抚摸。感情是她人生最重要的部分，淡泊是她人生最浓的色彩，晚年的母亲在喧嚣中独守一片宁静，在浓郁中默念一份平淡。

分手时菲菲手拿一份文件夹，内有复印件交给我。回到住处我心情激动，取出信纸往下看：

一九八七年五月十五，我的外婆去世了，享年九十八岁，如今外婆的音容笑貌渐远渐淡。昨晚外婆在我的梦中出现，外婆的家，那里有欢笑，有温情。外婆仍是世界上外婆中最好的一个，不但我如此想，我的许多朋友也如此说。她不但是我的外婆，而且是我的挚友，我有许多话不敢同妈妈说，敢同她说，她有现代的头脑，理智公平地接受身边的一切。她对所有的儿女、孙子、孙女一样疼爱，别人羡慕外婆的家是浪漫家庭，外婆是我们一切幸福的根源。外婆离开人间时我身在波士顿，不知何故心里预感到不妙便往家中打电话，外婆手机处在关机状态，接通了表弟的电话得知外婆于晚十点去世的消息，我失落地瘫在地板上，心里空荡荡的。

外婆是一位经过战争洗礼的外科女医生，老年离休以后仍不懈地给人治病，她的医术精湛，像蜡烛般照亮他人，燃尽自已。外婆像是小溪丰润他人，清明甘洌，奔流不息。

外婆闲暇的时候经常沉迷于诗书画，每天坚持伏案学习，从未间断。她一生勤劳善良，和蔼可亲，认识她的人没有不说她好的，即便是她老年以后变得异常唠叨，戴着老花镜，很瘦弱却非常的有精神。入睡前外婆总是在灯下读《红旗》杂志，她的唇角不自然地流露出一份孤傲和清高来，那神情让我有些陌生又无比敬畏，她的清高是从骨子里流出来的。她依然是我们最最尊敬和爱戴的外婆。

我的外公大外婆十一岁，他们在炮火连天的战场上相识相爱，在血泪交流的浩劫中相知相守，在生活之中相伴相依，在工作之中相比相帮，在儿女成长中相辅相成。在我三岁的时候外公就去世了，听妈妈说外公是一位经历丰富、骁勇善战、铁骨铮铮的硬汉，但也有柔情的一面，脾气极好、敬业诚实、心思细密、身材高大。可能是因为和外婆年龄相差悬殊的原因吧，他疼爱自己的妻子就像孩子一般，让着她、宠着她、爱护着她。家里家外所有的重任，外公从来不让外婆担心，即使在战争年代也尽量保护着她。所以我从妈妈那里知道，外婆作为一个妻子，是一个非常幸福的女人。

外婆生育了五个孩子，三儿两女。外公去世时外婆七十岁，她的子女都已成家，在全国各地过着各自的生活，对于外公和外婆来说，他们的人生目标已经实现。这时的外公丢下外婆走了，外婆一人住在干休所，她的老伴没有了，可以想象还有很多牵挂的外公，在他即将离去时该是多么担心他的妻子，多么留恋他的家，而失去了大山庇护的外婆，她又是多么的不舍啊。其实对于这些，我的联想也仅仅来自于家人的描述，但就爱情而言我羡慕我的外婆，渴望那种被疼惜被爱护的感觉。真正对外婆的记忆，是从被妈妈送到外婆家里的那些日子开始的。

妈妈去深造，爸爸在边疆，只好把我送进军区幼儿园，从此以后，我就成了外婆的尾巴。隔壁的大门口总是有一堆闲聊的老人坐在树丛中，外婆牵挂的眼睛一刻也离不开跑来跑去的我。有时我会因为玩伴的欺负而哭鼻子,外婆一脸痛惜地帮我抹去眼泪,然后像变戏法一样,不知从哪里拿出拼图来哄我开心。

后来我被妈妈接回我们家附近上学,和外婆分开时我伤心地号啕大哭,之后每年春节我都会跟着妈妈回到她的娘家,见到外婆,会从她那里得到比其他孩子多的图书和压岁钱。我一直知道外婆对我和其他表兄妹是不一样的,要不然她不会把多的钱偷偷地塞给我。她会问我许多许多的问题,一开始我会认真回答,后来就嗯嗯哈哈地应付她,甚至装着没有听见,拿走她的眼镜放在一边。

后来我读高中、大学,出国被外面的一切一切所吸引着,甚至有些飘飘然忘乎所以了,我已经没有时间去关注外婆过得好还是不好,只是在往家里打电话时简单地问候一下她老人家是否安好,就连妈妈也会告诉我不用担心外婆,要努力读书照顾好自己。我很努力很努力地回忆和她在一起生活的那段时光,可是我隐隐能记得的好像就只有这些了。我即将开始美国之行,外婆的精神变得很好,她笑眯眯地看着我,非常开心,她当时喘气很粗,有时会因此而噎着,好像气很不管用的样子,我看得好心疼。我知道妈妈更难过,因为从她的眼睛里我看到了因送我出门远行而自责的神情,妈妈心疼她的老母亲,而我除了心疼外婆也心疼我的妈妈。和外婆告别时,心里已经觉得这一走,不知道是否还能见到她老人家。到了异国他乡遥远的地方,我时常牵挂着外婆,有时我的心已经飞到她的身边。我想她那时应该是满怀希望地看着我,回过头来就是满怀的失望,接到妈妈的电话说:"这段时间我要天天陪着我的妈妈,我要好好看着你的外婆。"我理解妈妈的感受和孝敬。当从表弟那里听到了外婆过世的消息时,我没有哭,因为那只是意料中的难过,终于打通了妈妈的电话,听到她声音的刹那就像听到了外婆的声音,我哭得非常心痛,让妈妈在失去外婆后不要太难过,我自己的感情却瞬间失控了。

　　我的外婆，那疼我爱我多年的老人走了，孤独了多年的老人终于去找她的伴侣去了。我想我们这帮亲人们一定没人注意到她的孤独，没有体会到她的开心与不开心。而我为什么直到现在她离去时才去回想她的一切，实际上对于外婆我真的关心甚少。我的妈妈从此以后回到娘家，再没有人等待她了，再没有了，她的根，她最后的去处也没有了。

　　我终于知道外婆对于妈妈的意义，妈妈对于我的意义。在这寂静的夜里，人们都已沉入梦乡，我独自悼念我的外婆，她老人家是否和外公仍然在一起，是否在天堂和外公一起开开心心、甜甜蜜蜜地手拉着手。我在异乡给您二老磕头，寄去的鲜花，您老人家收到了吗？我的外婆，外孙女拜托您二老在天堂能够照顾您的曾孙女，我的女儿迪迪已追随你们而去了。

　　一九九〇年春节，我与男友马鹏在亲朋好友的祝福声中步入了婚姻的殿堂，同年我生下了女儿迪迪，那时我们用尽爱让女儿在一个无忧无虑、充满欢乐的家庭氛围中茁壮成长。这样的生活一直持续到二〇〇一年，此时的丈夫事业已上巅峰，是一家跨国公司的总裁，可谓春风得意，而我在外籍学校做着安稳的教员，平静的生活突然被丈夫发出的一支冷箭打破。我们曾经互相沉湎于伟大的爱情当中，而今却日见减弱，宛如一条河流中的河水慢慢干涸，露出河床的污泥。然而我不愿相信百般温柔的丈夫如今越来越不掩饰他的冷漠，他曾经的承诺就像美丽的窗纸一样容易破碎。

　　他要求与我离婚，说不能够再为我们母女遮风挡雨。恋爱时的深情，结婚后的温存，长期的安逸生活，使我对丈夫在家外的生活从未有过关注，朋友有过暗示，但我从不怀疑他对我的情分。可是繁杂的往事纠集在心头，我理不出头绪，当他要离我而去时我胆战心惊，像当头霹雳一般轰掉我所有的信心。公婆提醒我，我猛然经过四处打听才明白他在外边早已另有他人，这次他与我离婚也是迫于情人的压力不得已而为之。虽然他对我已无爱意，可是女儿是他的心头肉，无论如何他还是有些割舍不下。离婚战争在他的推动下演变得如火如荼,整个家庭都处在水深火热之中,我与丈夫之间的紧张气氛,使女儿幼小的心灵意识到什么,她并没有问我们。那天,女儿放学后坐在沙发上一直沉默不语。我问她怎么了,她突然哽咽着说:"爸爸要离开我们了,我觉得非常难过。"此时我正沉浸在被丈夫背叛的痛苦之中,根本没有意识到同样的内心感受会对女儿造成怎样的伤害。女儿接着说:"我希望爸爸能够一辈子和我们在一起。"这句话把我内心的怒火给激了起来:"他这种人永远也不会回头,你就死了这条心吧。"当时我并没有意识到当女儿受到这样的斥责时,内心的打击会多么的沉重,这是我在暴怒之中对女儿施加的精神虐待。中年突然遭遇婚姻危机打击的我像一个疯婆子,喋喋不休地向女儿抱怨她爸爸的种种不是与缺点,女儿的脸上呈现出了童年孩子所不该有的沉重。

二○○一年五月十一日,女儿神情恍惚地走在上学路上,对后面疾驶而来的汽车喇叭声没有任何反应,而此时司机刹车已经来不及了……

自始至终我难以拂去的丧女之痛,在那一刻把我的心压抑得几乎爆裂开来,梦境中重复了上千次上万次的悲痛,又一次狂风暴雨般地袭来。女儿的死去让丈夫感到无比愧疚,他与他的情人分手了。女儿的逝去让我们的婚姻像一个空壳,对我来说已无任何价值了,我在离婚协议书上签了字。

在太平洋另外一边的波士顿,一天一天地下着秋雨,好像没有放晴的日子。落叶红的黄的堆积在小径之上,有一寸来厚,踏下去又湿又软。一个人生活在异国,就像在空中行走,不免常常想到祖国、家还有亲人们,熟悉的语言毫不费力就能让人理解。在这里,曾经我的一切都得依靠着他,他当时想抛弃我母女,我生怕在失去他的恐惧中该怎么度过。失去女儿后,我们互相抛弃了,我不得不花时间来处理一些琐事,为此我的行程一拖再拖。昨天他突然出现在我的门口,他猛扑上来紧紧抱着我,让我几乎窒息得透不过气来。我没有让他进家门,我们面对面站在风雨中，冻得瑟瑟发抖。他靠近我，我后退，好像是初识的朋友。

"一切都好吗?"他问。

"是的。"

"什么时间回国?"他问。

"没有准确时间。"

"我在等着。"他说。

"你等什么?"

"我陪你一块上飞机。"他回答。

我什么也没有说，我不能对他说，我一直在等他。

我的惆怅立即消散，我庆幸日子一天天地往前过着，可是我心底的悔恨与失女的伤痛却从未减弱过，我几乎每天都会从梦中醒来，回忆梦中的女儿血淋淋地向我扑来，我的心都碎了。我只能向在天国的女儿忏悔，向外公外婆求助照顾她吧，拜托了。

菲菲　二〇〇二年十月于波士顿

读罢全文，感触尤深，菲菲对女儿的罹难负有不可推卸的责任，丈夫更是女儿罹难的主要责任者。这一惨剧向那些正处于婚姻紧张阶段的夫妻提出一个尖锐的问题：已婚夫妻在婚姻危机阶段，该如何减少对孩子的伤害?

菲菲她独自一人在秋风萧瑟、夜黑星稀的夜晚，向已在天国的外公、外婆倾吐哀思，寄托孤灵。她的丈夫把往日给菲菲的情书重新写了一篇，渴望他们的爱火能重燃，偶然的幸运之鸟再一次飞落在她的头上，她含着热泪，无限幸福地接受了他。

一个冬天的傍晚，他们散步在贵州乡间的小道上，正要改道回旅馆时，一转身看到一个小女孩在不远处站着。看上去，孩子冻得不轻，身子微微蜷着，眼睛直愣愣地盯着他们，眼神痴呆而又茫然。

他们给当地公安局反映情况，等待了一个月确定无人认领。他们把小女孩抱回旅馆，给她洗澡，披上菲菲的毛衣，她的丈夫又到超市买来小衣服。一天傍晚从餐厅传来小女孩稚嫩的声音:"世上只有妈妈好,有妈妈的孩子像块宝……"

菲菲上去紧紧地抱住她问道:"宝宝,你妈妈呢?"

小姑娘手指窗外道:"妈妈到水里摸鱼,没回来。"她噘着小嘴巴,舔着小手指。

两个月以后,他们办妥领养手续,把小姑娘带回了波士顿,取名阳光,阳光此时正在读大三,这是生活对菲菲的奖赏。

菲菲的外婆曾经是经过长期医疗实践的外科专家,有丰富的医学技术,战争年代酸甜苦辣的经历反而成为她的一种阅历。新中国成立初期她出任卫生局局长,领导医院从事党务、政务、医务工作,她的医术精湛,令人崇敬,离休以后仍从事医务工作直至终身。

她是李浩然的母亲,菲菲的外婆。

天赐苏敏的儿孙

二〇一四年七月的一天,上午十点吕小明突然进店,我抬头的时候,看到了一张满是笑容的脸庞。故人重逢,感慨万分,畅谈甚欢。他已从某省林业厅厅级职位离任,有三个孩子,两男一女,两个儿子都是公务员,一个女儿在西安某大学任教。不知从什么人口中得知小寨有专售黑茶叶的小店,他最好这一口,刚巧要到小寨派出所附近寻找我的踪迹。

古城西安的夏夜,节奏明快的轻音乐,把夜晚渲染得更加富有浪漫色彩,我和老伴陪着吕小明夹在人流之中,向大雁塔广场缓缓而行。晚餐过后我们沿着密叶覆盖的花园内人行道散步,寻找凉爽的地方来驱散身上的暑热。吕小明说他是生平第一次住在西安,多次来往都是匆匆一过,这次为了找我心中不免有点忐忑。我们避开那灯红酒绿、舞姿翩翩的人群,来到一个僻静的花坛边上坐下。月光如水,树影婆娑,我们三位老人幸福地沉浸在深深的回忆中。浓浓的青年情意,使我们的距离瞬间拉近,边数家常边忆往事心情很不平静。我对吕小明说:

“命运之神算眷顾我,虽非自由恋爱的选择,但几十年来我与老伴互相依赖,我把他当成老爷一样地伺候着。”

老伴愉快地看着客人点头默许,吕小明微笑地赞誉我说:“你细心善良,老伴的衣服扣子扣没扣好你都要操心。”

我笑笑谢他的夸奖,他显得有些心神不宁,不太提起他的经历,转而面带苦涩地向我打听:“你知道夏苏敏在北京什么单位?”

我非常诧异地反问他:“怎么,你们没有联系?”怪不得我在北京时,问夏苏敏可否知道吕小明的情况时,他没做任何反应,当时我心里非常纳闷。

吕小明沉默着,感到些许尴尬,微微闭上眼睛,无可奈何地摇摇头,慢慢地开始讲述事情的经过:

"一年三百六十五天,每天我所有的努力,都是为了夏苏敏的善后事。"

我不明白他说这话的意思,反问他:"此话是什么意思?"

吕小明垂下头不出声,沉默良久,一副沮丧的样子。他忧郁地闭上双眼,忍住了快要夺眶的眼泪,唇边还挂着一串因焦虑而出的水泡。他把头偏向一边,严肃地看着我说:

"我为夏苏敏奉献,为他牺牲,这是我做校友、朋友的基本,友情超越难道需要从这样的行为中获得心灵上的付出?"

我完全陷入了迷惘,狐疑地盯着吕小明,他皮肤粗糙,脸上布满皱纹,双眼充满红丝,显得浑浊不堪。

他看我一头雾水,盯着他不吭声,便心平气和地舒了一口气,会心的微笑重新出现在他的嘴唇之上,他坦言相告:"我这个人活在世上这么多年,羞于启齿的秘密一直在心里封存。原本不轻易拿出来,现在老婆去世了,是时候说出来了,否则夏苏敏会一直以为我是乘人之危横刀夺爱的小人。现实中我给他养着儿子、孙子几十年。"

吕小明又紧闭嘴唇痛苦地低下了头。当我听到夏苏敏有儿孙后,喜出望外地喊了出来,顿时又感到了事情的曲折,一分一秒地逼着吕小明把真相吐出来。他笑得非常勉强,但表情十分痛苦。短暂的沉默后,我再次提醒他:

"历史的情谊紧紧联系着我们三人。"

吕小明坦诚直言:"亲密交往使我有点压抑。"

我怔怔地望着他,期盼着他心中的话,他先是摇摇头紧闭双眼不出一声,我殷切地连续呼唤:"吕大哥,吕大哥。"

然后他还是缓缓道出:"这次我来西安主要是想通过你把夏苏敏的儿孙归还,好让他们认祖归宗。"

欣喜若狂的我迫不及待地追问:"是谁给苏敏生的儿子?他们在哪里?"

"夏苏敏的儿子今年四十七岁,已是某县公安局副局长,孙子在北航上大学。"

听到这准确的消息后我意犹未尽,继续追讨他的真话。吕小明此时满脸肃穆,沉寂一会儿后却勃然大怒道:

"夏苏敏不识好歹,我蒙受不白之冤,受尽众人的唾骂、鄙视,一生都被人戳脊梁骨,他却与我不共戴天。我含辛茹苦地给他养儿养孙,并让他们受到良好的教育,他却不理不睬。凡是正常的人都懂得朋友妻不可欺,我顶着负心汉的名号被人讽刺羞辱到今天,还差点被开除党籍,但我从不忧伤、悲戚、悔叹人生。"

我心里热乎乎的,顿觉心中有数了,但又很纳闷,我们彼此无语相对而坐。往事不断涌上心头,百感交集的我委婉地对吕小明说:

"众人都知道你和苏敏有着亲兄弟般的深厚友谊,对于生命中的贵人,我们要永远记住他,苏敏的姐夫曾经帮过你家。友以诚为贵,情以挚为贵。"

吕小明只是抿着嘴唇,头扭向一边不吭声,我站起身来给他深深鞠了一躬,默默看着他的表情由愤怒又回归到心平气和。曾经的一幕幕浮现在他的心头,他回忆起了和苏敏在张庄的点点滴滴……

他说:"一九六七年十一月二十四日,未婚先孕的小薇,带着只有她自己才知道的痛苦想要离开这个世界,可是当她从死神的魔掌中挣扎出来后,却怎么也不说谁是孩子的爸爸。未婚先孕在当时是死罪,何况小薇当时是受管制的对象。她出生于省城的一个处级干部的家庭,后来被定为右派黑五类出身。一九六五年七月她高中毕业,父亲是戴帽的坏分子,她因此备受歧视和冷遇,刚满十八岁便不得不背起铺盖卷到了张庄她姨奶住的生产队落户,接受贫下中农再教育。好在那时我们那里民风淳朴,大家都把她当成普通孩子对待,我和苏敏同情她是一个有文化的女子,不仅在林场图书馆借书给她看,还经常和她在娱乐室游玩。苏敏在林场给她找了一份临时看守的工作,让她挣点钱自食其力,让她重新生出考大学的念头。我们三人建立了深厚的友谊。一九六六年五月,爱情的种子渐渐在苏敏和小薇的心中萌芽,夏姐坚决反对,甚至以断绝姐弟关系来威胁苏敏,但因两个人的感情迅速升温,夏姐只好答应让他们年底领证结婚。没想到一场不幸的'文化大革命'袭来,夏姐家里彻底垮了,婚礼成空,苏敏受到牵连和冲击,小薇也受到强劳管制。在严酷的精神折磨和高度紧张的状态下,他们都想摆脱家庭厄运。

"一九六七年,他俩偷偷外出,原本是想到新疆投亲,那天突然下起了大雨,他们在养马人的房间里避雨。本来就渴望爱情,单独待在房间的他们更是情意绵绵,接下来的事情便不言而喻了。

"雨下得越来越大,我让母亲在给他们送去的干粮上写下字条,告诉他们有一辆大货车是孙师傅开的,两个小时后停在他们的身边,他们偷偷上车以后躺在我事先放在车上的被褥里,虽然已被雨水浸透。当货车停在红花铺火车站的附近时,他们下车躲进山坡的路旁,等机会坐上开往兰州方向的运煤火车。小薇有点感冒,苏敏去买药时被红卫兵跟踪了,'造反派'发疯似的迎面扑来,两人急退没有站稳,苏敏掉下一丈深的悬崖下,小薇却被'造反派'带回林场。苏敏被半山腰的树枝挡住,他慢慢爬出,躲藏在树丛中。半夜他径自找到我姐姐家,姐夫留下他并给我送了信,我冒死把他送上开往西安的拉油罐的火车车厢内,并交给他你的地址。我对'造反派'谎称夏苏敏很有可能掉进悬崖下面的河流里,以此阻止他们发通缉令。

"一九六七年十一月,小薇的身体产生了微妙的变化,她知道自己彻底陷入了绝境,更让苏敏罪上加罪,一直等待转机的她只能接受事实的痛苦、无奈与黑暗。她虚弱地躺在炕上,没有人去理她,没有人去分享她的痛苦和孤独,她眷恋着的苏敏也不知是死是活。她的心在哭泣,在流血,她受够了整天被批斗罚站,她正一步步走向绝望。风刮得很紧,雪片在空中飞舞,没有目的地在四处飘游,风在空中怒吼,小薇奶奶凄厉地哭喊着:'她死了。'

"雪地上的脚步声混合着老奶奶的喊声,'造反派'逐渐消失在灰暗的暮色里。小薇奶奶发出的凄惨叫声还在空中荡漾,我心慌意乱、未加思索地冲到小薇的房间剪断她上吊的绳索,把她放在炕上。

"风开始在门外狂吼,猛烈地摇晃着窗户,把窗格子上糊的纸吹打得发出凄厉的叫声,寒气渗进窗户纸,屋里骤然冷了起来。我也在颤抖着,一股寒气从衣袖里侵到我身上,我打了一个冷嚏,便去找柴火往小薇躺

的炕下添。风势越来越猛，吹在脸上让人觉得血液快要凝固了。突然老奶奶跪在我面前，畏怯的双手拉住我说：'小薇需要你拯救。'

"我拉起衰弱的老奶奶，她痛苦地仰视着我，惶恐不停地央求着。'拯救'这两个字不停地鞭打我的心，老奶奶又跪在地上，哭泣的声音很低很凄凉，我不忍心看到这么凄惨，令人心碎的场面，便跨过门槛走出去。我的心里满是愤怒，同时交织着友情和恨……

"当听到她得救了，我似乎失去了知觉，茫然地走到她的炕前，眼泪自然地涌了出来。她的确没有死，惨淡地发出微弱的声音，痴痴地望着我，悲苦地问道：'为什么要救我？'

"泪水湿了她的眼睛，她把头埋在被子里，发出轻微的哭泣声，许久许久。她打开了自己的内心，打开了自己灵魂中那个隐秘的角落，她愤恨，她哭泣，失望的她在不温暖的被窝里悲泣自己的命运。正当红卫兵上门喊口号，定她畏罪自杀，要将她拉出去批斗时，一种善念推动着我，我大声喊：'她是我的女人，不准动手！'

"小薇在极度的孤独和痛苦中抓住我这根救命的绳索，最终支撑着她活了下来，保住了苏敏的骨肉。当我救下她之后，她坐在炕上，双手紧捂着脸，泪水从她指缝间淌下来，我的心在阵阵抽搐。苏敏是我的同窗好友，我们肝胆相照。我大学毕业分配工作时他为我费心费力，待我不薄，在上学期间为了能够解决我的生活费和学费，他求他姐夫接受我的父母为林场的工人，恩情和友情之树已深深扎根在我家。我和父母坐下来合计后，苦苦哀求未婚妻退婚，他们家里也是林场的工人，虽然疑惑和吃惊，但善良的他们最终还是解除了婚约。我们之间有个不为人知的协议，我暂时和小薇结婚，等她顺利生下孩子以后就离婚，然后再和未婚妻结婚。我递上和小薇的结婚申请后的日子，是在人们的嘲笑和挖苦声中度过的，全家人禁不住凄然泪下。"

我惊喜道："吕大哥，你们全家都有情有义，能厚待朋友，拥有宽广恢宏的气度，我真是佩服。"

吕小明面带苦涩对我补充道："这件事当时在张庄引起了不小的震动，我当时选择和未婚妻退婚也十分痛苦和揪心，昏睡了三天三夜。半年以后未婚妻的父母不同意这个协议，将未婚妻许配了他人。

　　"一九七九年苏敏恢复自由了,他没有忘记在林场的经历,专门从北京到林场来接小薇。谁知在我家里的一幕使他心碎,他看到小薇挺起的肚子。小薇含泪笑着咬紧嘴唇望着苏敏,她已快是两个孩子的母亲,当我把两岁的吕侠抱到苏敏面前时,还未开口他便转身出了我家门。他没有在过去的事情里纠缠,突然沉默下来,转头看着院子里的墙壁,他的沉默使我感到压抑,好像过了一个世纪那么漫长。苏敏看着我鼓了好大的勇气说:'世界一片空白,我浑身十分冰冷。'我上前拉住苏敏的手,他的眼泪落在我的手臂上,已经哭不出声来,只有疼痛缓缓地、清晰地一点一点传过来,穿过肌肤直抵内心深处。当时我和他不明白,为什么温暖了一颗心,非要另一颗心破碎呢?当我回过神来时苏敏已消失得无影无踪。"

　　沉稳而内向的吕小明又感到愧疚低下了头。大喜过望的我幡然醒悟,拍了拍吕小明的臂膀说:

　　"还是收拾好,重新放进记忆深处照样过你们的日子吧,对身边至亲至爱的人也不说,任它自生自灭,因为那是在特定的情况下,没有挣出感情的旋涡,这点隐私无论利弊都由你和苏敏共享。"

　　吕小明笑声刚出口即消失,脸上呈现出一种痛苦的表情,长叹一声:

　　"小薇的命太苦,二〇一三年查出肺癌晚期住进北京医院,随着病情一天一天地恶化,神智与体力在一点一点地衰竭。作为丈夫的我,最揪心最无奈的莫过于眼睁睁地看着病魔如同抽丝一般一点一点地折磨她。她一直咳嗽得很厉害,每次咳起来都要使出浑身的力气,脸憋得通红。我屏住呼吸紧紧地握住她的手,那天她的眼睛睁得大大的,并且使劲回握我的手,像是落水的人以最强的求生欲望抓住一根救命稻草。因为用力,她的手微微颤抖着,眼角溢出一颗豆大的泪珠,她用微弱的声音对我说:'把苏敏的儿孙还给他吧,下辈子我给你做牛做马,以女儿身做你的妻子。'"

　　我听到吕小明轻轻描述小薇对苏敏吐露真情的寥寥数十字,那是一种怎样的沉重怎样的辛酸啊!吕小明的叙述流露出对他妻子强烈的眷恋,他继续道:

　　"小薇是夹杂着恨与爱的遗憾走完人生最后的旅程的。"

　　吕小明浑浊的老泪如断线的珠子般扑簌簌地流下来,我也被感动得泪流满面,伤心沉默了好久好久。小薇的这份善良与宽厚值得敬佩。吕小明平静轻松而不失幽默地讲完以上的一切,他凝视着我,我激动得难以言表,忍不住热泪盈眶。

　　二〇一三年九月二十一日,小薇离开人世时,就在北京,就在夏苏敏的身边。然而苏敏并不知道,小薇离他这么近,却又那么遥远。

　　痛失爱妻对吕小明来说是他一生中最黑暗的事情。他今天重述往事,是把它作为一段黑暗历史的见证,更多的是为了后人能从昨天的历史中捕捉到一些人生的真谛。我非常激动,欣然同意和夏苏敏夫妻取得联系。吕小明如释重负地对我说:

　　"凭着我们三人多年的关系,你是我值得信赖的朋友,只好由你来完成这一使命。"

　　我欣慰地紧紧握住他的手,吕小明的手机再次响起,他女儿已开车前来接他。当我送他到大雁塔南广场时暗赞不已:名誉自屈辱中彰,德量自隐忍中大。吕小明是一位真正的正人君子,更是个积善成德的好朋友、好兄长,我五体投地地望着他走上台阶的背影。

　　回到家已是深夜两点,我心急如焚,拨通了夏苏敏北京家里的电话。苏敏接听电话以后激动得泣不成声,把愧疚和不安深深地埋在了心底。刘大姐听罢电话欣喜若狂,用颤抖的声音追问我:

　　"碧清妹子,那是真的吗? 真的吗?"

　　我大声回答道:"天赐你们儿孙。"

校友逆境真情深

　　二〇一四年七月,一个小雨蒙蒙的周末早上,我和吕小明应邀到了北京夏苏敏教授家去做客。当我、老伴、吕小明三人到达他家门口时,他夫妻已在楼梯门外迎候。只见夫妻俩身后站着一位瘦高身材、白皙脸庞、齐耳短发、苗条体形、穿着粉红色T恤衫和蓝色花布裙的中年女子,那位中年女士笑容满面地箭步下楼梯上前拉住我,初次见面却像久别重逢的亲友般紧紧拥抱着我。她张开三把花伞递到我们的手上。我们跟随她走到客厅门外,苏敏紧紧抱着吕小明不松手,眼泪不断地往下流。吕小明轻轻地把苏敏往外推,一副不在意的表情。我看在眼里却急在心里,偷偷地掐了吕小明的胳膊。吕小明领会了我的意思,露出勉强的微笑并重重地给了苏敏胸前一拳出了怨气。刘教授赶紧双手拉住吕小明的手说:"我们殷切地欢迎您的到来。"苏敏上前再次拥抱了吕小明,表示欢迎故人重逢,感慨万千。

　　进到客厅里,迎面墙上悬挂着书画佳作,特别醒目,旁边是一副笔力遒劲的对联:铁肩担道义,妙手著文章。

　　夏苏敏安排在外面饭馆为我们接风,我们坚持要在家中吃便饭。中年女士始终站在夏苏敏夫妻的身后,确定我们在家吃饭后只见她转身打了个电话:

　　"妈妈,伯伯、姨夫、姨妈他们坚持要在家里用餐,你把小凡他们一块喊过来。"

　　我听到她对我们的称呼感到奇怪,但是没有细想,就顺从地被刘教授带到为我准备的卧室里闲聊。片刻,夏苏敏走进房间对他夫人说道:

"原本想把小明和小王老弟安排在宾馆由我陪着，可是小明执意要住在家里。"

刘大姐皱着眉头还未开口，我便抢先插话说："老朋友，就随他的意思，我看楼上楼下地方挺大的。"

刘大姐却说："家中条件和其他地方的条件相比并不好，远赶不上宾馆的设施完善，怕委屈了小明。"

谁知吕小明已跟在苏敏的身后，站在门外高声嚷着："我并不需要生活上的享受，只想和苏敏住在一起说说心里话。"

我和大姐哑然失笑，继续聊着各自的兴趣爱好消磨时间。一位青年手拉着少女，明显是兄妹两人，站在小厅门外弯腰说：

"恭请爷爷、奶奶们用餐。"

我们几位老人哈哈大笑，上前摸摸他们的头，拍拍他们的脸，拉拉他们的手，表示对他们的喜爱。我笑问刘大姐："这两个小可爱是谁的宝宝？"

刘大姐诡秘地一笑说："一会儿你就知道了。"

来到雅致的餐厅，餐桌上铺着白色的桌布，中间一个大红盘子里装着黄黄的土豆泥饼，饼上有两颗大大的核桃仁，让人食欲大增，可是吕小明却东张西望地寻找什么。各种美味小吃满满一桌，吕小明迟迟不动筷子，我很纳闷，就问：

"吕大哥你需要什么？"他也说不出个所以然来，夏苏敏夫妻微笑着传递眼色而不语，我却迫不及待地想知道谜底，便拉拉刘大姐的手说："你们葫芦里卖的是什么药？"

大姐高声喊着："夏清你出来吧。"

从厨房走出一位年近六十的女士，从模样断定年轻时可是个大美人。她大方得体，笑眯眯地坐在吕小明旁边的空位子上，吕小明脸色突变，恐慌、惊奇、疑惑地站起身来胆战心惊，嘴里喊道：

"你，你，你是不是白荷花？你不是叫豹子吃了吗？"

夏清女士拉着小明的手说："大哥，小明大哥，豹子没有吃了我！"她从盘子里面夹了一块土豆泥饼放到小明面前说："尝尝味道是否一样？"

土豆泥饼是四十八年前在荷花和天明订婚餐桌上的一道主食品，和今天的形状颜色一模一样,那是他们家乡独一无二的婚庆食品。迷惑的小明边吃边点头赞许地问道:"你是怎么找到苏敏的?"

沉默片刻,夏清的眼泪瞬间涌了出来,止也止不住。刘大姐起身向晚辈们耳语之后,只见他们悄悄地退出了餐厅,我想大姐是尊重夏清的隐私。荷花为难地,一股脑地对我们讲述四十八年前记忆中的悲惨遭遇……

一九六九年六月的一天,是白荷花和吕天明订婚的日子,当时吕姓至亲吕小明也在场,吕天明是吕小明亲叔叔的儿子。傍晚仪式结束后,荷花和父母送走了亲友们,回到了四面漏风和简单得只有破旧生活用具的家里。父母和弟弟睡在外屋连着锅台的炕上,荷花睡在旁边弧形门洞里小屋的炕上。山里的农户人家相隔较远,夜深人静漆黑一片,村党支部书记白石城坐在荷花家门外石头上抽烟闷着不走,荷花爸爸蹲在地上陪着他。妈妈拉着荷花和弟弟回房睡觉,爸爸起身查看鸡圈是否关好,荷花进小屋关门时,一只大手堵住了嘴巴,另一只大手顶住她的胸部。荷花使劲挣扎却无济于事,炕上留下一大片殷红的血迹,一朵含苞待放的美丽鲜花此时此刻遭到摧残,这是对败类白石城这只禽兽控诉的罪证。

花朵盛开和凋谢的刹那,是花朵最美丽也是最残酷的时刻。荷花泪流满面地扑倒在妈妈的身上,胆战心惊。软弱无能、敢怒不敢言的父母跪在墙角,用头使劲撞着土墙,沙土落地沙沙作响。白书记听到响声,起身穿好裤子对外屋的他们说:"不准给天明说,否则,我饶不了你们,杀了你们全家。"随后扬长而去。

第二天白书记高调地让会计给贫困户荷花家送去五十斤麦子,脸上写满沧桑的荷花父亲惊诧地看了看会计,随即给了他一个转身。

会计返回白书记跟前说:"那家人不懂得感激,呆呆地一声不吭。"

有过第一次兽欲的满足之后,荷花家人没有任何反应。第三天漆黑的深夜,荷花母亲看见手电的亮光,荷花察觉出了一点不祥之兆,发现妈妈脸上又有了前天那种哆哆嗦嗦惊恐害怕的神情,好像有一阵寒风从她身上掠过。母女交换了眼神,心知肚明将会发生什么事,妈妈拉起弟弟和荷花换了位置,又觉得不妥,她便和荷花躲在门外的柴火堆里。

"咚咚。"

　　荷花父亲开了门，颤巍巍地站在门后边，书记给他一盒金丝猴牌纸烟，他没有接，只是默默地低下头。书记打开那包烟自顾自地先抽了一根转身进了里屋，朦朦胧胧之中哑巴弟弟觉得自己身上被什么东西重重地压着，吓得哇哇乱叫。书记无处发泄，气急败坏地扑到外炕用手电亮光一照，原来炕上只有荷花弟弟一人。恼羞成怒的书记拉起老实巴交的荷花父亲重重地给了两记耳光，不解恨又进屋提起哑巴的胳膊拖出门外，残忍地推下坡去，留下一句"让你全家死去"，随后消失在黑暗中。

　　荷花从柴火堆里钻出来，连夜赶到山外吕天明家，什么也没有说，谎称书记的弟弟看上了她，只好躲到婆家来，婆家正好需要人手，也非常喜欢她。转眼到了秋天，吕家要给未过门的儿媳办婚事，书记不开证明领不上结婚证，天明只好求他同班同学白技嘉，因为她是书记的堂妹妹。白技嘉要了一张空白介绍信交给了吕天明，吕家的一对新人顺利地领到了结婚证。

　　荷花渐渐鼓起的肚子激怒了书记，此时农村正在狠抓计划生育工作，这给了书记一个公报私仇的机会。丧心病狂的他当着荷花父亲的面强奸荷花的母亲，而父亲只是忍气吞声握紧拳头，狠狠地抽打着自己。荷花母亲质疑丈夫无能，自己在儿子面前被羞辱便以死抗争，当日喝下农药撒手人寰。

　　荷花公婆不知缘由地带领儿媳去奔丧，公婆留下儿媳陪伴父亲顺便照顾残疾的弟弟，怎知这一留，公婆、儿媳阴阳两隔，接下来婆家遭到灭顶之灾。由于荷花和父亲逆来顺受，促使了书记更加的肆无忌惮，简直到了令人发指的地步。荷花在娘家期间，这个恶魔还时常窜进破屋妄想强奸大腹便便的她。十一岁的哑巴弟弟聪明过人，他在门框上面用绳子捆上石头，保护着姐姐。一天，书记和大队抓计划生育的一个男人前脚刚踏进门，弟弟躲在锅台后面没有看清人一拉绳子，石头不偏不斜重重地砸在那个男子的头上，那人当场昏迷，抬进县医院时已命丧黄泉。事有凑巧，天明当天来接荷花回家，书记不准放人，命手下绑走了吕天明，从此吕天明杳无音讯。

　　荷花的父亲被打断胳膊一个月之后不治身亡，吕天明父母的罪名是私造公文，逃跑到了新疆。相依为命的姐弟两人接着遭受到更加残酷的厄运,恐惧荆棘般扎满了哑巴弟弟的心。哑巴弟弟被派到山顶烧炭,家属荷花不准出门,被封锁在屋里,家门上锁,钥匙由白石城和会计专管。这时的白石城私欲膨胀,隔三岔五地来到屋里发泄私欲,武力施暴迫使她就范,然后他悠闲地点上烟猛抽两口,把烟灰吹到荷花的脸上,奸笑着出门并锁上房门。

为了掩人耳目,他把荷花转移到村民稀少较为偏僻的地方,饲养牛羊的老人也就是会计的父母,把荷花锁进他们家旁边的一间小破屋里。一角是大堆小堆的杂物,一角是堆得高高的麦秸堆里的破棉被。面条和馒头只能从洞口递进,大小便只能在屋里排泄,屋里臭气熏天,荷花整日和老鼠做伴。漫漫长夜里,荷花无时不在想念腹中孩子的父亲,眼泪不由自主地汹涌奔出。一天下午,会计母亲给荷花送馒头,撞见白石城利用荷花发泄私欲,荷花咬伤白石城的手指头,他惨叫一声,狼狈不堪地匆匆去找医生。老人见状皱着眉头,心里大骂这个畜生是在作孽,早晚会遭到报应的。老人把荷花的遭遇告诉了儿子,那天晚上会计内心受到强烈的冲击,辗转难眠,半夜叫醒妻子给她说了内情。会计妻子隐隐预感到后果会不堪设想,又怕惹出大麻烦,生性耿直善良的会计妻子觉得荷花家遭到一连串的不幸太可怜,顾不得那么多,悄悄伸出了援助之手,打开房门放走荷花,并告诉她:

"你公婆涉嫌私刻公章不知去向,天明被判了死刑,你只能连夜赶到林场去找吕家的大伯。不能对任何人说是我放你走的,假如你又被民兵追到,你一定要说门没有上锁,那样我还会有机会救你。"

她给了荷花一元钱、几个馒头和一双布鞋,又把荷花的鞋子丢到反方向的山路上。荷花听后只觉五雷轰顶,一阵眩晕差点儿摔倒,痴呆地坐在地上,眼泪像泉水一样流满了脸颊。那天夜里天下着雨,天黑如漆,村民们已在熟睡之中。小雨已经下了两天,软而无力的湿风时止时作,荷花慢慢地挣扎起身,不敢走大路,偷跑到了村外茂密的玉米地里,浑身湿漉漉的。天亮了不敢走路,在地里趴了一整天,直到天黑夜深人静摸索着到了婆家。一看大门贴着封条,绝望的她扭头边哭边跑,迎着前面的黑暗,躲进树林里哭得伤心不已。她跟跟跄跄地走出婆家的村庄,想到林场去投奔大伯,此时腹中的胎儿用力地踢她,她顺势倒在地上,思前想后怎么都不能去。事实的残酷逼迫着她一步一步向绝望的深处走去，最后她选择了死，爬到悬崖边上想追寻她妈妈而去。她疲惫不堪地爬到崖边，脑海中一片空白，不再想什么，不再希望什么，内心浸透了悲伤，淌着凄苦的漩流。荷花因为过度劳累窒息昏倒在小树林的沟边，她苍白的脸上双眼紧闭，吓得去参拜姐姐墓地的苏敏和未婚妻子魂飞魄散，二人扭头就往坡下跑。突然苏敏拉住未婚妻子的手说道："慢。"苏敏把刚下火车听到危言耸听的新闻和姐夫、姐姐的悲惨遭遇，无限辛酸地说给未婚妻子："吕天明我们相识，我经常到他家玩耍，他们家里现在遭到了灭顶之灾，刚才见到的那个孕妇很可能就是天明偷跑的妻子，我们上去看看还有没有生还的希望。"

苏敏拉着未婚妻子的手来到坡上，走到荷花跟前俯下身去，他们两人用双手碰了一下她。荷花双眼睁大，怯怯地看着他们，那种表情凝固在眉宇之间，仿佛死神就在身边，她想站起身来但是已经没有了力气。荷花心想自己已是案板上的肉，任人宰割，死路一条。苏敏问她：

"你叫什么名字？"她又紧闭双眼一声不吭。

苏敏着急地追问："你的丈夫叫吕天明对吗？"

荷花又睁开眼睛，恐惧、分离、死亡、绝望全部纠集一处袭上她的心头，她内心的痛苦，透过眼睛流露出的那种悲伤，想说什么却没有说出口，泪水像断线的珠子扑簌簌地掉下来。苏敏从她惊慌的目光中，确认她就是天明的妻子，那种惊恐的眼神使苏敏的未婚妻心软，她什么也没有说，听从未婚夫的安排，两人扶着荷花走到苏敏姐姐的坟边，对荷花说："你坐在这里不要说话。"

满腹疑问的荷花顺从地点点头，提心吊胆地听从苏敏指挥。苏敏的未婚妻把祭拜的点心送到荷花的嘴里，苏敏脱下风衣披在荷花的身上，把前面的纽扣扣好，未婚妻取下围巾把荷花的头围得严严实实，苏敏写下字条请未婚妻去林场亲手交给田心医生：

> 田医生，你好，见到字条后，请你跟着我的妻子秘密前来，
> 带上听诊器。见面详谈，夏苏敏即日。

　　然后苏敏陪着荷花坐在夏姐夫妻的坟边。连日的霏霏细雨,将夏日的尘埃洗尽无余,受惊吓的小鸟从草丛中骤然飞起,冲向树林。在这静静的山林和溪谷中,八月的天气雾蒙蒙的,雾气格外浓密,连成一片一片在森林中穿梭。日出时分,雾气被暖烘烘的太阳照耀,纷纷瓦解,躲进了密林深处。

　　田医生轻车熟路走小道,半个小时就到了夏姐的墓地,未婚妻人生地不熟,赶到时田医生已给荷花检查完毕。他们商量怎样才能带领荷花走出这危险境地。时间已是中午十一点,夏苏敏夫妻要赶到校友为他们接风的午宴上,为如何安排荷花费尽心思。田医生想出一个妙招,距离墓地十分钟的路程有个木材检查站,陈寿福这个人苏敏是知道的,他为人厚道不太多言。把伪装的荷花寄放在他那里,说是田医生的病人,请他保密不要说出去,晚上有车送到医院。未婚妻担心事情暴露而局促不安,苏敏赞成田医生的安排以保万无一失。十分钟的路程,速度极快,荷花竟同夕阳下的阴影一样消失得无影无踪。采取了一些周密的措施之后,晚上九点,田医生挡住拉运木材的大货车,陪同荷花坐进了驾驶室,于凌晨三点顺利到达火车站。苏敏夫妻接到荷花之后坐上成都开往北京的火车,消失在夜色之中。

　　荷花叙述着的时候,说得非常伤感,她脸上余悸犹存。听到这里,吕小明从餐桌旁边坐起身来,精神颇为振奋和愤怒,他在房间踱步,往返自言自语道:"灭绝人性的家伙。"握紧拳头的手指骨骼不停地响,他用手敲了敲自己的脑壳,摸摸自己的鼻子嘟囔道:"这个田医生和我也是挚友,竟一点消息也没透露。"

　　荷花来到北京住在夏苏敏未婚妻的娘家,娘家殷实,院子大,大哥一家在国外,两位老人正需要有人陪伴,老人乐呵呵地接待安排,苏敏夫妻对外统一口径荷花是苏敏的妹妹,因丈夫去世了,所以投靠兄嫂来北京待产。

　　一九七〇年九月,荷花在北京海淀区的医院生下一对龙凤胎,女孩先落地,取名夏梦,弟弟后落地,取名夏凡,他们都是刘大姐的心血。姐弟俩称呼苏敏为舅舅,刘大姐为舅妈,老人为爷爷奶奶,他们亲如一家,外人看不出一点蛛丝马迹。

一九八八年，在李浩然夫妻的帮助下，小姐弟两人聪慧勤奋、学业有成。

现在夏梦夫妻两人都是军医，夏凡夫妻同在大学任教。少女是夏梦的女儿，青年是夏凡的儿子，荷花照顾着近百岁高龄的刘大姐的母亲。他们一家人心心相印。

吕小明沉默许久，开始抬起头来眨眨眼睛，慢慢地搜索着什么。他为自己对苏敏的谩骂而愧疚，这一切使他的眼睛渐渐模糊起来，近半年的误会使他显得万分沮丧，不期而遇的事情又给他带来了快乐。他一只手放在胸口，另一只手捶打自己的脑壳，结结巴巴地说：

"你们夫妻是好人，我看到我的弟媳大难不死而得救，心里对你们充满了感激和尊敬。"

我再也看不见吕小明往日对苏敏流露的那种漫不经心的态度，此时语气和神态完全是一种真挚的感激和敬意。他双手握拳走向苏敏夫妻，弯腰鞠躬以示谢意，苏敏夫妻赶紧阻止。吕小明拉住苏敏夫妻的手，三人三双手紧紧相握在一起，他们眼里浑浊的眼泪如同洪水一般畅快地冲流下来，各自嘴里吐出"惭愧""误会""费心费力了"。

坐在角落里的荷花满面泪水，呆呆地望着吕小明，孩子们站在厅外泪水满面，神情专注地听着，吕小明朝厅外的孩子们扫视了一眼，他慢慢地舒展了一下身子，诚挚地说："历史具有极大的戏剧性，多年铸就的冰霜终于解冻了。"继而吕小明又郑重地说："苏敏，刘教授，我向你们致敬，磕头，多谢了。"

刘大姐摆摆手说道："我们两家就是这么有缘分，你给我们养育出那么优秀健康的儿孙，磕头的人应该是我们。"

苏敏挽起吕小明的手，重新恢复只有他俩才有的那种无拘无束的亲密感，边走边说："我们两人不拘礼节。"两人手挽手走进陈设素雅的小卧室促膝谈心，整个通宵没有迈出房门。这是两个特殊的校友，相同的品行使他们在不同的境遇中艰辛探索，他们曾经陷入共同的历史悲剧，经受了各自家庭的不幸，荣辱俱往，时过境迁，真挚的友情恒久不变，任时光流转，情谊永存。

令人欣慰的是刘教授的母亲发话说："尊重文化传统非常重要，荷花的孩子们应前去认祖归宗。"我敬佩地看着刘大姐,他们夫妻心灵深处的善良是一口甘甜的井,滋润着荷花和孩子们,他们十几口人过着平静而安宁的生活,苏敏夫妻终日在欢声笑语中享受天伦之乐。

寻找当年的足迹

　　二〇一四年七月下旬,我随认祖归宗的孩子们专程赶往张庄,去寻找当年的足迹。天气仍然炎热,我们下午从西安出发,穿过秦岭顿感清凉,天渐渐变暗,小车奔驰在山道上,灰蒙蒙没有一盏路灯,静悄悄没有一户人家。在清新的山冈之上只有我们三辆小车,车灯白色的亮光,往山的深处流去,偶尔对面来一辆大货车的红色灯光则往山的浅处流去,山谷中有了汽车的轰鸣声和灯光的流动,使肃静的山沟显得异常热闹。晨曦初露,天蒙蒙亮了,路边的香椿树光秃秃的,枝头有只小鸟,一动不动,短短的羽毛在冷峭的晨风中抖动。

　　我们从喧嚣的城市来到这片绿色地域,发现新隆场的农场家属区已经不复存在了,但它留下一些时代的印迹,周围环抱着人迹罕至的崇山峻岭和茂密的原始森林。原来的流水方向还可以辨别出来,当年的生活轨迹清晰可寻,足迹依稀可辨,只是如今成了一片绿洲,绿洲上有一条小河,小河旁的绿树葱郁,沙果挂满枝头。动植物丰富多彩,苍劲挺拔的冷杉,古朴郁香的华山松,雍容华贵的娑罗树。风度翩翩的红豆杉能够扎根在这崇山峻岭、高山峡谷,实属罕见,它早就被列为国家一级重点保护野生植物,身价飙升,跻身名贵观赏植物的行列。国宝级的鸽子树,独占一方的核桃树枝繁叶茂、遮天蔽日,飞禽走兽出没草丛,翔于林间。这里的一切是那样的和谐宁静,自在安详。

　　这里曾经有着美丽的传说,有着传统神秘的民风民俗,人与自然共同构成了原始的生态文化圈,隐藏在这片丛林之中。这里也是我走入社会的源头,今天来到当年的农场寻找我的足迹,我不禁兴奋异常。抬头看见山坡之上的那几户人家，原先的几座茅屋、几孔窑洞已消失不见，回想起来倒有些想念。

故地重游，那坡上木头房子的旁边，记忆中有我闺密丽华的家，我冒昧地敲响那户人家的大门，开门人是一位弯腰驼背直不起身子的臃肿老太。她行动很艰难，用一只脚跳着走，明显一条腿是瘸了。她身体虚弱，痴呆的眼神凄凉地看着我。岁月悠悠，时间无情，也许它可以摧毁容貌、体魄，但却无法磨去记忆之中闺密的棱角，从脸颊的眼眶中，我认出她十八岁时的形态，也能从她嘴角掠过的曲线看出她是丽华。

"丽华，你认得我吗？"

她摇摇头，目光浑浊，一看我身后还有人便畏缩地往后退去，完全没有了当年铁人女子队长的精气神和勇气，她眼里流出一股让人不可承受的悲哀神色。顷刻，周围的邻居来到跟前，没有人知道我是谁，丽华用眼睛仔细地把我审视了一遍，当她嘴里吐出"百灵鸟"时，我们四只手紧紧握在一起。如今我们的牙齿已经松动，相见泪汪汪。看见丽华此时的模样，我的心久久不能平静下来，她用袖子擦擦眼睛，凄苦地朝我们一笑，村民们从未见过"百灵鸟"，所以他们的分辨力不太管用，只有丽华确认后放心地来到我的面前。村民们都听说过当年农场里的"百灵鸟"有美妙的歌声，最亮最美的声音传说至今，成为他们记忆里永远鲜活的风景。当丽华激动地高喊："碧清，'百灵鸟'老师快进屋里炕上坐。"

兴奋的情绪似乎立刻充满整个小村庄，村民们都露出惊讶的神色，凝视着我们，全部拥挤在丽华家的小院。丽华上前拉住我的手进屋坐到炕沿，吩咐邻居进屋帮她在柜子里面拿出核桃和山果款待，吩咐村民分工点火、烧水、煮饭。我们二十多人融入村民之中，和周围自然形成了一个有机的整体，这么一群人构成了一幅画面，每个人都和谐而欢快地交谈着。我急忙递上从西安带去的礼物，她拉住我的手不放，那双噙满泪水的眼睛闪现出了无奈和忧伤，她叙述着在三十五年前辛酸的一幕幕。

她丈夫是一位乡镇干部，离婚后重组了家庭，她拖着两个未成年的儿女，既要参加集体劳动挣工分，也要省吃俭用供养两个孩子念书，艰难地支撑着破碎的家。一九九九年六月，她在疲倦的忙碌之中不慎从楼梯上摔下，医院检查确诊为坐骨神经损伤，她成了一个永远也站不起来的瘫痪病人，这意味着她将终年卧床，吃喝拉撒睡完全依靠他人料理的境地，她的疾病使这个不幸的家庭雪上加霜。

丽华曾是共青团员，先进个人，热血沸腾，奋不顾身的她学习邢燕子精神，是个改天换地的女劳模。她曾是区委的宣传干事、优秀的共产党员、劳动模范、大炼钢铁的标兵、新农村的带头人。她也曾是人们羡慕的好媳妇，一双儿女的好母亲，艰苦奋斗勤俭持家的楷模，方圆邻里调解纠纷村民信赖的人，曾创造过自己的辉煌。

五十年过去了，那段曾经辉煌的历史已经慢慢地淡出了人们的谈资，看来时代已经把她忘得干干净净，也许只有我还在追忆她曾经耀眼的情景。

可是眼前的她已是一支即将燃尽的蜡烛，真是天渊之别啊，我强烈地感到一种不可言语的凄凉。我站在那儿无法将目光移开，丽华确实表现出迟钝，刘大姐和马大姐小声嘀咕着：

"从这个女人的身上，还能够隐隐约约地觉察出她青年时代的某种清新，甚至美丽的气质。"

马大姐再次抑郁地看看丽华回答刘大姐说："女人越老越有模样，由此看来女人的心态和环境非常重要。"

帮助我们拿核桃的妇女讲："丽华姑奶，败就败在她成了当地的一面红旗手，成功出名以后，以农民救世主自居，自我膨胀，参与了当地的夺权，变成了一个'造反派'的头目，追根溯源。一九七八年，作为革委会主任的她，开辟了一个扬鞭任驰骋的疆场，使她的权利变得不被监督，使她乱了方寸，最后落得被拉下马的下场。紧接着丈夫在一片升迁的赞扬声中迎来了婚变，抛弃了他们母子三人，她的家从此失去支撑没有了大梁。"

绿色的树篱笆和爬满藤蔓的房前衬托出丽华弯曲的身躯，我们望着一个山坡，山坡上长满了树干粗粝的柿子树，山坡的右边有一道幽静的矮林，枝头挂着火红的枸杞和金黄的树叶，山坡的上方，槐树林环抱着天际，只见山丘蜿蜒地伸向远方。大地凉爽而潮湿，天空突然晴朗，冉冉升起的太阳是那样的灿烂、恬静和秀美。

后来兰州解放军医疗队来到他们村里，经过王玉医生的治疗和资助,丽华能够慢慢地站立起来,笑呵呵地来回走着演示给我们看,叙述她吃饱穿暖之后,凭借自己的一双手走出了困境,并有了一万元的储蓄存单。她把希望的存单叠藏在衣箱子里,每当看着那虽然数目不大,但令人鼓舞的存单时,她的心里就有了希望,享受天伦之乐的希望。可是儿子一直都没有来接她,她并不知道继续下去的又会是什么。她不知道儿子已被病魔夺去了生命,女儿在外打工生育两个女儿被丈夫抛弃,而她目前的生命又是如此脆弱,如此不堪一击。她执着的理念,充满信心的人生不就是储蓄吗?两个孩子呱呱坠地,她便开始储蓄亲情,这个储蓄伴随她一生,她们母女所储蓄的是血肉相连的情感,是一笔超越时空的财富。有了亲情的储蓄,无论离得多远,隔得多久,都可以随意支取和相拥他们。她独自一人拖着残疾的腿,每天都重复着熟悉得不能再熟悉的叠被子,洗净碗筷,灌满暖壶水,把房间收拾得干干净净的活动,可是几乎没有一个客人来访,她始终相信做好这一切就必定有人来看她,最起码她那个读大四的孙子会来。

她独居的时间有二十八年了,近期她准备把那一万元的存单托人带过去,盼着儿子来把她接走,对儿孙她曾经浸透着慈母般的心酸、忍辱和血泪。此次看到丽华我心中颇为悲凉,然而她那期望儿子接她出山的愿望,会轻易地成为事实吗?困难重重,但她还是抱着一线希望,因为她对儿子的信任支撑着她,因为那一万元的存单对儿孙是永远的利益。她怎知在一些猝不及防的日子里,将存在着难以预见的灾难,只需一转身,一切都没有了。我真为她这一辈子的生活揪心,她是欢乐伴着泪水,幸福背靠痛苦,她的人生是悲喜交加的。村民说她的结发丈夫、儿子的父亲,那位乡镇干部早已退休,常常从背后不到两公里的山外带着补品来看她,她却闭门不见,闭关独居。而她独留的窗口却只是向着儿孙的,每日摸摸存单她就露出浅浅的微笑,自豪儿子是她亲手带大的,儿子不会丢下她,会来接她的。乡镇干部只好委托她的远房侄女帮助丽华打理家里家外的重活。

我特意拜访了那位远房侄女,从与她的谈话中知道,她叔叔十五年前被第二任妻子抛弃。在丽华他们别无选择单独相处于一隅的时候,彼此互相吸引,继而相爱,在岁月的累积下,曾经风雨同舟的情感,使他们心心相印。如今两人虽然相邻一座山,但是有一种最为凝重,最为浑厚,最为坚固的情感,且不会轻易破碎,因为那是天长日久的渗透,是融入彼此生命的温暖之情。

全村子五家人,村民一起动手做好早餐。我们围着石头餐桌吃着村民们做的野菜煎饼,喝着燕麦糇糇,小米稀饭,吃着玉米棒子和山药。李浩然今天也是游客的身份,每到一个地方把自己的姿态放低,很自然地和陌生人像老朋友一样地唠嗑,从内心尊重每一个人,每一个生命。马大姐阻止她丈夫多吃玉米,李浩然摇摇头吃得格外香甜,同时他和村民们深入交谈,气氛热烈而亲切。我感到,李浩然不管走到哪里,都给人们带去一股和煦的春风,让人觉得和蔼可亲,气氛融洽,活跃而开心。

夜晚,年轻人睡在车里和自带的帐篷里,年长者睡在村民家中。我睡在深山村民新人的房间里,一点钟突然醒来,睁开眼睛没有见到马大姐,却看见房间里洒满了银光,四周静悄悄的,一点声音也没有。凉爽的空气中充满了各种树木花草的清香。我下了床,轻轻地走出房间,随手关好门,只见马大姐坐在门口的石阶上。她抬起头看见我笑了笑,一只手拉我挨着她坐下,另一只手搂着我的肩膀。整个山村万籁俱寂,邻近的屋子都灭了灯,他们深睡在梦乡,月光是那么明亮。远处,大约一公里之外的那片树林黑黝黝地呈现在眼前,此时我听见房门吱呀一声,刘大姐也走向我们,坐在马大姐的身旁,我们两人同时把头依偎在马大姐的肩上,三人就这样待了很久,谁都不出声。然而那片黑黝黝的树林里却不那么宁静,各种大小动物狂奔、飞腾、跳跃,还有树木、花草都在悄悄地生长。

黄灿灿的晨曦从地平线上照亮了对面的山脊,迎着晨曦,脆美的鸟啼,使我感觉愉悦,大自然以神奇的力量给予生命新的一轮冲击。多少年来我都没有这种清新的感受了,都市的晨曦灰蒙蒙的,空气中总有油乎乎的腻味,挥之不去的汽车尾气污染空气,异味难忍,没有纯净的泥土,没有旷野远山,也没有新鲜空气。

早餐结束,当我们问到白荷花时,丽华的记忆非常清楚,滔滔不绝地说道:"白荷花身怀六甲,四十多年前逃跑时被深山里的豹子吃了,很是可怜,婆家、娘家现在都没有人了。"

"我们现在距离白荷花家有多远?"

她一只手扣住门框,一只手指着方向说:"我们虽是一个公社的人,但从未见过面,她家还有三十多里的路程。"

村民们大笑她指错了方向,丽华将信将疑地思索片刻,然后觉得邻居说的也许是事实,因此情绪缓和下来,绽开微笑。大家齐声纠正了方位,并说公路现已相通,车能够直接开到吕天明家的土耳沟村。在吕小明确定路线之后,我们告别新隆场村民,留下五千元酬谢费用。村民们不肯收,我们颇费口舌和力气互相推搡,只好再往车上放些核桃等土产干果。临别时大家恋恋不舍,我一次又一次地和丽华拥抱,一遍遍地重复着:"我会想念你的。"

"'百灵鸟'老师,一定会想的。"

我松开双手转身离开她的家门,一直往坡下走去,村民们手提着大包小包,奔跑到汽车跟前送我们上车,不停地挥手道:"再来,再来,'百灵鸟'老师,不要忘记深山的村民。"

当汽车上路缓缓地离开新隆场农场时,我回头静静地望着新隆山上,山峦沉默,竟有琼楼玉宇似的缥缈感。凝视片刻,觉得眼睛发酸,真不知是天宫在轻摇,还是雾气在新隆山浮动,眼前变得壮丽眩目。我曾在此地流过忧愁的泪水;曾在此地的冰天雪地里高歌乡愁;曾在此地遇见生命的贵人;曾在此地的云雾之中相识了我的初恋;曾在此地呼吸到天真的空气而两心相许;曾在此地经历了人生无可奈何的离别……

那些壮丽的景象留在我的记忆里,是所能想到的最美好的事。所以至今我常常尽量回味当时的感觉,那感觉依然存在,虽然不那么独特,但是更加温馨隽永。

我忘不了周围的乡亲勤劳、质朴、浑厚、理智的特点;我忘不了为了消除愚昧和野蛮,村民学习文化的自觉性;我忘不了在我人生面临困境的时候,当地的政府官员和普通百姓对我宽容以待;我忘不了和孩子们相处时的天真无邪自由自在,使我感到不沮丧不自卑。不管张庄当下如何变化,但是村民正直、勇敢、独立、善良的优秀品质却是永恒的。我对她的感情念念不忘,留恋重重叠叠的高山,空气极好,朝阳、晚霞都美到极处的张庄。

　　我恋恋不舍地望着那片在雾中掩映的绿色世界，尽管车窗外面尘土滚滚，我却依然努力寻找当年的风景，今天的张庄更是美得出奇。渐渐远去的那片青年时代的足迹地，有我特殊的感情和充满依赖的眷恋。

　　天公不作美，下起了小雨，透过蒙蒙细雨反而使绿树环绕的土耳沟村庄显得有几分神秘，前辈依山而居留下的痕迹，能看到很多窑洞已经被废弃了，现在眼前的是一座座瓦房新舍。我们在泥泞中徒步上山，因坡度太陡，年轻人搀扶着年长者，来到群山怀抱之中的吕家大院，岂料他们之间早已音讯断绝数十年，村民对荷花相当陌生。荷花的婆家原本有五间房，两孔窑洞，吕小明在二十年前决定捐献给大队做了幼儿园。经过吕小明的交涉和安排，在请人吃饭喝酒之后，一场私人性质的认祖归宗仪式引人瞩目。因为荷花的遭遇特殊，在吕小明的主持、族人的见证下，荷花带着儿孙媳、女儿、女婿、外甥等七人身着素服进到吕天明的家祭祖，在供桌上简单地上香、献花、供果之后，他们一齐跪倒叩了三个响头，被族人拉起，一转身荷花和孩子们泪水同时夺眶而出。他们受到族人和乡亲们的热烈欢迎，全村人出动款待他们，简直超过我们的想象，知情的老人们频频拭去郁积多年的泪水。

　　外界仍有许多关于天明的传言。传闻一：大约某年八月的一天夜里，雷声大作，暴雨倾盆。清晨有村民发现白石城依靠在大树上已被雷电击毙身亡。传闻二：有人看见一位戴着墨镜穿着雨衣的人接走了哑巴。传闻三：几天之后有人看见一位独臂人戴着口罩和戴着墨镜的哑巴坐进小车离开了张庄，从此哑巴消失得无影无踪，同时也结束了白石城在山区横行霸道十几年的劣迹。这个当时在山区的悲剧荒诞却不离奇，若不是雷电击毙使他消失，悲剧也许还会荒诞地继续下去。"虎"行山里，村民软弱无助，敢怒不敢言，对村支书白石城崇拜如神，言听计从，村民们个个都自身难保。白石城是在那个特殊年代不幸的一员，一个堕落的灵魂，可怕的是他把个人私欲的全部需求伸向村民，一遇机会，他便疯狂地贪婪地报复。村民们究竟知不知道国法与自身的关系？地方官员又如何懂得依法做事、依法治社、依法治民。当然，这也不能责怪谁，因为那时谁也不懂法，所以白石城只管无法无天地祸害村民。

　　半个世纪的友谊一幕幕地在苏敏脑海中闪过，苏敏、天明、小明他们三人常在球场争霸的友谊永存。苏敏把视线转向吕小明问道：

"难道你就不知道天明的一点消息？"

吕小明摇摇头即刻又点点头说："这些并未证实的消息宁可信其有，而不可信其无。十五年前，我收到一张有陌生字迹的字条，是从门缝塞进来的。字条抬头没有称呼，记得内容是：

> 随着时间的推移，我已近古稀，血腥风雪过了大半辈子，生命年轮在一个春绿秋黄中，岁岁枯荣交替延伸。

"字条没有落款，我赶紧出门找寻，怔怔地等了五个小时不见人影。我想见到天明，却总是一次次失望，而我自己在梦中无数次地见到他从外面回来，悲喜交加地叙述他的凄惨和悲凉，我们抱头哭泣，梦醒后伴随而来的却是枕头的泪痕和一次次的痛楚。"五十年以后的今天，吕天明和哑巴渐渐从人们的记忆中消失。

第二天下车后，我们跟着荷花家人穿过弥漫着雾气的洼地，浓雾在空气中缓缓游荡，形成阵阵雾流，四处翻滚，像大河中的波浪走在荒凉的山脊上，深丛中，我们站立多时，凝眸遥望对面静静的黑沉沉的群山，在那天与山相连的地方白云自在地舒卷着。

我们步行了大约四十分钟的路程来到孢子村，走到村口碰见一个人，他披头散发，蓬头垢面，骨瘦如柴，光着膀子，面带青色，双眼浮肿，锁骨凹陷，流着鼻涕，像是从煤炭堆里出来，浑身上下漆黑，裤子破烂不堪，坐在大树下面抓虱子放在嘴里，令人恶心，令人心碎，令人迷惑。一位放羊的老人说，那是白石城的小儿子，已经疯了十几年，原先一直是他大哥照顾，五年前他大哥全家进城，汽车掉下悬崖全部遇难，就剩下疯子一个人没去而幸免。有人说，疯子家的灾祸都是因果报应。无疑，白石城曾经用更为残忍的手段糟蹋过其他村民的女儿，他的罪恶将报应到后人身上。三年前疯子自己点火半夜烧了祖屋，当村民们发现时为时已晚，疯子终日坐在他父亲曾经被雷击毙的树下，见人就跪倒磕头，嘴里胡言乱语。李浩然让人送去饼干，夏凡急忙递上一大包，吕小明脱掉身上的外套亲手披在疯子身上。疯子接住后乱蹦乱跳，满地打滚，嘴里嘟嘟囔囔，然后起身狼吞虎咽地吃着饼干,怯怯地离开我们。刘大姐、马大姐让夏梦给村妇女主任一千元钱,让疯子暂时饱食一日三餐。

荷花领着我们来到她家,她回来了,站在杂草丛生、明显有庄基痕迹的土地上,石头模样的餐桌刻满了岁月的血泪。正是在这片土地上,她父母屈死,也是在这片土地上,她曾经得到了父母的爱。她坐在那早已倒塌的宅基地废墟上,眷恋自己和这片古老的土地,血脉相连……她被迫离开很久了,久远得足以遗忘,也足以被遗忘。她曾以为忘了这片土地,但是她没有忘。院子中间有一棵根深叶茂的柿子树果实累累,引起荷花的无限深情与眷恋,她是父母生命中流淌的心血,然而他们二老却被狂魔折磨得消失了。荷花跪倒在地,不禁泪流满面,几次昏倒醒来又失声痛哭。孩子们个个眼里冒出泪水,心疼妈妈,寸步不离地拥着她,看着一片荒凉的废墟,凄凉而心酸,村民们没人知道荷花的父母身葬何处。荷花也早已被他们遗忘。

我们坐在山冈上,马大姐手指尖一点一点不停地撕着草穗的顶尖,刘大姐抓起泥土,双掌高高举在空中任凭微风吹走。我把我周围的野草尖掐光以后,便把那根梗像缠细绳似的一圈圈缠在手指上,听着鸟的鸣叫,仰望深远的蓝天,注目变幻的流云任思绪在天空中自由翱翔。

荷花又带领我们来到会计家,老夫妻已寿终正寝。儿媳喜笑颜开地迎接我们,说她丈夫现任镇党委副书记,荷花执意去给老夫妻上坟,我们便留下来休息。那女士羡慕地夸奖荷花说:

"荷花姑姑善良有善缘,白石城邪恶、残忍、恶毒,他怎能想到后半生全家遭到灭顶之灾,家里只剩下一个疯子,人欺天不欺呀。"

我想到有句谚语说,"种瓜得瓜,种豆得豆",这也适应于每个人的生活,善有善报,恶有恶报,恶人猖獗只是一种幻想,因为生命无时无刻都将我们的所作所为一笔一笔地记录下来,到最后就是我们行为的总和。品德是无法伪造的,也无法像衣服一样随兴地穿上或者脱下丢在一旁。

当年的苏敏夫妻救济荷花母子三人后,在北京生存艰难,度日如年,生活的拮据可想而知,但他们夫妻付出的时间和心血没有白白浪费,他们一直都在。如今他夫妻儿孙满堂二十余人,享受着天伦之乐,是他们自己种的因收获了丰足的果实。

在同情荷花一家人悲惨遭遇的闲聊中，吕侠说："十八年前我在派出所任职，周末的清晨我带着妻儿去爬山，这和锻炼身体无关，而是想让儿子尽早知道世界并不仅仅是由电视、高楼以及汽车这些人工的东西构成的。初冬的山上满目萧索，割剩的麦茬已经黄中带黑，本就稀落的树木因树叶的飘落更显得孤单，黄土地少了绿色的润泽而无生气，置身在这空旷寂寥的山上，更多感受到的是一种原始的静谧和苍凉。此时儿子发现了一只蚂蚱，并惊恐地指给我看，我也感到十分惊奇，我想这绝对是山上唯一的还顽强活着的生命。我蹑手蹑脚地靠近它，它发现敌人后蹦跳一下，仍觉得不安全，便使尽力气蹦到坡下的沟里。我下坡去寻找，决心抓住它，扭头看见一个秃头的青年人躺在崖边，那人一见到我扭头就跑，速度之快引起我的怀疑，出于职业的本能，我喊一声：'站住！'那人一听'站住'二字跑得更快。直觉告诉我那人不正常，我的职责是保护人民群众的利益，严厉打击犯罪分子。我吩咐妻子带着儿子走大路回家，紧接着追向狂奔之人。没有想到他的耐力很强，我猛跑猛追半个小时过去，他仍然没有减速。我必须智取，于是躲在土堆的后面，他腿脚渐渐慢了下来，我猛扑上去将他按倒在地。他战战兢兢，恐惧的阴影在他的脸上重重叠叠，使他不敢抬头看我。我问话，他一声不吭，最终我只好把他带到派出所。

"他始终不肯说一句话，一声不响埋头闭眼，送去的面条不吃，送去的水不喝，像堵没有回声的墙或者茫茫的大树一样，毫无反应。所长亲自询问，无论怎样他仍然不开口，也倔强地不抬起头来。有人发现了一线希望，在没有别人的时候，他会偷偷地抬起头来回看一下，脸上似乎有一丝好奇或者疑惑的表情，仿佛要澄清脑子里不明白的事情，一见人后他却缩在墙角里望着，眼睛里写满了恐怖。他冷漠地注视着周围的一切，几个小时之后倒在墙角睡着了。所长通过技术鉴定，证实他是个哑巴，当晚就让他留宿在派出所里。

"第三天中午，一位中年独臂人和一位女士来到派出所报案，说他们的弟弟是个哑巴，已经失踪五天。派出所帮他办妥手续让他们领走了人，我回到单位尽快查找独臂老人的真实身份，然后恭请大家到我供职的山区县城游玩。"

公主下嫁吕天明

　　八月下旬的一天，吕小明打电话请我和老伴到银川沙湖游玩，飞机票夏凡已经订好，让我们带上身份证取票。我和老伴在约定的时间飞往银川，在机场与小明父子相见。

　　当地一位便衣警官陪同我们前往，来到一栋环境优美的别墅前，夏吕上前去按门铃，两位青年男士看罢证件笑脸相迎，带领我们五人穿过草地间的石子路进入客厅。阳光透过高大宽阔的窗户洒满房间，站在我们面前的女主人白技嘉六十岁左右，眼尾的鱼尾纹和鬓边的白发诉说着岁月留给她的痕迹。她虽然穿着便衣，但是衣服做工精细，色彩明快，皮肤微红透着白，虽然脸上也有皱纹但化着淡妆，她满面笑容透着温和与亲切让座以后，就在我们旁边的沙发上坐下。一只漂亮的哈巴狗窝在她的脚边，睡在绣着梅花的地毯上。客厅里的进口红木家具气派无比，长沙发柔软舒适，饰着淡蓝色、黄色、绿色的花边和穗子，客厅绝不缺乏生气和温馨。

　　她言谈妙趣显得十分年轻，应该是位做事干练、雷厉风行的女强人。举止大方得体，坦率爽朗的性格深得我们喜欢。

　　她微笑着，看看我们每一个人说："请问喝什么茶？"她个性直率快人快语，夏吕直截了当地说："当地习俗。"然后她吩咐一位女士端出黑茶添加鲜牛奶。

　　夏吕先发制人进入正题。她听着夏吕的叙述，开初冷冷地看着我们，在夏吕的承诺下，她犹豫着缓缓地喝了一口奶茶，放松警惕，用纸巾擦擦眼睛瞅着我们，当知道我的身份时，她露出很不好意思的神情。夏吕提出的问题仿佛勾起了她的一段微妙的回忆,她迟疑了一下,那种女性瞬间的迟疑,不细心观察是看不出来的,然后她低垂双眼,哀愁的样子十分自然。她苦思冥想,片刻后极不情愿地摇摇头,半晌的沉默后,慢慢开口说道:

"有时记忆像秋日的落叶,随时间的流逝而片片飘落,而有时记忆随岁月的积淀越发鲜活,犹如悄悄绽放在床头的鲜花,不知不觉香气就慢慢溢满全身,带你走进过去的日子里。"

她慢慢谈起来,说得很是深沉,语气很低,说说停停,若有所思。我们的目光期盼地盯着她,使她尽快承认独臂老人是否就是吕天明。在夏吕的因势利导之下,她承认吕天明就是她丈夫鲁添敏,日前已去了乌鲁木齐。她掩面痛苦地向我们叙述了四十五年前他们的几段悲伤哀怨的往事。

一九七二年白技嘉从学校回到家里,看见吕天明被捆绑游街,遍体鳞伤,被定为现行反革命分子,几天不见他已经不成人样,第二天一早吕天明还要被送往省城执行枪决,她惊诧不小,对在当地有唯一管辖权的父亲说:

"二哥在家乡为人放纵、欺压乡邻、声名狼藉,是利令智昏、公报私仇。天明在学校一直品学兼优,是个高才生,出事前仍是团支部书记。"

她父亲竟然有了同情之心,密令下属在押送吕天明到省城的中途放了他。

吕天明被抛在陌生的地方,命运迫使他无家可归,在讨饭的路上遇见同病相怜的西安人,那人说:"新疆、青海好安生。"天明知道有一位远房舅舅在新疆,但是他不知道地址,就选择去了新疆。没有合法的身份证明,两人结伴到人烟稀少的地区求生,凄苦悲惨的他俩,讨饭一年之后仍然没有到达新疆。那个西安人留在银川投靠了亲戚,那亲戚听了天明的遭遇后,介绍他到牧场留宿干活。由于天明吃苦耐劳,聪明勤奋,牧场主人把天明当成自己的家人,还把女儿嫁给他。天明付出了感情,也得到了丰厚的回报。感谢生活,这也许是老天爷看不过去吧,给了吕天明一条生路。

天明是刚毅的,从不绝望;天明是勤奋的,从不厌倦。他不懈地与无声的命运搏斗,他变得像大地那样温厚、踏实,冰山压在他的身上,他也能将它碾成碎块。

白技嘉,她是县委书记兼革委会主任的独生女儿,人们称呼她为公主,一九七二年高中毕业后,她被安排在县上供销合作社任宣传干事,和县委常委的儿子、公安战士俞敏洪喜结良缘。婚前俞敏洪穷追不舍,他们两心相悦,然后组建了家庭,公婆、丈夫和睦相处,其乐融融。新郎是俞家唯一的男孩,夫妻两人从小备受各自父母的宠爱,婚后白技嘉度过了一段最为幸福的时光。接着白父因公殉职离开了人间,女婿鼎力相助。他们小夫妻有了生育指标,白技嘉也想做一个幸福的母亲,不过她想得太过单纯,哪里知道丈夫和公婆只想要男孩。为了生男孩,公婆丈夫早就准备好了三种办法让她实施,使她备受煎熬。面对昔日恩爱的丈夫,她怎么也想不到他会迫使自己承受难以忍受的身心痛苦,尤其是房事前向她体内注射药物,这种不顾人格尊严和身体疼痛的愚昧做法,使白技嘉心中十分悲凉痛苦,但是为了家庭和睦,她只得含着屈辱的泪水任凭丈夫摆布,配合丈夫实施了并非他发明的生男孩的秘诀。

白技嘉怀孕了,但一点也没有做母亲的喜悦,受孕前的屈辱使她忘不了,丈夫极度重男轻女的思想使她心头压上一块石头。丈夫对她体贴入微,百般照顾,家里的一切都不让她动手。公婆吩咐儿子一路搀扶白技嘉到医院去检查胎儿性别,当 B 超显示出是女孩后,丈夫马上拉长了脸,在回家的路上对白技嘉不问不管,原来的笑容变成了彻骨冷漠。

婆婆守着大门不让她进去,丈夫消失不见。她失望地闭上眼睛,为的是从心底赶走丈夫对她的折磨,她拖着沉重的身子在邻居家借住休息。深夜邻居敲门送她回家,迎接她的是公婆那阴云密布的脸。接下来是丈夫一家人轮番动员她去医院引产,此时此刻面对丈夫和公婆难看的脸,白技嘉苦不堪言,无言以对。腹中的胎儿已有六个月大,她似乎伸胳膊舞腿地提醒妈妈不要剥夺她生存的权利,但是拒绝引产无疑是与丈夫和公婆形成直接对抗。她半夜三点回到娘家,从此无人探问。

预产期已过一个星期,孩子仍然不肯出世。白技嘉的腿开始浮肿,好像一碰就能出水,几天以后浑身浮肿,母亲把她送进医院剖腹取出一个五斤二两的女婴。孩子出世后仍联系不上婆家的人,丈夫出差在外地，婆家大门紧锁。母亲年老多病，她一个人孤零零地躺在病床上，只有体弱的母亲不离左右陪在身旁。面对丈夫的绝情，她深受打击，然而经过几番折腾，法院判决离婚，母女俩被扫地出门，白技嘉也被丈夫抛弃。

她没有对法律、法庭寄予什么希望，因为父亲已离开人世，人走茶凉，母亲积劳成疾也撒手人寰。法院判决使她有种身在异乡的感觉，她要和以往相比，中间已是划出了一道无法估量的社会鸿沟。她的人生观在一夜之间，由于那一番教训而彻底地改变了，她现在完全是另外一个人，不再是人们羡慕的条件优越的公主。她心事重重地，一动不动地站在路口，掉头朝身后望去，她再一次看看曾经的家，心里难过却无一点办法。

她眼前几乎浮现出父母在高位时代的情形，春夏秋冬车水马龙的门庭。她记起在一个夏天的黄昏，夕阳辉映着一切，俞敏洪手捧鲜花进入她的卧室，她尽情地闻着那花香。她挺起胸膛，骄傲之感油然而生，那时多么幸福，多么自由，一切充满希望，一切充满幻想。

可现在什么也没有了，一切全消耗光了，她抬头环视四周，仿佛要找到痛苦的缘由，心里嘀咕着善恶有源，她的遭遇是不是父母欠下的恶债？她又摇了摇头，从懂事起就常常听到父母的交谈，入党为什么？为老百姓干什么？为后人留什么？不能为自己不才、不廉、不正，被老百姓指着脊梁骨唾骂。父母经常共同学习文件，为公事忙到深更半夜。母亲是一座警钟，警钟长鸣，促使自己不断自省。父亲经常下乡，随时随地带上自备的常用药，给需要的老人。妈妈在家给奶奶梳头、洗脚、喂饭，将九十岁的奶奶用轮椅推出门外晒太阳。奶奶常常哭哭笑笑，吵吵闹闹，可妈妈仍然耐心哄着她、依着她、保护她，对我们说："奶奶是咱们家的老小孩，要哄。"

白技嘉平静的脸上显露出一丝情感，眼眶开始涌出一串泪水。她必须同过去做个了断，必须为生存做出努力，必须勇于面对在陌生土地上遇到的危险和孤寂。她投靠了乌鲁木齐市的小姨，并把两岁的女儿放在她家，经老乡的儿媳妇梅子介绍，她找到一份打字员的工作，单位还给安排宿舍。

一天，梅子邀请白技嘉看电影，下班之后技嘉去梅子单位找她，正巧碰见梅子和一个男人走出单位大门。那男人见到技嘉后眼睛立刻流露出一种异样的神色，梅子拉住技嘉说："你的工作是他介绍的，快谢谢他。"技嘉连忙道谢，他的目光一直不肯从技嘉脸上移开。对于奇怪的目光，技嘉感到极不舒服，为了一份工作，能有一份收入，于是她礼节性地笑笑，再次表示谢谢。

他叫陈能，三十来岁。有一天技嘉下班走出打字室，他推着自行车在门口邀请技嘉共进晚餐，技嘉犹豫了一下还是点头答应了。在一个十分幽静的餐厅里，在灯光中技嘉发现他温情脉脉地望着自己，晚饭后她还被送回到宿舍，他一下子拉住技嘉的手激动地表白：

"技嘉，从那次见到你以后我就再也放不下了，这么多年我还是第一次真正爱上一个人，真的我向你起誓，我会永远照顾你们母女的。"

技嘉被他的话打动，眼泪夺眶而出。星期天的晚上经过一阵缠绵过后，陈能给技嘉租借来一间房子，从此不明不白的五年，技嘉做了三次人流。渐渐地技嘉觉得陈能是在骗她，陈能自始至终是在给自己设陷阱。技嘉的工资他全部领取花完，让技嘉女儿把别人认作干爹，她拒绝后就过着人不人鬼不鬼的生活。

一场厄运降到技嘉的头上。一九七八年五月，技嘉回家取东西，开门看见陈能和一个她见过几面的男士赤裸裸地躺在床上，原来他们是同性恋。她马上像患了瘟疫似的，四肢无力。自此她开始过起了生不如死的日子，一直在找机会偷跑。在一帮流氓赌徒的恣意下，陈能以她做抵押借来十万元的高利贷，谁知对方做了手脚，输昏头的陈能最后赔了她。那难以忍受的处境，就像是遭受重刑的人一样，一个瞬间如同一个钟头一样难熬。她再也不能忍受了，再也不能承受多人的凌辱，她艰难地从床上爬起来，挣扎着穿好衣服，整理证物，去了市公安局报案。当天凌晨陈能和那三名强奸犯被缉拿归案。

报仇了，雪耻了，白技嘉也没有脸面活在这个世上了，她把全部财产五万元和女儿托付给小姨，当天下午六点，她头也不回地从五楼跳下去……

技嘉醒来已是第三天的下午，双腿一阵阵钻心地刺痛。小姨一直守候在技嘉的身边，她一脸惊喜地说：

"你终于醒了,可是救你的人失去了一只胳膊。"

技嘉惊异地问:"他为什么要救我,为什么不让我死去?我恨他。"

小姨愁眉苦脸地说:"你安心养病,医生说你的双腿骨折,只要好生养着会好的。"

技嘉却仍然沉浸在自己的悲痛中拒绝进食,直到她见到自己五岁的女儿整个泪人般地站在床前时,沉寂的心才炽热起来,她终于端起了饭碗。由于骨裂的疼痛正在侵扰着她,焦急的心情正在折磨着她,昏昏迷迷,模模糊糊,她的身心遭受双重打击。她的心情沉郁,仍然没有信心求生,她睁着双眼看见女儿小小年纪却知道默默地给妈妈端茶倒水,体贴入微。感到作为母亲的艰难与责任,醒悟到不能逃避抚养她的责任,她要配合医生尽快恢复站起来。

一天晚上,同房的病友告诉她:"救你的人是个收破烂的外乡人,好可怜,才三十多岁,截肢才一个星期,他付不起医药费明早就要出院。"

震惊之余,她想应该义不容辞地担负起他的医药费,急忙恳请小姨去缴纳他的住院费。技嘉此时的心好像被大锤狠狠地砸了一下,这个非亲非故的贫困男人,竟然是为了她失去一条胳膊,下半辈子要如何生活?技嘉听说他是一个人在外闯荡,老家在什么地方也说不清楚,医院准备送他到救助站。一天上午医生查房后,她躺着看报纸,报纸遮住了她的脸,她感觉有人站在床前,当放下报纸的一刹那,吕天明那温暖憨厚的笑脸出现在眼前。望着眼前憔悴的吕天明,她忍不住动情地拉着他的手说:

"天明真的是你吗?"她泪如雨下。

"同是天涯沦落人,我是吕天明。"他指着失去的胳膊,仿佛是老天爷冥冥之中的安排,一切是那么不可思议。本是断线的两颗珠子,却有一双无形的手,让两个人紧紧相拥。虽已到中年,两人喜极而泣,她紧紧拉住吕天明的手不放,两人收不住激动的泪水。

在医院里天明天天过来坐在她的床边,讲述银川郊区牧场他妻子一家人的不幸。两年前的一天,天明去兰州屠宰场送羊,煤气泄露夺走他们一家五口鲜活的生命,其中包括妻子和腹中的胎儿,只有岳母一人被救,回到牧场一看,天明浑身的肌肉僵硬了,血液凝结了,立刻奔向岳母扶着她老人家,母子两人痛不欲生。而后妻子的叔叔说天明是个灾星不吉利,不顾岳母的阻拦赶走了他,岳母偷偷地在他的鞋子里放了三十元钱。

天明离开银川来到新疆已有半年的时间。他耸耸失去一只胳膊的肩说:"我当时正在楼下收破烂,坐在车上吃着冷馒头,突然楼上掉下一个人,我来不及多想,下了三轮车就接住了,你好狠心,截去我一只胳膊。"

两人都谈着自己的苦恼缘由,越谈越具体,越谈越推心置腹,渐渐地都有点兴奋,借着一闪一闪的泪光谈心,两人相互倾诉着多年的无奈遭遇和此时盼望的焦急心情。他们面对面,开心地笑着,甜蜜蜜地轻声地互相呼唤着……

一个月之后天明和技嘉同时出院,技嘉的一只胳膊搭在天明失去胳膊的肩上,天明挽扶着技嘉,她顺势扑进天明的怀中。天明颤抖地说:"公主下嫁于我这个反革命分子啦。"他们真实地寻找到了来自心灵深处的激动,相依在一起抱头痛哭。成熟的爱像一棵树,从地下的种子里萌发出来,慢慢地生长,最后长得绿荫蔽日。

女人似乎更具备适应社会环境的应变能力,人们常说落架的凤凰不如鸡,可是这只鸡后来又变成了凤凰飞出大山。她离开了伤心地,二十年间夫妻俩带着女儿漂泊,闯荡外县,兰州、新疆,直到一九九三年五月。在这期间两人的苦乐可想而知,他们重新安家于银川,天明每天走家串户地修理电器,承担家务辅导女儿学习。技嘉以一种比较轻松的心态,去做了各种尝试但是成功渺茫。从此他们又回到有朋友做靠山的地方,摆了一个小摊,卖各种小玩意儿。有了本钱之后又租了店面卖起日杂百货,从烟酒糖醋酱到针头线脑外加卫生纸,服务热情周到,并且恪守质量第一、信誉至上的原则,童叟无欺。时间长了,名声远播,他们的生意越做越大,忙得技嘉来去一阵风,成了远近闻名的女老板。别人大呼生意越来越不好做,然而她的生意却红红火火,其实她的秘诀就凭一个"诚"字。直销、代销、连销、批发、货站、公司、连锁店遍及外县、外省,她的路越来越宽,许多人都以为她有什么诀窍,其实是改革与开放,给一心想改变命运的他们又带来了新的机遇。天明决定将公司全部交给技嘉管理,自己再创一番事业,于是他承包了一家羊绒加工厂。接手羊绒厂以后,天明亲自进购原料鉴定品质的好坏,直接下到车间参与生产,检验出厂产品,最终销售到全国。在妻子技嘉的帮助下,天明仿佛雄鹰找到了搏击云天的长空,仿佛汹涌奔腾的岩浆终于找到了喷发口。因为抓住了商机,企业迅速跨越全国走出国门。企业重要部门的负责人,基本上是聘用他们夫妻落难时结识的好朋友,朋友们给他们鼎力相助,出谋划策,是企业的中流砥柱。羊绒厂由原来的五百多人发展到现在的三千多名员工。技嘉和天明真是厚积薄发,一飞冲天了。在我们眼里他们夫妻的脸,印满了岁月的沧桑和生活的艰辛,夫妻俩到现在仍在拼搏。

技嘉的女儿楚楚从小学、中学、大学、公派留学一直保持着优秀的成绩,这都是她自己努力而成的,现在在北京重要部门任职。今年已经四十五岁的楚楚仍是单身,事业顶尖的她害怕亲密关系,不爱社交,有丰富的知识,内心颇为宁静。楚楚从小耳闻目睹了母亲所受到的遭遇和伤害,当作真理信奉,因此导致她经常逃避异性,总是担心被人骚扰,被人伤害,于是一旦有异性走近她,她便把对方推得远远的,并且警告他不要靠近。楚楚不敢谈恋爱,对恋爱产生了严重的阴影,若有人给她介绍男性朋友,她会立即感到惊恐而晕厥,对异性相当的排斥。

楚楚回忆往昔,感叹那份真情,再也回不来了。那是朝霞把校园映得嫣红如醉,五月的一个星期天上午,楚楚举目望去,有一个男孩是他们的班长,手捧着玫瑰花朝她飞奔而来。这样的意境搭配如此浓重的色彩,既热烈又尴尬,她既喜欢又羞涩。他站在楚楚面前目不转睛地看着楚楚,楚楚心中突然一阵慌乱,一阵风扭头转身消失在校园中,躲在宿舍房间的墙角。楚楚已被他感动到了,楚楚爱他含情脉脉的眼睛,爱他勇敢又真切的感情,爱他挺拔俊朗的样子。一个星期后,天空不是彩虹而是雨,楚楚离开了校园,坐在校车上时,她环顾四处,在送她到机场的同学之中班长并没有出现。楚楚心中空荡荡地上了飞机去英国深造五年,她对班长的一份思念之情仍然留在心底,从此心灵的痛苦伴她至今。没有男士能够走进她的心,如今的她潇潇洒洒,自自在在,快活地过每一天。楚楚每月将结余的工资送往孤儿福利院,接受了生活的平淡,懂得了惜福。

六十八岁的技嘉历练得刚毅果断,和天明整天在飞机上南来北往地飞行,资产数目惊人。世间大多如此,许多身处黑暗的人,磕磕绊绊,勤奋拼搏,坚持信念最终走向成功。吕天明在一九九八年从孢子村接回了结发妻子的哑巴弟弟。

白技嘉真心实意地留我们在她家品尝了烤全羊。之后,一位年轻男士是技嘉的义子开着宝马车送我们到酒店。路上迎面的车一辆辆疾驰而过,明亮的车灯透过车窗玻璃射过来让人眼花缭乱,可是无论司机心情怎样急迫,每当前面有车过来迎面相遇时,他总会减速缓行,遇上狭窄的路,他使车几乎停下来让其他车先行通过。我们的车正行驶在正常的车道中,突然前面一辆黑色小车从停车位冲撞了过来,我们的司机猛地刹车,车子打滑了一下,仅仅差几厘米就与那辆黑色小车相碰。那位司机居然摇摆着脑袋冲着我们破口大骂,然而我们的司机只是一笑了之,居然还跟那位司机挥手致歉。

于是吕小明愤愤不平地说道:"你为什么那样做呢?那个浑蛋差点儿毁了你的车子,还差点让我们进医院。"

司机回头对我们笑笑说道:"许多司机因疲劳、情绪烦躁、挫折、愤怒、失望或者东奔西跑等等原因,有严重的路怒重症。此时,如果我阻碍他的情绪发泄在我的身上,他会变得疯狂无比,所以我只好一笑了之,祝福他一路平安。"

夏吕对他的行为赞叹不绝,继而说道:"人生不如意事十有八九,要自己控制调整好心态,一切烦恼愤怒,都会烟消云散。"

我突然想到白技嘉客厅墙上贴的题词,就问司机小伙:"你妈妈客厅的题词是何人所作?"

他立即开口背诵:"严于律己,宽以待人,谦和为美,多让少争,与人为善,切忌骄横,仗义疏财,扶危济贫,诚信待人,远离是非。奶奶,您是说的这句吧?"

"对对对。"我兴奋地回答。

小伙得意扬扬地说:"是我爸爸的亲手题词。"

我们三人齐声问道:"你爸爸是谁?"

司机理直气壮地回答:"就是你们要找的鲁添敏,是我的义父。"

　　车快到酒店的时候，吕小明的手机响起："喂，您是小明哥哥吗？闻讯后我非常的激动和高兴，明天下午我就飞回银川，我归心似箭。"这是吕天明的声音。

哑巴校长的学生

　　清晨八点我们出了电梯，白技嘉已经在酒店大堂，身后站着一位戴着金丝边眼镜的知识女性，她前来做导游为我们介绍银川的各个景点。盛情难却，我们一行只好改变行程随她而去。吕小明突发奇想要去沙湖，技嘉让车掉头，那位女士笑眯眯地盯着技嘉，像是征求她的意见，继而果断地说：

　　"姐姐，先到我们学校休息一下，吃了午餐逛沙湖，天气正好。"

　　吕小明不明白她们的关系，就问技嘉："你原本是个独女，怎么又有个妹妹？"

　　技嘉恍然醒悟说道："对不起我忘记介绍了，她是荷花弟弟的老婆马莹莹，也就是哑巴的妻子。"

　　我们惊喜，齐声道："哦，哦，哦。"

　　我们立即增加了到她学校去的兴趣。技嘉介绍道："哑巴现名叫白皙，是当今聋哑学校的校长，马莹莹是教导主任。"

　　一行人感叹不已，大家用一种不可思议的眼光看着马莹莹。可是马莹莹却说："我先生是百里挑一的好丈夫。"她心满意足地还要继续夸下去，却被技嘉接着话头说道："当年天明把白皙接回家里已是清晨五点，照顾他洗澡换了衣服之后，就安排在楼下客房睡觉，天明自己到楼上休息。白皙没有睡意出了房间，我下楼上班给他点头示意，他看见了我颤颤巍巍、惊恐万分，因为他认出我是白石城的妹妹。白皙觉得大事不妙，我走了之后他失魂落魄地奔出家门不知去向。天明一觉醒来不见了哑巴，心急火燎地到处寻找。天明整天垂头丧气，时间天天在流逝，没有找到就报了案。我和天明从派出所把白皙接回家中，他有抵触情绪，怎么也不上床睡觉，蜷缩在墙角，天明就陪他一块睡在房间，并想方设法让他明白我现在是天明的老婆，他的姐姐。他不愿意出房间到餐厅吃饭，保姆只好把饭送到他的房间里。只要听到车响他就赶紧扒住窗户往外看，当见到天明回到家里他便喜笑颜开，见到我便赶紧躲起来。我和天明开车出了院子，他把院子的花园收拾得井井有条，狗舍干干净净，然后自己清洗衣物，从不让保姆打理，很快学会使用吸尘器清扫房间。我和天明商量白皙三十好几不识字，今后怎么生存，能否让他学习一门手艺。天明却说：'白皙非常聪明，眼睛很明亮，只哑不聋，给他联系一个聋哑学校让他上学去。'我非常赞同天明的意见。

"那是一个朝霞染红的清晨，我们开车送三十岁的白皙上学，让他当一名小学生。学校规定入学要穿上统一的校服，没有大号我们愿意交钱请学校另外加工一身，但最终学校允许他穿上教师的服装。在整齐的学生队伍中他显得格格不入，面对他人的讥讽和嘲笑他并不在意。白皙晚睡早起刻苦学习，尊重老师关爱同学。他是学校的大力士，老师同学有什么力气活他都乐意帮忙，还在校园开辟了一块菜园，各种蔬菜应有尽有，他受到全校师生的称赞。他常常帮助有困难的老师值夜班，尽管脸上冻得一片青紫，我和天明非常心疼，但他依旧隐藏不住满脸的兴奋和激动。"

马莹莹插话说："白皙虽然出身卑微，地位低下，但活得很实际，他对生活抱着一个简单的目标，并拼尽全力去追求这个目标。在他的生活里你不会看到心浮气躁，不会看到百无聊赖，不会看到怨天尤人，相反他在苦难中一笑而过，在不幸之后坦然自若。我是他高年级的班主任，白皙学习成绩年年第一，五年之中完成了高中课程，学校的黑板报全由他一个人代劳，他被破格提升为代课教师，到今天已是名副其实的学校校长。"

车子加速前进，车窗外是充满生机的草原，涌入眼帘的是嫩绿无边，农田黄花成了天与地的分界线，辽阔茂盛的草原似乎永远无止境，平坦而无限。路过一湖旁，湖面倒映着朵朵白云，亮得晃眼。大雁绿头鸭从沼泽地飞起来，它们时而在水里穿云破雾，时而又稳稳地浮在水上追逐撒欢。天鹅高高地盘旋在湖面上空,振动翅膀,点击水面,直线滑行,身后留下一串串飞扬的水花,阳光下晶莹发亮。它们如同螺旋桨一般升起,白色的身体映在水面之上,似乎还有天鹅在水中同时飞翔。

不知不觉车子已开到了马老师的家。好气派的房子,楼上楼下有两层,凉台的吊兰幽绿垂直于地面,我们无心欣赏她的房间,好奇心促使我们想立刻见到哑巴。马老师接通电话,得知她丈夫正在基地给学生实地上土豆饼原料从何而来的课,征得马老师的同意之后,她欣然带领我们去参观。走到基地的边缘,马老师上前比画手势给她丈夫,他笑脸相迎地看着我们。白皙身材高挑四方脸,身体健壮,一股阳刚之气印在棱角分明的脸上,有着标准北方人的厚道。他用手势给学生比画,五十几名高低不同的学生齐刷刷地站起身来,拼命地用手语同自己身边的同学比画,嘴里发出单调怪异的声音。

马老师翻译:"欢迎你们,远方的客人。"

然后那群男女学生又蹲下身继续挖土豆。我置身于草地之中,吮吸着青草的芳香,一阵轻柔的微风凉爽宜人。

数十分钟后他们的课程结束并收获了成果,每个学生手中提着二十个土豆。班主任老师在大声点名。马老师说:"大声只不过是为了把口型做得更充分。"列队在白皙的面前,白皙给他的学生们比画手势,只见三位个头稍高一点儿的学生,跑步到了一个简易房间取出塑料管,接着三对小学生轮流清洗土豆上的泥土并洗手。最后在班主任老师的带领下,全部同学做合唱练习,孩子们的喉咙里发出模糊而顽强的声音,虽然他们永远听不到自己发出的声音,但个个都是满脸的喜悦。在返回学校的路上,我心血来潮拉住技嘉问道:"他们夫妻的结合是谁追的谁?"

技嘉神秘地一笑:"莹莹,过来给这位老大姐谈谈你们的恋爱经过,他们非常感兴趣。"

马老师不扭捏,喜笑颜开地回答我说:"白皙二十年前以优秀的成绩显示出他的不同,我比他大三岁,是我主动追求的他。而他给我回答的是'分担你的重担,在你需要时雪中送炭,爱心常常关怀于你,随时给的心灵深处带去欢笑;你是我的嘴巴,我是你的心脏,以诚相待你的女儿也就是我的宝贝。'我们的婚姻已有二十几年了,从未红过脸,家里的一切

129

他独自承担，一对双胞胎儿子就是幸福，在日常生活中我们心有灵犀一点通。"马老师对她丈夫心满意足，几句描述结束了我的好奇心问话。

技嘉补充道："若按世俗的眼光他们并不门当户对，马莹莹出身名门，受过高等教育，才貌双全，而白皙出身寒微，又是一个哑巴，爱情的力量使马莹莹将一个残疾人塑造成了一个不屈不挠，真正的男子汉丈夫。他们是非常幸福的，虽然这种幸福在某些人看来简单了些，可是对于他们来说，却是恩恩爱爱、实实在在的。怀着简单的愿望去生活，也会一样的快乐和幸福。"

我们来到学校，院子很大，绿色草坪的正中央有喷水龙头，运转不止，水珠在阳光的反射下变成了奇妙无比的颜色，有紫色、绿色、黄色、白色等。

沿着大路向前直行，正面是主楼，一层是礼堂、食堂和娱乐室；二层是教室、会议室；三层是楼梯，通道东西分别隔着防盗网，男学生住东边四人一间，女学生住西边三人一间，宿舍整齐洁净，男女管理员分别住在防盗网相邻的第一间；四层以上全是教职工宿舍。

马老师介绍道："寄宿院内的每一天是从庄严的升旗仪式开始的，同时也播放国歌。"

升旗台位于院子的正东方，从任何一栋楼的窗口都可以看见。我们走进会议室，窗口的窗帘全是乳白色，属于最耐日晒的颜色。我坐在敞开的窗下喝茶，刚端起茶杯便听见一阵音乐声。

马老师说："白皙和舞蹈老师在给孩子上课。"

我疑惑聋哑人是无声群体，他们怎能听到音乐，又怎能跳舞。好奇心上涌，促使我端起茶杯就走向舞厅的窗外。令人惊讶的是，大厅四周坐满师生，白皙和一位女老师跳起了优美的国标舞，舞步踏着节拍，舞姿伴着舞曲，配合默契，丝丝入扣，使舞与曲浑然一体。我看得目瞪口呆，赞叹不已，却又大惑不解。白皙是个农民、哑巴，而今他的舞姿已是有模有样，他们还是一群聋哑人，确实令人佩服。执教老师打着哑语手势，热情地鼓励孩子们，白皙手把手地教他们，他们究竟是如何用心灵去感受音乐节拍的？有时四周的学生小手一齐高高举起，有时双手拍掌或者互搭肩膀，真是妙不可言。

　　老师们对孩子们付出了常人难以想象的辛劳,他们洒下了比正常人教学多几倍的汗水。白皙终于取得成功,他的学校开设了电器维修、按摩、烹饪、美发美容、旅游知识等相关课程。他收获了家庭,马老师是多么坚韧,多么高贵,让我相信她的爱,真的可以超越生命,超越一切。

　　吕小明也若有所思地自言自语道:"如果你想展翅高飞,那么你多和雄鹰为伍,并与之成为一员。如果你仅仅和小鸡混在一起,那么你就不可能高飞。"

　　我们敬佩地看着他们夫妻比比画画、说说笑笑地像磁极般相吸,我们被逗乐了,真爱无须多言,无声的爱更耐人寻味,更让人感动。他们的真爱在举手投足之间,在生活的点点滴滴之间。作为白皙夫人的马老师对丈夫付出了多少艰辛和劳动,花费了多少心血,可想而知。他们夫妻面对这群特殊的学生,默默耕耘,当孩子们学会一项技术之后,他们夫妻又笑又比画,高兴得跟孩子似的。

　　马老师指着她丈夫对我们说:"他行事拘谨,生活自我封闭、真诚、幽默,时常给孩子们增加点'佐料',哪怕一个小动作也能为大家带来欢笑。一年四季都有他亲手栽植的果实蔬菜,他会和孩子们共同分享食物的快乐。他经常带领孩子们到城里参观繁华地段,到开阔的田园享受太阳,让他们精神得到休息之后便能全神贯注地专注于学习,让孩子内心更加充实。"

　　夏吕因职业习惯打断了马老师对丈夫的夸奖,拐弯抹角地试探她能否把他的话翻译给白皙听,马老师愉快地应承。

　　夏吕对马老师说道:"吕天明是怎样打死白石城的?能否说说当时的详情。"

　　她比画给丈夫,白皙的目光里闪烁着不安的困惑,他愣怔怔地呆视着夏吕,摇摇头,比画说:"没有打死他,那天我见到十几年没有音讯的姐夫,突然站在我的面前,惊喜万分。我泪流满面,姐夫带去的饼干和方便面让我感到无比的美味。"马老师翻译着,白皙手舞足蹈地比画见面的伤感和喜悦。

　　夏吕皱着眉头问白皙:"是谁把白石城捆绑在树上的?"

　　马老师如实比画给她丈夫,白皙激动地比画给他妻子:"夜幕降临,夜深人静的时候,我和姐夫到了白石城家,他不在家里,我们在回家的路上路过村委会。看见灯光我扒住窗户一看,白石城一个人坐在炕上抽烟等人,我和姐夫上前把他从炕上拖了出来,捆绑在门前的大树上。我当时要杀死他,姐夫挡住不让。就在此时姐夫听见有人前来,赶紧上前给白石城松了捆绑,我狠狠地踢了白石城一脚,姐夫拉住我摇了摇头,我们急忙转身离开了。走在回家的路上,突然电闪雷鸣,继而狂风暴雨倾盆而下,如排山倒海之势。我们浑身湿透了,回到家里姐夫和我换了衣服,姐夫皱着眉头在房前站了一阵,流下了眼泪。清晨的时候,朝日未出,朝露犹存,我们望着两间即将倒塌的平房。姐夫穿上雨衣拉起我的手,在暴风雨中匆匆离开了村子。"白皙睁大眼睛看着夏吕。

夏吕上前拍拍白皙的肩膀说:"你还认识我吗?"白皙呆呆地看着他夫人马老师。

夏吕给他夫人宽心说道:"对不起,我只是随便聊聊,请他不要介意。"我们赞叹不绝地说:"贫瘠是埋没不了人才的。"

吕小明坚定地断言:"世间最强的人往往是弱者,因为他们身上背的包袱太重,看不见前面的路程。"

夏吕感叹地说道:"师生一起学习感情融洽,那是人生中最大的快乐,足以在交流中获得力量与灵感。"

我也受到启发说道:"与智者同行能学到智慧。"

夏吕急切地打断我的话语说:"白皙的智慧是人间最美的语言,爱无法说出口,但是爱能用行动来表示。"

白皙给他夫人比画要留下我们在学校吃晚饭,技嘉却说:"天明已经飞回银川,晚餐也准备好了,心急如焚地打电话催了好几次,迫不及待地要立刻见到小明大哥。"

白皙比画着吩咐他儿子的司机等会儿发动车,又对马老师比画说着什么。只见他儿子推出一辆三轮车,白皙阻止儿子骑上三轮车到地里去,他自己却骑上三轮车对儿子笑笑。马老师本想坐上三轮车随他一同到地里帮忙,白皙摇摇头比画着什么飞蹬三轮车走了,去地里采摘新鲜的蔬菜水果让我们带回银川。马老师无奈地摇摇头又来到我们身边说:

"白皙吩咐我带领你们到蜜蜂房品尝天然蜂蜜,并请你们带回,尝尝他辛勤的成果。"

我们跟随马老师来到一排排蜜蜂蜗居的木箱中间,映入视线的是一个玻璃碗,上面罩着白白的纱布,放在条桌上面,她从瓷器罐里给我们吸出一小杯蜂蜜。我们尝到了真正的天然蜂蜜,淡淡的甜,丝丝的柔,爽口美味。她让我们自由参观,自己却端起玻璃碗把灰色的水喝完,我们好奇地问:

"马老师,你刚才喝的是什么?"

"是白晳特制的苜蓿汁加蜂蜜,医治我的声音沙哑,他不停地换着蔬菜水果汁混合蜂蜜每天强迫我喝。"

他们的爱情不在轰轰烈烈,不在风花雪月,而在细节,他们的爱情使我感到以往对它的理解是多么的苍白。虽说经过大风大浪的爱情是迷人的,但落入现实中,只有通过细节才能领略到爱的美丽与鲜艳,深厚与甜蜜。

白晳用行动表白,用心挂念。那说得再甜,挂念得再深的人的爱,也只是海市蜃楼,空中楼阁,中看不中用。爱的关键不是说在嘴上,而在行动,他的大爱无言是人间最美的声音。

我站在高坡之上吃着一颗颗饱满的、紫色未熟透的、沾着亮晶晶水珠的葡萄,贪婪地呼吸着新鲜的空气,只见白晳蹬着三轮车满头大汗,车上装着满满的蔬菜:西红柿、西瓜、火龙果、糯玉米、豆角等。他们夫妻亲手把小车的后备厢塞得紧紧的,满满的。白晳的裤腿被草地的水浸湿透了,马老师蹲下身子给丈夫挽起裤腿,白晳拉起妻子心疼地擦擦她脸上的汗水,笑嘻嘻地比画着什么。我们站在葡萄树下欣赏着他们夫妻之间的互相关心,互相给予,那是爱与真情才会释放出绵绵不断的情感,才会焕发出勃勃的生机,他们互爱的人生是丰盈的,在我们接触的每一分每一秒中,都能感受到他们的和谐与美好。我们的车开到学校的操场边上,俯视车窗外白晳校长牵手马老师在操场散步,牵手是爱意的表达,是真情的流露,是甜蜜与温馨,温热的手递发出的是满怀深情的幸福之情,傍晚的斜阳拉长了他们散步的身影,也拉长了他们身后的时光……

衷心祝福白晳校长和马老师拥有的真爱,衷心祝愿他们夫妻幸福平安。我用心记住这里的一切一切,从心底里萌生出对造物主的崇敬。

我们不舍地离开了盲哑学校,告别了这块奇妙的地方,继续上路返回银川。在车上仍被他夫妻不平凡的事迹感动着,并赞赏着。

夏吕赞口不绝地夸赞马老师:"她懂得超越表面价值,才拥有真正的大智大勇,才能把坏事变为好事,不被表面价值的陷阱所引诱。"

然而白晢在变化无常的时间中,真实而执着地握住了生活的内涵。暮色来临,吕天明在一家酒楼门前久立,有人喊道:"来了,来了。"

"小明大哥,大哥!"天明、小明两人疾步向前,紧紧拥抱,良久良久不愿分开。吕小明取掉眼镜,热泪盈眶,抚摸着那被截取的臂膀,心疼得脸上的青筋抽缩着。吕天明激动万分,泪水擦也擦不尽。

吕天明精力充沛,思虑周全,大量的工作,繁忙的社会活动,都能应对自如。他说:

"员工三千多人,在商场上有时事情很多,难免堆积起来,就感到繁忙和烦心。但是烦死也解决不了问题,不如乐观对待,劳逸结合,打好歼灭战,完成一项就是一个胜利,而这些事情干起来并不容易。"

在商场中的成功,主要是少不了他们夫妻在理财方面的约法三章。夫妻各开一个账号,会计管理总账,丈夫对外开支由会计转账到他的户头,妻子对家庭的一切生活开支由会计转账到她的户头,各自一笔不漏地全部都记在流水账簿上。夫妻半年或者一年和会计核对一次账,将余额协商着继续投资,如果一方有异议则暂缓,达成共识之后再出手投资。由此可见,夫妻俩在家庭生活中非常重视契约化管理,以契约为核心的现代化管理模式,如同春雨润物般进入他们的心田,又能增添乐观的情绪。

夏吕从头到尾细细琢磨然后说道:"一个人经历风雨,也许会被摔得几乎粉身碎骨,但是经过摔打之后却能历练得更坚强,风刀霜剑确实是一剂营养品。"

吕天明说:"技嘉把我的行程安排得井井有条,因为我有颈肩腰腿痛的老毛病,在午间要小憩,晚上十一点必须睡觉,她这样安排能保持生物钟的正常运行。饮食方面我也特别注意,要是陪客人吃饭我尽量少吃,回到家里也是定量吃。技嘉每天忙里偷闲写日记记录生活的内容,家务事她大包大揽,每天十一点前查岗。昨天晚上技嘉电话告诉我你们来了,我激动得半夜没有睡好,今天早早地便飞回银川。"

当明白了我们的来意时,他猛吸了一口气,陷入对过去岁月的沉思。突然一声悠长而悲哀的声音,像是一声叹息,又像是哭泣。他转过身去看看技嘉的脸,一道阴影在他脸上一闪而过,好像是大晴天的阳光,又掠过一片乌云迅速地飘游过去。他沉默许久许久,转身从文件夹里取出一个日记本,指着已经发黄的篇章读给我们听:"多少个日日夜夜梦断肠,骨肉难见泪行行,望穿秋水水化泪,父母失散恨黄泉,我处于人生最艰难的时刻,又雪上加霜。"一种无力的痛苦啃噬着他的心,冷汗一个劲儿地往外冒,一股澎湃的洪水从眼角眉梢倾泻出来。大家伤感沉默不语。

技嘉巧妙地打破忧伤的局面说:"夏苏敏不就是当年林场赵场长的小舅子吗?"

在座的人没有人做出正面回答,怕伤害着夏吕。天明给技嘉递去眼色阻止她继续谈论林场,带着几分愧疚先声夺人地说:"苏敏和大哥是莫逆之交,他处事严谨,他们夫妻的高尚品德人间难见,让两个孩子仍然姓夏,那样我才能站立人间。"

午后我们走在叫卖各种民间工艺品的小摊中,我想寻找能代表银川的纪念品,回到西安送朋友。

吕天明投其所好地说道:"半个世纪在商海沉浮,苦苦打拼,成功却是靠的朋友,朋友一句话的轻松点拨,胜过自己多少天的苦思冥想。真挚的朋友在交流的过程中,可以产生积极的作用,潜移默化地形成一种良性的心理暗示,沟通的心理平台。"

技嘉打断丈夫的话说:"心理交流,可使双方共同拥有依赖、宣泄、疏通、升华等心理减压方式,能够积极地面对生活压力。朋友比世界上所有的金钱都珍贵,朋友比世界上所有的财富都恒久。"

吕天明认可妻子的话后,似否定非否定道:"除了知心挚友外的各种应酬,那些表面上是朋友满天下的人,其实是戴着面具的,为了满足自身的某种心理需求。当回到自己的世界,他们会感到十分的孤独。"

夏吕感触很深地点着头说:"遇到可以相信的朋友时,要珍惜和他们相处的机会,一生中能遇到知己真的不易。"

技嘉又深深地赞成道:"遇到贵人时,记得好好感激,因为他是人生的转折点。"

吕小明赞同吕天明和技嘉的话补充说道:"朋友不一定要厮守在一起,远隔天涯海角,却能心心相印,多年不见,友情依旧。好朋友是人生最大的财富,也是一笔最恒久的财富。"

"朋友不拘性别,只要理想相同、兴趣相近、情感融洽、意气相投,艰巨事业的创立都可以坚固地联结在一起。"夏吕感触很深地点点头紧接着说。

技嘉也插话说:"我们的事业成功靠的是严守诚实原则和志同道合的朋友。"她止住话语瞅瞅大家又开口道:"相似的人容易成为好朋友,也是精神空虚的填补,缺憾的补足,心灵的加深。"

吕天明看看他妻子用感激的口气说道:"从某种意义上是你这个朋友成就了我,是你让我找准了人生前进的方向。"他用眼睛瞟瞟妻子,妻子不太好意思,摇摇头说:"是你的慎重和宽容为你赢来多位忠心的员工,勤奋工作的他们也成了你的好朋友。你对待员工善良真诚,说话遵守信用,从不与人计较得失,有时一些事情明明是你吃亏,员工们也出面替你打抱不平,但你总是摆摆手,微笑着息事宁人。"

司机也忍不住夸夸他的义父说:"十年前爸爸得知当地仍有部分老人的生活处在贫困线下,他心里很是不安,就与当地政府签订了赡养协议,自一九九五年三月起赡养杨威村庄一百位老人,每人每月有五十元钱的赡养费,赡养期限为终身。"

夏吕对他夫妻刮目相看,赞扬地说:"你们笑对人生挫折的胸襟和勇气值得我钦佩,你们在生活之中不是可怜的懦夫,而是一对慈善有德的夫妻。"

小车司机又讲了一个故事给我们听:"去年六月集团招聘研究生,人事部的条件之中要求必须有担保人,三个兰州大学学生从网上知道信息后来到我们集团应聘,没有担保单位和学校的推荐,人事部把他们挡在门外。谈话中一句乡音引起刚要出门的爸爸的注意,他疾步回到办公室,打电话给人事部主管,让他把兰州来的三位学生的简历送到办公室。他仔细阅读着他们家庭成员的名字,其中一位的爷爷是当年白石城的心腹,对我爸爸下过毒手。爸爸皱着眉头,没有烟瘾的他一根接一根地抽着,我看见他痛苦的样子不忍心就溜出了办公室去上厕所。从厕所出来走到电梯口,他打电话让我到人事部要一份担保书,他做了那位学生的担保人。"

吕天明相信,在狂风暴雨之后有细雨滋润他们,心中就不会栽种冤家仇恨的种子,跨越仇恨的沟壑只需用一颗宽容的心。

他们夫妻在平淡真切的日子里继续往前走,是积极开拓全国市场的强者。吕天明信心十足地拍拍自己的胸脯说道:"我今年六十九岁,再干最后一年就退下来只吃股份,好好陪陪技嘉一块周游世界。近期我尽快抽出时间到北京去拜访、感谢苏敏全家。"

吕小明提醒他说:"容易走的路都是下坡路,最好一次解决一个障碍。"他明显在暗示对技嘉的排斥,我们也觉得这是个棘手的问题。

技嘉望着天明,眼神里充满了敬爱和怜惜,充满了支持和鼓励,使天明有十足的自信。我竖起耳朵细听到:

"我支持天明的任何决定,荷花是天明的合法妻子,他们夫妻应该团圆,我决定亲自去北京接回荷花大姐。"技嘉一边握着天明的手,一边真诚地说道。

一夫两妻的日子

　　荷花像是一片毫不起眼的树叶子,年年夏天它以自己的本色隐没于大树的盛装之中,给炎热的日子添上一抹绿意。可是如今到了秋天,在瑟瑟之中它日渐变得干枯,没有任何价值,整个身心都消沉了。在结束了抚养子女的一段艰辛岁月之后,她已经悄悄地步入老年时期,潜在她内心深处的希望和美感刚刚得以萌发、荡漾,可是一照镜子,她却发现自己的青春早已消逝,鲜润光泽都已悄然逝去。她看着自己的皱纹爬上额头,眼睛的细纹像个核桃,白发长在鬓角两边,不由得感叹老矣。但她始终不相信她的天明已离开人间,在北京终日揪心地思念牵挂着天明,在夜深人静的时候回忆和天明全家的日子,是那么的甜蜜幸福,也是苦涩的过往,她的心再也承受不起对他超量的爱而快要爆炸了。

　　荷花想到天明离去的那一刻,那一段刻骨铭心的爱,分离之后她付出一生的代价,天明知道吗? 她是怎样熬过来的? 二十岁的她觉得人生已经到尽头了,万念俱灰,满心的苍凉悲苦,满眼的惨淡晦暗。她曾经自杀过、自残过,是夏教授一家人把一个面黄肌瘦的她从地狱里面救了出来,让她在北京医院顺利地生下了天明的一双儿女,从此她便活在美好、优越、快乐的生活之中。她只会照顾好孩子们的吃喝,教育做人全靠夏苏敏夫妻。荷花虽然一直独身,但是不孤独,她的个人感情全生活在和天明的回忆之中,无人能够填补她那一块空白。八十年代、九十年代那样宽松自在的环境,她拒绝了数次婚姻。为了躲避别人的闲言碎语,夏苏敏夫妻曾经耐心地开导过她,准备给她找个人生伴侣,但她婉言谢绝了。居委会的大娘们更是热心,东家李家说媒忙,都是为了荷花好,她也只是摇摇头。夏苏敏夫妻两人最后百般无奈,再不提"婚姻"二字,从那以后荷花横下一条心,任凭外界议论的压力有多大,她都认为天明仍然活着并且为他拒绝所有的爱。北京那么大的城市,也有条件实在不错的追求者围绕着她,但她没有产生过好感,她再也找不到和天明那种爱的感觉,为此她也苦恼过、沮丧过,甚至埋怨自己:"我怎么就再也爱不起来?"然而在暮年的今天,她做梦都不曾想到天明会出现在她的面前,天明的出现就像一道灿烂的曙光照亮了她的心海,这方沉寂晦暗的天空啊。

当苏敏教授把天明介绍给她时,荷花见到天明站在她面前不禁喜出望外,看着面前的他仍是高高的身材,头发花白精神矍铄,但失去了一只臂膀,她的心猛然抽搐眼泪滚了出来。荷花熟悉的面庞上透着几分疲惫,就在与他目光相接的那一刻,她怦然心跳,突然心慌得乱了方寸,居然连起码的礼节都忘了,也就没有与他握手也没有问候的话语。荷花只是呆呆愣愣地站在他面前,十分伤感,沉默了一会儿,他们两人心情都很激动。在天明的眼里荷花模样仍然美好变化不大,感到惊讶的是她又变了,变得成熟了,有风度了,举止端庄稳重,衣着大方得体,那是环境造人。此时他俩都有同样的话要说,可不知怎么的,却都默默相对。在天明眼前的荷花确实是今非昔比,他深情地端详着,以爱抚的眼神注视着荷花先开口说:

"我身在逆境中,心却无时无刻不在惦念着你和你腹中孩子的安危,有家不能归呀。"

他们两人都哽咽着,荷花以深情的目光端详着天明,发现他的眼神里流露出一缕从未见过的眷恋,她慌忙地低下头擦擦眼泪,但是内心像是注了一针兴奋剂似的翻江倒海起来,生怕他随时就会消失。荷花顾不得众人的眼光,上前紧紧拉住天明的手,让天明挨着自己坐下,不让天明稍稍休息,不顾他旅途的疲劳,一个劲儿地向天明不停地夸她的孙子、孙女和一双儿女,全是夏教授全家的功劳。

几个小时过去了,荷花平时人前寡言少语,此时十分惊讶自己怎么会如此的反常。他撞开了荷花那尘封已久的心门,使得她那麻木沉睡了的爱又苏醒鲜活了,千倍万倍的朝气蓬勃了起来。感谢上帝把天明带到她的面前。

天明因过于疲惫很快就发烧了,药的威力使他睡着了。荷花跪在他的身旁,他烧得直喘气,越喘越急促,荷花听到了微微的呻吟,攥着他的手把头埋在床边许久。天明也攥着她的手,她无法摆脱,不忍心把手抽出来,怕把天明弄醒。她小心翼翼地侧过身,仔仔细细地看着,突然天明睁开双眼久久地凝望着荷花,一动不动,一句话也没有,荷花也呆在那里,一动不动,没有言语。两人一直羞于袒露。

荷花不分昼夜地照料着天明,他坚毅的嘴唇闭得紧紧的,荷花原想团聚的希望破灭了,流着泪水。他叹了一口气特别郑重地对她说:

"我们不需要在陌生而全新的氛围中经历复杂的磨合过程。"他拉着荷花的手亲吻。

荷花发红的脸急忙低下头嗯了一声,他就像一块巨大的磁铁牢牢地吸着她,荷花的眼睛也从未离开过他。天明不由自主地久久注视着,连同孩子们说话时他也心不在焉。此时荷花心中只能装下他,当他们的目光再次相连的时候,荷花感到有一股久违的酥酥的暖流吱吱地从心脏流向全身各个部位,她脑海里有种旋转晕眩感,她又找回了和天明初婚时那种美妙幸福的感觉。当听说天明第二天要离开北京去东北时,她心慌意乱,整夜不安,夜深人静时她多么想到天明的房间把自己的心事说给他听听,但她没有勇气,下不了决心。

天明从东北返回银川,始终在琢磨他的家庭生活,今后会充盈着怎样的喜怒哀乐。清晨天明照例牵着技嘉的手漫步,走着走着他突然放慢脚步缓缓说道:"技嘉,有一件事情我一直想告诉你。"

技嘉已经猜到和荷花有关系,她明知故问:"什么事?"

天明虽有顾虑但是看看温和的妻子仍然鼓足勇气说:"四十五年前的明天,是我迎娶荷花做新娘的日子。"

善解人意的技嘉紧握了一下丈夫的手笑着说道:"我已经订好了机票,明天飞往北京。"

天明疑惑地问道:"到北京干吗?"

"去接回你的结发妻子,荷花呀。"技嘉真心诚意地看着丈夫。

天明和技嘉朝夕相处了三十多年,虽然没有结婚证书那么一张纸,但却是真实的夫妻。他懂得妻子的真情实感是发自内心的,于是他沉思了起来,感悟很多。荷花现已有六十五岁,为天明坚守至今,任劳任怨,默默无闻地把一双儿女抚养成人,她的艰辛付出令人敬佩。天明瞻前顾后地对技嘉微笑:"把荷花接到银川不妥吧?"

技嘉真诚地说道:"接回荷花和我们团聚是天经地义的事。"

天明没有掩饰地说:"听你的,不能再让荷花感到孤独,让她在晚年的日子里感到温暖。"

技嘉紧紧地拉着丈夫的手说:"好的归宿是天底下每个女人的心愿,我们可以带给她一缕阳光,我先行一步退出和你的婚姻。"

天明割舍不掉技嘉,严肃地说:"千金易得,贤妻难求呀。"

天明的双关语难住了技嘉,她心想和天明虽然没有结婚证,但已是三十年的夫妻,她鼻子一酸,即刻又以沉稳的状态问天明:"我们当前应该怎么办?"

天明却迟迟不出声,技嘉心想荷花是天明心中的贤妻,那自己是什么呢,心中难免郁闷。她小心翼翼地把话语转向正题故意逗天明说:"我这个贤妻你是难得呀,你心中舍不得放弃,只有我让路?"

天明爱惜地拍拍技嘉的肩膀说:"舍不得舍不得,你是我的爱妻,荷花是我的贤妻,两个妻子我都要。"

技嘉认真地对天明说:"天明,你们是合法夫妻,我愿意陪伴你们两人,喜怒哀乐共同分享。"

天明感激地回望一眼技嘉说:"我们都年事已高,我不愿意和你们其中任何一个人分开。"

技嘉笑笑拉住天明的手说:"那么只有我们两人净化了生活,才能让荷花随时体会到苦尽甘来。"

一番话说到了天明的心坎上,他兴奋地亲吻技嘉的脸说:"把荷花接回银川,让她无所顾忌,尽情地享受生活。"

技嘉心里想到天明的爱也就是她的爱,她必须以豁达的情怀面对荷花,使她每天都能过得轻松愉快,充实而有意义。

天明和技嘉亲自到北京,荷花应声前往银川,看到来机场送别的孩子们,荷花像是高兴,又像痛苦,她带着矛盾的心情依依惜别。而今已是暮年的荷花,即将回到丈夫的身边,能不高兴嘛。可是离开那生活近四十年的北京,离开曾经给予她人生美好时光的教授一家,离开儿子、女儿、孙子、外孙女等十几人,此时此刻她感到每一个人都难舍难分。这种纠结自从天明和技嘉来到北京时,就在荷花的胸怀之间涌动着,一幕一幕的场景又经过她的脑海,在北京更多的则是对夏教授一家的眷恋之情。分别的时刻到了,在机场的入口处簇拥成团的黑发人和银发人紧紧抱住不松手,他们难舍难分,儿女极力宽慰着母亲,轻轻地挣脱母亲的手,荷花随着人流进入安检口:

"爸爸,善待妈妈,祝你们幸福。"

坐在飞机座位上的三人并排坐,荷花在中间,技嘉不停地照顾着荷花,荷花突然站起身来要和技嘉换位置,天明的粗心和不善言谈让荷花不快。技嘉委婉地去和荷花交谈说:"荷花妹妹,天明常常揪心地牵挂着你。"

技嘉比荷花年长三岁,天明让她们姐妹相称,荷花长期在知识分子家庭中生活,在电视上看多了世间的爱情故事,她觉得其实爱情的火花只是刹那的感受,它不可能长时间地令人神魂颠倒。她居然也咬文嚼字地说:"我自身条件不如姐姐,我会慎重选择,不当得不得,该舍弃就弃,不会因得失给心理造成负担,不管天明说什么、怎么做,只要做他自己就好。"

技嘉对荷花刮目相看,虔诚地笑着说:"如今你我站在同一个水平线上,以后我们两人联手辅助天明,他对你的牵挂平时都积攒在心头。"

他们三人的特点是天明性格豪爽,不拘小节,喜欢冒险,幽默少语;技嘉含蓄巧语,宽容大量;荷花顾全大局,忍辱负重。

天明心想:我尽量让她们感到幸福,内心满足,我得大事明白小事糊涂。

技嘉心想:我定要注意自己的言行,尤其是细节会像一把软刀子一点一点割着人与人之间的那点温情,小小的细节伤害最深,让人忧思难忘,刻骨铭心。

荷花心想:我与他们要相敬相爱,包容他们的缺点,包揽所有的家务,让家里一尘不染,把她渴望的家坚实守护。我钦佩天明和技嘉,他们两人是耀眼的财富,他们是让人羡慕的夫妻。

他们三人虽然都受过许多苦难,但是仍保持着纯正和善良,方方面面的缘故使其火热地相爱,寻常真诚地相处,用爱心、良心、善心凝固一心,点滴汇成怡人的风景。

他们三人的现实生活如绽放的烟花,光彩而温馨,彼此心灵的默契如流水般温柔和谐。他们在迟暮之年互相搀扶,胜似惊心动魄、美丽坎坷的画卷。

他们三人朝夕相处,同住一所房子,使用同一笔金钱,同吃一日三餐。三人宛如山峰云雾中的比翼鸟,仿佛流水里的风景画,一起生活得如鱼得水。

技嘉和美愉悦的心智,在家庭善于记细节;荷花清楚通达的真情,在家庭善于一心一意;天明是天平上的秤心,在家庭善于顾大局。三人相伴的生活是一种蜿蜒的芬芳,他们经过了情感的日积月累,生活由艰辛变为温馨,由喜欢变为责任,由天各一方变成天长地久的终身相随。他们三人分分秒秒地珍惜对方,善待对方,互相保持一个欢乐的心境,沿着人生的轨道往前。天明看着两位夫人喜滋滋地说:

"苍天待我们三人不薄,当不幸降临的时候,并不是路已到了尽头,因为在遭遇阻碍时,命运换了一个方式拐个弯,就解决了。比如面前是一块大石头,我们不一定要把它扒开,却可以试着绕过大石头,所以要随时改变自己,把握自己,调整方向来适应变化的环境。人生在重重的压力下、被迫下勇敢去变,才能激发出内在的潜能,提醒你应该放下,舍弃不应得的东西,轻装上阵,去环游世界开阔眼界。"

在欢声笑语的主旋律中,天明没有忘记第二任妻子仍健在的母亲,也就是他的岳母,现在他所盼望的是能以"寸草春晖"的心情向岳母尽孝道。感恩是他人生真善的体现,是他人生的境界,使他焕发出迷人的光彩。他征求两位妻子的意见是否同意接来九十八岁的岳母奉养。

一个星期天的早上,一家三口坐在餐厅吃完早点,天明建议坐下来聊聊。天明此时特别健谈,话题无所不含,突然话头一转说:"和你们两人商量一件重要的事情。"

技嘉问:"什么事情和我们商量?"

天明看着荷花："你怎么不说话？"

荷花红着脸说："我听从你们所有安排，不用和我商量。"荷花和他们相处的这段时间里从心底佩服天明和技嘉。

天明拍拍荷花的肩膀说："你自己弃权，那我就和技嘉商量。我想把岳母从兰州接回家里一同生活，你们意下如何？"

两位妻子齐声道："接回老妈妈，不能让她长期住在敬老院，没有亲人的陪伴。"技嘉笑眯眯地看着天明出主意："老妈高龄，我陪她住在楼下。"

荷花急忙哀求道："姐姐不能在楼下，楼上有你的办公室，我陪妈妈住在楼下，早上到厨房方便。"

天明沉默，此时她们都有陪伴老妈的意愿，只能由天明这个做丈夫的做出决断。天明沉思着想到，技嘉是文化事业型的女人，她不仅业务全通，还有智慧、善良、勤奋的特点，无论他们的婚姻关系怎样有利于家庭，至少他是真实地深爱着技嘉，始终认为聪慧的她使自己在人生道路上受益匪浅。

荷花是具有传统美德、宽厚、质朴的女人，含辛茹苦地抚养一双儿女，是标准的贤妻良母，他也喜欢。自从荷花回到银川的家，她辞退了保姆，家务都安排得有条不紊，不重样的一日三餐，荤素搭配咸淡适中，味道美滋滋的，令人称心如意。他们的生活井然有序，一切都平平淡淡。

天明站起身来说："你们两人别再争了，荷花住在楼下妈妈的隔壁。"

天明来到敬老院，岳母已腰椎骨折卧床三个月，老人被救护车从甘肃送到银川医院。荷花、技嘉衣不解带地轮流陪护在老人身边，紧接着把老人接回家，擦洗身子、翻身、洗头、喂饭、按摩、换衣服和尿垫，甚至不怕用手指帮助老人解决无力排便的痛苦。每个星期天，三人轮流推着躺在推拉床上的老人，和和美美地一块出门，沐浴着柔柔的阳光。花草、绿树、空地、房屋、亲人们组合成一处韵致悠然、和谐欢笑的风景，过往的人们越来越多地驻足与他们交谈，谁也不知道他们是多么奇妙的家庭，人们只是赞赏他们孝敬老人，羡慕老人的儿女如此孝顺，老人的福分之深。

在这个特殊的家庭里，老人在感情上依靠技嘉和荷花，生活上也离不开两人，闲来无事技嘉和荷花轮流在老人身边听听唠叨，拉拉家常，趣事、喜事，美食也一起分享。

不知内情的人们还以为他们是母子和母女关系，他们三人的付出感人肺腑，那是怎样的每天啊，这并不是每个儿女都能做到的。他们三人的心中盛满了人世间至深至切的真善美，爱的甘泉，丰盈高洁，温暖人间。

今天晚餐时天明非常快乐，吃饭只有他们三人，老妈妈在她的房间已用过晚餐。他为了感谢两位妻子，做出小小的安排，特意从橱柜拿出三个酒杯，给两位妻子倒上进口红酒，深情地举杯祝福："二位辛苦啦！"三杯相碰，那种至亲至爱的浓浓情谊，是无法用语言来描述的，只能置身其中去感受。晚餐结束，他向二位妻子说了晚安，各自准备睡觉去了，天明跟上技嘉上楼，技嘉镇定自若地把天明挡在楼梯口，不让天明上楼去，她摇摇头简短地说："先生，你应该到荷花房间坐坐。"她脸上露出诡秘的微笑，语气间也有一种神秘的味道，强烈地刺激着天明的视觉和听觉。他的脸上出现了特别愧疚的神情，对技嘉笑笑说：

"遵命，夫人。"他止步。

"晚安，先生。"她看看他说。

天明觉得，技嘉鼻翼上都带有指责他的意味，此时她显得既漂亮又谦和，虽然两眼有细微的纹线，但薄而紧绷的嘴唇充满了真善。当她只身上楼的时候，就像还清债务一样轻松自然。

天明走进楼下荷花的房间里，她睡得很熟，一头白发蓬松散落在枕头上，天明坐在她的床边，闻着她的体香，吻着她的两颊，然后俯身凝视着她。天明小心翼翼地把手放在她的胸脯上，这就是她饱经忧患之后所应得的全部，最后他抽回手，再次吻吻她的额头，离开床边轻轻关门上楼去了。荷花的嘴唇甜蜜地微微地动着。

天明纠结的心还在延续，像是虫子在嚼食他的心，使他闷闷不乐。两位夫人轮流试探着，他一看时机成熟宣布开个家庭会议举手表决，补上曾经失去的责任，拿出三百万来，其中苏敏和刘教授娘家一百万，儿女每家五十万，荷花一百万。荷花急巴巴地表态不接受那一百万，说：

"这是我的家，我跟定了天明和技嘉，不管你们说什么怎么做，自然有你们的道理，你们两人走到今天不易，你们主外我主内，有你们就有我，给我的那一百万就留在家。"

荷花不奢求什么，凭着自己的本事，把家务做得井井有条，她认为没有什么比这更重要，更有意义了，她深得其乐，生活就像平静的湖水一样清澈、平静、安宁。荷花真心实意地接受了平淡，每天早起安排早中晚餐，打扫房间侍候老妈妈吃饭，然后搀扶着技嘉上街购物买菜，技嘉总是歉意地说：

"荷花妹妹，你辛苦啦，我自己慢慢走吧，这个该死的腿。咱们这个家多亏有你，天明非常开心，天明决定并坚持给家里请个钟点工，那样才能减轻你日夜操劳的疲惫。"

荷花此时习以为常地摇摇头笑笑，三人的婚姻和家庭变成了荷花生活的中心，技嘉一如既往地关心每一个人。天明同时属于技嘉和荷花两个人，周旋在她们中间天明感到轻松愉快，没有一丝烦恼，他像是卸掉了一块千斤巨石，心里轻松自在，感激技嘉为了自己的爱情做出高尚的牺牲。荷花全心全意地感受到幸福，体会到他们的爱。

三人的心紧紧地联系在一起，他们深知生活的严峻，灾难的残酷，更加珍惜眼前的幸福，彼此的生活也感到了充实。三人的时间都排得满满的，他们成功的共同点是勤奋和厚道。面对真实的生活他们心里有说不出的喜悦，享受着忙碌、平淡日子中的甜蜜。吕天明从床上爬起来忍不住独自笑着，生活对于他实在是太美好，命运对于他实在是太优厚，他怎么也想不到两个妻子留在身边的梦想实现得如此轻快，他感觉跌入了幸福的窝里。

当我们来到夏吕的办公室门口，看见夏吕站在窗前凝望着蓝蓝的天空，听见夏吕自言自语地说："最成功的人，往往是那些播撒种子最多的人。"

吕小明一只脚在门外，另一只脚刚踏进屋里便大声嚷嚷："暖意多了就能汇成暖流、暖风，一个充满温暖的家庭，必然和谐美好，其乐融融。"

老师爸妈一身担

　　朵朵嫁为人妇,经历十月怀胎成为一位母亲之后,原来在她身上那些自私、柔弱、冷漠、惰性、清高的个性都荡然无存了,整个人都显露出明媚的光辉。女人身上所有的博爱、宽厚、仁慈、无私、善良、细腻等优秀品质一个个地从内心深处走到她的眼神中来,走到她的性格中来,走到她的生活中来,成为她的生活方式和行为准则,成为时时刻刻洋溢在她的眼神和表情中的一种素质,一种本能。

　　比如一个雨天我目睹了这样的情景:朵朵只带了一把伞到学校门口接儿子彤彤,突然间大雨倾盆,她撑着那把伞快步跑到儿子跟前,把伞撑在他头上。邻居东东站在雨中,她迅速把东东拉住,让他和儿子一起站在伞的中间,她的头却在伞的边沿,急促的雨水顺着伞的边沿冲到她的头上、脸上、肩膀上,她竟浑然不觉。她一味地给儿子和小东东撑着伞以防他们被雨淋着,一切都是那么的自然,那就是母爱的自然。

　　朵朵虽然很忙,为了彤彤昂贵的钢琴学费必须兼任双职,但只要有时间她总是喜欢跟彤彤一起玩耍,捉迷藏、跳皮筋、下跳棋、画漫画、拼拼图、外出采购……母子两人包饺子,讲故事,互相在身上轻轻画圈圈,做鬼脸,她趴在地上当马让儿子骑,到操场时网球、篮球、乒乓球各种健身器材都要让儿子摸一摸,目的是让他忘掉不快和自卑感。朵朵稳定儿子因粗暴、强制造成的逆反心理,高压下产生的恐惧心理,把以前忽视的祸患与彤彤交心和沟通。彤彤天真地仰头问他妈妈:

　　"放假了不回家就能摆脱半夜敲门挨打挨骂的害怕吗?"儿子爱制造梦境,他生活在渴望和幻想里,仿佛与现实隔着恒定的距离,那诗化了的现实难道不是一种更美妙的现实？但他还未到体验的年纪,这时的妈妈就要透出睿智、坚毅与祥和,尽量消除儿子的心理障碍。

二〇一四年七月四日,西安曲江南湖举行少儿轮滑比赛,彤彤接到同学电话:

"喂,我们参加轮滑比赛已经报名了,你去不去?"

彤彤兴奋地给妈妈打电话:"妈妈,我想去参加轮滑比赛。"

其实朵朵已经知道这次比赛项目的规则,其中一条是必须有爸爸亲自陪伴随,朵朵想了想反问儿子:"十公里的路程你能完成吗?"

彤彤信心十足地回答:"当然,相信我吧,妈妈我一定能滑完全程。"

朵朵相信彤彤的毅力,毫不犹豫地给彤彤报了名。比赛开始因为爸爸未到场,工作人员要把彤彤安排在最后,彤彤焦急地看着妈妈,朵朵上前交谈了些什么,然后工作人员就放行他们母子。她起初拉着彤彤的手慢慢地进入队伍之中,人们好奇地猜想母子俩能行吗。接着母子俩飞奔在队伍行列中,侧身侧步冲刺滑向前,上坡冲上石桥,下石桥下坡,朵朵扶着儿子穿梭在人流密集的赛道中。两个小时之后,他们母子最后回到终点,迎来了全场的掌声。妈妈、彤彤两人顺势躺倒在地上,顷刻间彤彤起身脸贴在妈妈的耳边小声说道:"妈妈我爱你。"接着吻着妈妈的脸颊,妈妈甜蜜地笑着拉起彤彤上前领了顽强奖。

比赛结束的当晚彤彤和朵朵留在外婆家,因为他马上又要参加亚洲音乐大赛钢琴少儿组比赛,外婆家就住在音乐学院的隔壁。早晨朵朵要赶到彤彤的班上去参加家长会,彤彤想知道自己考得怎么样,便迫不及待地拿起电话直接打给妈妈。通话后便号啕大哭,伤心透顶。外公外婆惊得揪心,不知道究竟发生了什么,外婆夺过电话问女儿发生了什么事,电话传来女儿平静的声音说:

"妈妈,什么事也没有发生,我只是告诉彤彤数学的考分。"

外婆着急地问道:"考了多少分?"

女儿心平气和地回答:"数学成绩下降了,他一直名列前茅,这次是八十一分,语文九十三分,英语九十四分。"

外婆喜不自胜地放下电话拉住彤彤问:"你哭什么?考得非常出色的。"

彤彤擦擦眼泪仍然抽泣着说:"我对不起妈妈,爸爸说我是妈妈拉下的一泡屎,这次没有考好给妈妈丢脸啦。"

外婆心疼地拍拍彤彤的肩膀,夸他说:"你没有给妈妈丢脸,反而给了妈妈支持,你能找着数学考失败的原因吗?"

彤彤非常自信地说道:"奶奶,我给自己减压,老师布置的数学作业我根本就没有做,我把它们放在抽屉里,只是挑拣了书上的选题做了,我因为投机取巧和粗心所以没有考好。"

外婆笑眯眯地搂着彤彤说:"我知道了,可是你要给妈妈说清楚。"

彤彤擦干眼泪到书房去给妈妈写上书面说明,他的减压是把自己的时间用在电视、电脑、点读机和游戏机之中的人物上,把那些人物当成是自己的交流对象,从而潜移默化地受到其中人物的影响。朵朵知道彤彤曾经受到过高压的恐吓,心中有些自卑怯弱,担心他精神会崩溃,自己毕竟是大学教师,懂得在最短的时间使彤彤的伤口愈合,她把希望全部寄托在天资聪颖的彤彤身上。她信任彤彤,常常鼓励、支持、爱抚他,稳定他的心性,同时帮助彤彤挖掘内在的灵性和才智,培养他的业余爱好,比如弹钢琴、绘画、轮滑、跆拳道等等。

紧接着彤彤又要参加亚洲音乐大赛钢琴少儿 B 组的决赛练习,朵朵坐在彤彤的旁边指导他弹琴的节奏,指法的正确运用,一直陪伴和鼓励彤彤告诉他一定会有好成绩。鼓励彤彤向前就是目标,就是勇气,就是信心和力量,有了目标就能有行动和冲天的干劲,彤彤被"亚洲第一"四个字搅动得气血翻涌。彤彤没有专人培训,原本只是让他能有参与的胆量,谁知各地区初赛的选拔他都过了关,现在只好积极准备,叩击音键,娴熟自如地弹遍整个键盘,楼上楼下的行人也驻足倾听。彤彤参加了七月十一日举行的西部赛区的大区决赛选拔。

七月十五日,妈妈接到通知,彤彤最终胜出决赛,获得亚洲音乐大赛钢琴少儿组第一名。十七日下午六点,将在大雁塔威斯汀酒店举办盛大的颁奖盛典,颁发奖品、奖金以及奖状。彤彤走过红地毯签名,上台领取了少儿组一等奖杯,并获得二十万元的基金,喜悦之情溢于言表,赢得旁人一片惊羡,几句赞叹。他母子的生活刚好需要一些小小的涟漪作为短暂的高潮,借此能够看到人生的美好。进行媒体采访前,钢琴评审主席李娓娓教授授予孩子亚洲音协主席大奖。姨夫、姨妈捧上鲜花，外公、外婆、辛阿姨、朵朵的同事以及彤彤的小伙伴，都坐在台下使劲给他鼓掌，掌声是发自内心的赞誉，犹如温暖的春风催开娇艳的花蕾。彤彤有资格前往韩国参赛，他和妈妈谈起出国禁不住悠悠然向往一番。朵朵心想着如何是好，她没有时间，况且费用那么高，看着儿子的喜悦总不能因此就放弃这次机会吧，她决定陪彤彤出国一趟。朵朵把结果告诉了他，他乐得在床上直打滚，妈妈和彤彤外婆的对话不小心让他听见，外婆说道："正好是假期，我给你两万元，陪陪孩子，自己也去散散心。"

"不，妈妈，我又改变了决定，这孩子的成长有时让我措手不及，钢琴只不过是给他心灵减压开发大脑，他虽有天赋但不宜耽误主科，所以不需去国外的，小小的年纪被抛到天上有害无益。"

她心想怎样和彤彤摊牌，如此反复使她觉得事情没有把握，直接拒绝是对彤彤的心灵伤害，原本沮丧、心情压抑的彤彤也让她不可轻视这些决定。彤彤的心灵是一块白板，可以刻你想刻的任何东西，说明他有极大的可塑性。因此面对孩子要认真，不能随意否定，必须做出专门的解释，以消除可能产生的负面影响。

彤彤明显地有了抵触情绪，朵朵便坐下和他交谈，问道："彤彤得了奖杯还不开心？"

儿子懒洋洋地回答："高兴什么？"没有抬头只顾低头看着二〇一四年《殿堂，一步之遥》的画册。

朵朵终于明白彤彤在抗议，她的食言引起了彤彤的反感，她反思彤彤终究是个孩子，当妈妈的应该循循善诱，于是坐下来拉住彤彤的手说："和你商量一下，如果去韩国我们的经济会有点拮据，不能伸手接受外婆的钱，你说怎么办？"

她正确地向彤彤灌输金钱的意识，对他日后直面生活肯定有益，反之会令孩子为金钱所奴役，丧失自我，接受不劳而获的钱财。钱能买到许多东西，但是绝不可能买到科学知识和优良品质，更买不到生活技能，要让他从小学习适当花钱和懂得计划开支，养成节省用钱的习惯。她看见彤彤失落的样子随即又补充一句："要不然，我们拿上外婆给的钱？"

善解人意的彤彤有点不好意思地说道："先从奖励我的二十万元奖

金里开支,行吗?"说完露出可怜焦急的期望。

妈妈看着彤彤开心地笑了,摸摸彤彤的小脸蛋说:"你有魄力,有胆量让妈妈开心,可是那是二十万元奖金,可看不可用呀!"妈妈把奖金的用意和儿子聊过。

彤彤做了一个小鬼脸说:"啊,原来如此,今晚我和妈妈一起梦里游韩国。"彤彤也有他的幽默。

二〇一四年九月,彤彤又在陕西省文化厅举办的陕西少儿钢琴比赛中荣获儿童 B 组二等奖,领取名副其实的奖金一千五百元,一年之内荣获三项奖令我们声声称赞。

而获得荣誉的彤彤却说:"外婆,不要炫耀给周围的邻居啊,已经过去啦,明天继续加油吧。"

小小年纪居然懂得谦虚谨慎,他对外界的一切都颇感兴趣,想一探究竟。朵朵为了满足他心理的需求,积极创造条件让他广闻博览,启发彤彤多方面的兴趣爱好,对彤彤的志趣因势利导,有助于他在兼收并蓄中形成良好的智力背景和宽阔的思维空间,因此也不能把他的兴趣当专长。朵朵联想到有责任让彤彤掌握一整套牢固的处事准则,定下严格的生活制度,假期每天早上背《三字经》《弟子规》后,完全地让他彻底放松。暑假作业也由自己安排,一段时间后彤彤的作业出现问题,几个小时地坐着看电视、电脑。朵朵强制规定看电视时间不可超过一个小时,彤彤心里对妈妈的严厉压迫充满怨恨,常常与她发生战争。彤彤有时变得浮躁心急,也会夸夸其谈,母子两人的战争升级,常常是彤彤举手投降,妈妈优待俘虏。

淘气、调皮、好动是彤彤的天性,思维上不太听话,但他常常有自己的想法,他的心是一道玻璃门,洁净透明,心里装着什么一目了然。他常有不守规矩、不靠谱的事情,以前朵朵定会教育一番,而今当儿子的理由层出不穷时,她始终一言不发平静地聆听,沉默的力量令我大为震惊。朵朵闷闷地坐在彤彤的正面,他的一举一动,强词夺理多么像他的父亲。她认为丈夫刚到四十岁人生才真正开始,应该购置房产和妻儿共度温馨生活,享受劳动果实,然而汪可却忙着谈情说爱,终日忙碌浸泡在烟酒之中寻花问柳,热衷于低级趣味失去应该坚守的东西,比如信念、尊严、事业那些本是高于生命的,也同样是一种底线。男人是妻子生命中不可摧毁的一道城墙,如今她的城墙已经坍塌,再也不会高高直立,丈夫为了女人自毁心中的长城,他还以为得志,其实真正辜负了做父亲的意义。

一次彤彤回到家里,在外婆家的书房做作业伤心地哭了,妈妈坐在他身边默默无语,彤彤把他的伤心哭诉给妈妈听:

"同学们骂我爸爸是个傻瓜,说我是流氓的儿子,东东都有爸爸陪在身边讲解数学题,可是我没有。"

妈妈听完彤彤的哭诉后平静地说:"儿子,爸爸的所作所为与你无关,别人骂你,你不要当真,你要坚强,妈妈陪你一同面对现实。我们不必羡慕别人有爸爸陪着,你有妈妈、外公外婆、三个姨夫、三个姨妈、两个哥哥、一个妹妹,而东东没有。你不必自卑,你有尊严地站在台上领奖,尊严就是不断地发奋,不断地顽强,不断地进取,你内心强大的精神力量来自于你积极的心态。妈妈陪伴着你,尊重你,希望你永远不要放弃,别人说什么你都不要在意。"

朵朵以冷静的态度,乐观的心态处理不顺的事情,沉默既达到警醒的效果,又能使双方免受伤害。她不骄不躁,把自己看轻,这种思维并不是自卑,更不是怯弱,它是清醒之后的一种经营,更不是鄙视自己,压抑自己,埋怨自己,不去说违心话,做违心的事,反而能更加清醒地认识自己。

看轻自己,生活中就会多几分快乐,在家庭中看轻自己不要把自己当成一言九鼎,才能更好地与彤彤沟通。同时她开导儿子别把自己看得太重,心理容易失去平衡,个性脆弱却盛气凌人,容易变得孤独无助,停滞不前。朵朵准备常带儿子走出封闭的家庭回归朋友圈子,看轻自己就能结识到推心置腹的伙伴,跨越坎坷。

彤彤的淘气和任性使她不再动辄发火,常以引导为手段,教育改正为目的,对错的地方采取深入浅出的说服方法,耐心地指出儿子错在什么地方。彤彤近期做作业马虎,粗枝大叶,丢三落四,还很固执己见,对妈妈的建议置若罔闻。朵朵想到她既然不能代替彤彤成长,就不能代替他亲身体验,孩子都在体验之中长大,要尊重他未成熟的状态。如果总是不停地唠叨、埋怨,彤彤就会转移注意力,觉得保护自己不受谴责和维护自己才是最重要的,反而会产生怨恨逆反的心理,朵朵尽量运用自然处罚成为他成长的催化剂。比如一个星期天,妈妈对彤彤说:"小调皮,教你钢琴的女老师换成男老师了,你应该把初级、中级的钢琴书都带上,准备老师的检查和指导。"

"妈妈,我全部带上,好好表现。"彤彤低头看着课外书自信地回答。

朵朵接听一个电话后,不能亲自送彤彤去上钢琴课,请他外婆代劳,转眼一看彤彤仍然无动于衷,她给孩子的外婆摇摇手,提高声音说:"彤彤,时间快到了,把曲谱都带齐呀。"

"放心吧,都会带上的,给老师留下好印象。"自信满满的彤彤仍然沉浸在课外书里。

结果他和外婆提前下课回到家里,愁眉苦脸地站在妈妈面前抱怨:"男老师太过严肃认真,要求全班同学共弹一首曲子,我忘记带曲谱了,想跟别人借,却无从开口,只好呆呆地坐在那。老师问我为什么不弹,他把教室门拉开,说请你回家吧,把我关在门外,我很没有面子。"

妈妈这才说:"那是老师对你负责任,这是个教训,马虎会给自己带来难堪和麻烦。"

彤彤黯淡的眼神一下子充满了光,沮丧的脸立即舒展开了,心悦诚服地站在妈妈的面前举手敬礼说道:"妈妈,我明白了。"

彤彤的教育将是一项长期的投资,他是个贪玩调皮的孩子,妈妈跟着他疲于奔波,苦不堪言,陪着他读,哄着他学,求着他弹。当她以武力对待彤彤时,外婆外公坚决地站在彤彤这边形成同盟。妈妈也同样信任他、鼓励他、支持他、爱抚他,帮他发掘内在的灵性和才智,稳定他的心性和自然积累的自信,帮助他最终胜出。朵朵对着彤彤的外婆叮嘱再三,抱着一片殷切的希望,溢于言表地说:

"妈妈,您老不能过度地庇护,看似爱孙子,实则是毁了他的一生,最终使他成为生活中的低能儿,注定要在竞争中败下阵来,忽视了培养他勤于劳作的习惯。磨炼自己,才能修养身心,怀有感恩,才能成为一个志行高洁的人,教育他用心刻苦读书,分担一点家务劳动给他,帮助他树立责任感。"

经过大大小小的生活磨炼之后,她心态调节得非常到位,和彤彤之间真正的快乐来自于日常的沟通和付出,着实令旁人感慨。

外婆请的小老师

暑假的第一天,下午四点,朵朵在外地出差,打电话让她妈妈到西电附小把彤彤接回到家里。学校放学了,彤彤跟在外婆身后慢腾腾,外婆心急火燎地去赶公交车说:

"快走,磨蹭什么,超过五点是下班高峰期,我们很难坐上公交车,回到家里还要做晚饭,没有时间给你浪费。"外婆非常着急。

彤彤却不理不睬,依旧慢腾腾地看着路边的广告牌饶有兴趣地说:

"奶奶,你看广告牌上写着彼岸是家,可是我没有看见河流呀?"

外婆顺着他指点的方向看了一眼,不耐烦地说:"什么河流、彼岸,就是一个虚构广告嘛。"

可是彤彤又摇摇小脑袋说:"写广告的人傻了,明明是一头凶猛的狮子在咬人。"

外婆刚想呵斥他,忽然觉得自己很过分,看着彤彤天真的笑脸,黑白分明的大眼睛,以及极力想得到肯定的神情,外婆话到嘴边又咽了回去。外婆心想他们母子每天急行军一样地生活,把所有的想象和热情都淹没了,我干吗要求一个不到十岁的孩子和我一样,把他那点想象力毫不留情地扼杀。

彤彤一路嚷嚷着:"奶奶我说得对吗?对吗?干吗广告也说假话呀!"外婆急忙拉他坐上公交车,由他自言自语,沉浸在自己无边的想象里,一脸的陶醉。外婆没有忍心打断他的遐想,心想彤彤的执着是家族的未来。我不能用成年人的思维去约束他想象的翅膀,用所谓的标准答案去框住他的奇思妙想,思维力是一种珍贵的力量,要尽可能地给他一个独立的想象空间。

天真烂漫的彤彤正逐渐长成翩翩少年,留在外婆的身边,给老人带来了童趣,他还带着童真的想象力尽情地玩耍,趣味无穷。变形金刚、恐龙演变、拼装玩具、小汽车互相冲撞、扔石头、捡树枝、猛追小伙伴,这些游戏都按照他自己的兴趣去探索,短暂地给他带去真正的快乐。遭到父亲遗弃的他只好越来越乖了,有人反感他的调皮,他便立即停止游戏,这使他的热情和活力一点点地丧失,他的心灵感受到压抑,亲人们注意到了这一点,于是以更多的陪伴和关怀,减少他内心的孤独和无助感,以多交流来冲淡他不快的自卑心理。

彤彤喜爱小动物,大姨妈带他在文艺路买了一只小白兔,他爱怜地要求外婆同意把小白兔放在客厅,怕它留在凉台孤独。外婆被他的爱心感染,就同意了小孙子的请求。

"小白兔最喜欢吃什么?"

"胡萝卜。"

彤彤在厨房、冰箱没有找到小白兔喜欢吃的蔬菜,正当一筹莫展要求外婆解决时,妈妈对儿子说:

"给你一元钱,外公陪着你到超市去买。"

彤彤和外公从超市买回许多胡萝卜,外公洗好一根切成小块让他喂给小白兔,他便立刻蹲下满足地喂了起来。

早晨起床外婆发现小白兔奄奄一息,随即乱了方寸,想送文艺路兽医站医治。外公上前一看傻了眼,小白兔已经无生还的迹象,就把它深深地埋在楼下的花坛里。

外婆到彤彤的房间抱着睡意浓浓的他,他一睁眼睛就要起床去看小白兔,外婆不停地对他讲解着万物生存与消亡的规律,小动物吃了过多的食物会撑死的道理,可他全然不顾,只是想着小白兔可怜,泪水不停地往外涌。半日,他便让外婆的肩头湿了无数次,他流泪不止难以释怀,一个人躲在房间变得更加悲伤。朵朵把他紧紧地搂在怀里,站在窗前指着落地的一片黄黄的树叶,又仔仔细细地给他讲解自然规律,彤彤双眼仍噙着泪水说:"既然是自然之事,那么就让它自然而来自然而去吧。"

爱说爱笑的彤彤突然变得寡言少语,情绪低落,深夜他翻来覆去睡

不着觉,外婆预感到他仍然想念着小白兔,于是把他搂在怀里安慰他说:

"彤彤,你还在想念小白兔呀?"

"昨天它还是活蹦乱跳的,今天怎么就死了呢?"

"你外公说小白兔贪吃多了,消化不了突然死去。"

彤彤紧紧抓住外婆的胳膊伤心地说:"你们不能贪吃多了,不消化将来都要死,我也不能多吃了,那样要死的。一想到死我就难受,我怕失去你们,怎么办啊?"说完开始无助地抽泣。

彤彤意识到生命的有限,贪心的后果,外婆再无法回避生死问题就说:"生死都是必然的,保持不挑食,决不能随心所欲地吃那些垃圾食品,自己喜欢的东西吃饱即可,这样才能保持健康。与其让自己难受,还不如不想。你要学会转移思维,想一些开心的事,你向往的事,你的生命是父母给的,要好好珍惜,既然生命如此珍贵,那么就要活得充实、精彩,多看书,尊重老师,和同学友善交往,和妈妈多交流。"外婆还在唠叨,彤彤已经睡着了。

彤彤在外婆的家里时时刻刻让他感受到如小主人翁一般,轻松快乐。外婆尊重他的想法,让他学会家庭成员之间的互相关心,营造温馨的家庭氛围,让他懂得关心家里的每一个人,懂得心疼妈妈,懂得奉献,懂得分享,懂得满足。

彤彤渐渐长大了,提出的问题也越来越多,越来越复杂。比如"太平洋的中间是什么?""关公为什么死得那么惨?""什么是红颜薄命?"他喜欢看历史类型的书,非常喜欢讨论题材繁杂的问题。有些从书上看来的脑筋急转弯问题在他的启发之下,外婆都得想上大半天,当他认为正确时,就表现出无比的兴奋。彤彤是个感情外露的孩子,以前遇到稍有不如意的事情就会发脾气,不是跺脚就是扯着嗓子大哭,眼前的他勤于思考,逐渐掌握了适合自己的学习方法、学习兴趣、学习习惯,同时朵朵也在一旁不断地提醒和监督。

暑假期间外婆天天和活泼可爱的彤彤相处,使她重返童真、淳朴的世界,找到属于自己的精神支柱。辅导彤彤做功课对外婆来说亦是一件乐事,可是这件乐事渐渐变成了难事。一天,检查他的作业时,外婆被其中一些数学概念题目难住了,什么质数、合数、最大公约数、最小公倍数,通通不知道，看着一道道数学概念题，外婆只有发呆的份儿，彤彤却躲在一旁偷偷地笑。虽然她不会，但是不至于败在小学生的数学作业之上吧，外婆用到厨房给他准备好吃的理由，躲过一场尴尬。

晚上翻出彤彤的数学书，外婆经过一夜的奋战初见成效，可以自如地辅导他的作业了。谁知现场辅导时只要碰上那些灵活应变的题目，外婆又傻眼了，这临时抱佛脚得来的东西全不管用了。心中一急，倒使她想出一招，用考试的方法让彤彤做给她看。外婆找出一本试题集让小孙子做，他不屑一顾地瞟了外婆一眼，翻到第一页拿起笔刷刷地在那些判断题上"砍杀"了起来，不一会儿纸上已布满勾勾叉叉。他把试题集扔给外婆就想溜掉，外婆一把拉住他说："不行，你得说出道理来我才能算你对。"彤彤没有耐心急于脱身，外婆坚持不放行，他只得耐着性子把每道题目的思路讲了一遍。

说来也怪，这些判断题虽然外婆自己做不出来，可是把彤彤讲的和书上的基本概念对照起来外婆还是能够明白的，这可能是成年人的逻辑思维帮了不少忙。外婆心中窃喜，一面煞有介事地在题上画勾，一面称赞彤彤道："不错，不错。"可是彤彤并不买账，针锋相对地对她说："外婆，您别装了，其实这不是您在考我，而是我在教您。"他小小年年纪居功自傲，可是外婆并不生气，倒有几分高兴，向彤彤展示自己的不足，告诉他每个人都有做不到的事情，如果不能改变它，那么就接受它。

外婆积极地看待彤彤，同时教育他积极地看待自己，因为这孩子从小经常生病，缺少父亲的陪伴，在同龄孩子中有点自卑，他的这点自信是妈妈给培养出来的。如今他看到自己的实力，甚至敢于揭外婆的短了，不能不说是个进步。外婆笑着同意他的说法，诚恳地对他说道：

"每个人都有自己的长处和短处，外婆也不是什么都懂的，有些地方外婆比你强，有些地方你比外婆强。我们来订个协议，从今以后，凡遇到我看不明白的题目，你得把题的思路讲给我听，电脑打字的拼音不准时，你必须随时纠正。报酬是我教你下象棋，你教我钢琴课，一小时四元，英语课一小时二元，每周三按课程付现款，上课时间双方临时协商安排，好不好？"

他眨眨眼睛，小手摸摸鼻子，对这个协议颇感兴趣地说："外婆，除了现款以外,您还给我什么奖励?"

外婆讨好彤彤问道:"你要什么?"

彤彤天真地回答道:"我要吃方便面。"

外婆拍拍他的小屁股大声叫道:"不行,坚决不行,给你讲故事行吗?"

"好吧,我喜欢听故事。"

"听完故事,要总结内容。"外婆提出了要求。

彤彤双手高高举起,得意忘形地嚷道:"没有什么难的,悉听尊便。"

彤彤上前抱着外婆,婆孙相拥倒在地毯上哈哈大笑,彤彤缠着外婆让她快讲故事,外婆拍拍彤彤的头说道:

"我和晶晶坐在海岸边,观看鱼群在大海深处游玩翻滚,一群小鱼遭遇了一条大鱼对它们的攻击。出乎我的意料,小鱼们并没有四散逃窜,而是迅速抱成一团,大鱼居然扑了一个空,大鱼愤怒并重新发起猛烈的攻击。小鱼群保持着团状,忽左忽右,始终翻滚成一团,从这一边游到那一边,里面的小鱼游到外面,外面的小鱼游到里面,如此来回躲避,周而复始。面对一群猎物,大鱼居然找不到一个可以抓获的目标,那真是壮观的景象。小鱼居然懂得相互照应,集体防御,化险为夷。"外婆的话音未落,"那是团结的力量。"彤彤跳着高声说道。

老少两代相处,能增进双方的心理健康,提高抵抗疾病的能力,外婆与孙辈生活在一起更加积极乐观,彤彤也更加活泼好动。为了彤彤的将来,亲人们给他物质支持的同时,也要给予他一个和谐的家庭氛围,但是也要找出小彤彤的弱点,他曾经在家庭生活中遭受过恐吓和威胁,甚至被父亲赶出家门,这危害了他的自尊和安全感。有时当他的委屈正在发泄却被强行制止时,朵朵用哄劝的方式息事宁人,彤彤学会了"情绪勒索",毕竟他的思维没有发展到一定阶段,就强制让其接受暂时无法理解的事物,容易使他产生思维障碍。彤彤经常和他所钟爱的国防生大哥、二哥聊天,猜谜语。大少坚信地说:"兴趣是最好的老师,在感兴趣的活动中,弟弟会最大限度地发挥自己的创造力和想象力,猜谜语就是这样一种既有趣又有意义的活动。在猜谜语的过程中,要动脑筋,这对弟弟的思维能力实际上是个锻炼。"

他问彤彤："弟弟,你近期表现不错,我送你生日礼物,你想要什么?"

"我想要刺激的玩具可以吗?"

"你想成为百发百中的神射手吗?"

"想成为!"

于是大哥真的给彤彤购买了最新上市的迷彩仿真弓弩,并抽出一天的时间陪着他玩耍,彤彤居然兴奋得彻夜难眠。同时家人让彤彤参与家庭事务,让他感到自己能够发挥作用,姨父们帮他完成一件他自己都做不到的事情,让他感到自己有想象的本事。家人们和彤彤一起分析困难,告诉他能力是可以增长的,困难并不是自己想象的那么可怕。姨父、姨妈们常常带领他到郊外爬山赏景,正确培养他认真听课、积极做事、乐于助人、遵守纪律,养成勤俭节约的习惯。彤彤在妈妈、外公、外婆的怀抱中渐渐成长,他小小的心灵充满快乐和喜悦,亲人一直随时提醒他自理、自律、自强。

彤彤每次给外婆讲解都特别认真,透露着电脑打字、弹钢琴灵活的小窍门,纠正外婆的英语发音,一点一滴都不漏下,他看着外婆潜心认真的样子,得意之情溢于言表。有时候,彤彤会像一位真正的老师一样考考外婆是不是全懂,有时候他会表扬外婆几句:"外婆真聪明,一教就会。"偶尔也会搞点恶作剧,捉弄外婆一下,遭到反击后,他直对外婆挤眉弄眼,噘嘴巴扮鬼脸。一次,彤彤发现外婆在听讲时不太专心,他就故意念错音,编排一个不靠谱的词汇。外婆对他讲的道理似明白非明白的,又不愿在他面前认输,只得茫然地点着头,机械地答应着:"嗯,嗯。"这下外婆上当了,小家伙见他的阴谋得逞,乐得在地上打滚。他尽兴之后,随即耐心讲解了一遍,严肃地指着词典,一本正经地说:"外婆,学习任何一个词汇,要理解透彻,来不得半点虚假呀。"

外婆理亏,只好点头答道:"知道了。"

为了给外婆当好老师,彤彤养成了良好的学习习惯,外婆常常抓住他追根究底,非弄懂不可,他也绝不打哑谜,反复给外婆讲个明白。此时此景让外公刮目相看,和彤彤一起学习既可以提高他的学习兴趣,又可以培养他的自学的能力,既收入零花钱,又增强了外婆的记忆。彤彤心比天高,口吐狂言定要将数、语、英全部学懂,保持成绩领先,着实让外婆兴奋不已。

　　然而长江后浪推前浪,彤彤这一代人的追求和奋斗,肯定比他父辈起点高得多,从这个角度看,他的亲人们又该为他高兴和骄傲。

抢劫令母子心痛

彤彤的家此时如过火的树林，形势在不断地恶化。彤彤和妈妈在自己的家庭里，遭受到汪可的惊吓时间过长，对母子身体构成危害，尤其是夜深人静时，母子俩惶惶不可入睡，听见开门声音，两个人心惊肉跳地紧紧搂抱。恐惧，它吞噬着母子的健康心灵；恐惧，时时刻刻隐秘存在于母子的心里，这是何等的痛苦啊……

自然界的生物各有其自己的本领，人类更是得天独厚，母子俩寻求安全，是此时的首要之计，不可拖延。因为朵朵的身心已有多种疾病，彤彤有着不同程度的心理反应，所以在这种忧心忡忡、局促不安的压力下，母子俩选择暂时离开自己的家，被迫住到娘家。外公、外婆从主观上竭尽全力减轻他母子受刺激的强度，争取把劣性刺激转化为良性反应，积极默契地配合他母子心理防御，认为避难就能迅速摆脱汪可、史泉联手的伤害。

天气渐渐寒冷，二〇一四年十一月十四日是周五，下午五点，朵朵在接到彤彤之后，两人便回到家属院家里取自己的寒衣。因为家门锁换了，彤彤上跆拳道课的时间紧迫，母子俩又根深蒂固地畏惧汪可，便给汪可的领导打去电话，说明情况后请人开锁，并将钥匙留给邻居转交汪可。

刚换完门锁，便发生了令人触目惊心的一幕。身为某集团党委副书记的汪可，在家属院，光天化日之下，寒风密雨之中带领手下谩骂和殴打朵朵，朵朵用手机报警，却被身为副书记的丈夫带的手下推倒在地，抢夺手机。彤彤上前和他妈妈拼命阻挡失败，汪可和那人得手后狂奔逃跑。彤彤猛追上去，朵朵即刻从地上爬起来才恍然大悟，母子两人穷追不舍，两个男人紧跟副书记转身继续辱骂和殴打彤彤的妈妈。彤彤见到父亲对他妈妈下如此狠心的毒手，变得无礼和暴躁，一脚踢到他父亲的脊背上，力量过于薄弱，他父亲没有感觉，彤彤便从地上捡起石头向父亲的头上扔去。父亲转身怒视着他，父子俩四目相对，彤彤的小眼里充满了眼泪，望着父亲那凶恶的眼睛，好像要在父亲灵魂的深处看清楚似的。

朵朵此时的心情抵达谷底，她怕彤彤受到皮肉之苦，赶紧求人报警。家属院内的人一看是他们的汪副书记都摇摇头避开，气焰嚣张的副书记指着母子说：

"看清楚，这里是我的地盘，见到一次打一次，我早已给大家说过彤彤是你偷人生的。"

听到身为副书记的丈夫的一派无耻之言后，她的自尊心受到彻骨的伤害。朵朵气愤极了，丈夫的一连串作为激怒了她，母子遭受的欺辱和精神折磨已到极限，母子两人要对他实行反抗，用蚂蚁啃骨头的力气，拼命把副书记拖到派出所。

人生本来多苦多难，他们的婚姻风雨却是半世坎坷。汪可竟是这样毫不掩饰，凶相毕露地在光天化日、众目睽睽之下，和手下将朵朵按倒在地猛打头部，家属院的人们看到汪可那种自得自满、玩世不恭的神态感到不快，可是他们不敢上前，汪可的同学和同事只是在私下对他存有非议。他专横霸道地对待妻儿是愚蠢的，知情人藐视汪可到处散布妻儿的流言蜚语，汪可曾经的辅导员老师说："在汪可的学生时代，我就对他的道德品质有所怀疑。"一位哲人说过，夫妻在逆境最能展现美德，顺境最能显露邪恶，此言正符合汪可的言行。

历来善良温和的人，都经受不住如此的折磨。在派出所里，汪可一副自鸣得意的神态，朵朵盯着丈夫卷曲的头发微微外翻，倾耳而听。丈夫信口雌黄地掺杂着一番情绪，一番欲望，一派胡言，不经过自己的耳听，他的谎话编排得真假难分；不经过自己的目视，何以看清整个变形了的儿子的父亲。丈夫以副书记的姿态强词夺理，忘乎所以，他内心隐藏的那一颗私欲膨胀的心，极度扭曲，对妻儿脏话恶语不绝于耳，对妻儿的怨恨越来越深，使妻儿无家可归，进退无路，最终寄人篱下。如今的汪可用尽手段胁迫母子俩，她仰头重新注视着丈夫，汪可一脸的焦急与渴望，使原本瘦削的脸拉得更长，她甚至觉得不认识他了。朵朵又一阵心寒，看情形他的亲生骨肉也成了厌倦的陌生人，没有一点怜惜之心。一位工作人员在大厅里自言自语着："身为丈夫、父亲，应当倾注家庭公正与平等，他的所作所为是很难让人信服的。"

一位局外人也发表感叹道："高校老师是受人敬仰的，本是那些为人涵养高、心灵纯洁的人，汪可居然是那么野蛮，把下三烂的手段用在妻儿身上。"

另一位知情的中年男士摇摇头，感慨地说道："他被任命为副书记，是很幸运的，因为他只是一个本科生。在人才集聚的大学，能升为副处，他应当感到自豪，因而也要好自为之，善待他人，尊重人格，讲求修养，努力提高做人的水准，才无愧于人们称为的副书记。然而他却明目张胆，在众目睽睽、光天化日之下无所顾忌地折磨殴打妻儿，那些行为是对他这个做副书记的嘲弄。汪可真是利令智昏，他的愚蠢简直荒唐可笑。"

汪可殴打妻儿这一事件一时间在学校成为爆炸性新闻，人们众说纷纭，纪律检查部门也在警惕地关注着。

风雨如晦的黄昏，外婆获悉母子在大学家属院内遭到汪可带人殴打，是可忍，孰不可忍，外公愤怒地说：

"生活在丛林中的动物奉行弱肉强食的野蛮规则，许多动物群体对本群体中的弱者都在保护，而作为具有思想感情的汪可，竟能对弱妻幼子下如此之毒手，我们身为弱女子的父母怎能袖手旁观？"

"人性和兽性的区别就是人性善良，爱自己的亲生孩子，兽性对一切有生命的、美好的生物都缺少爱心和怜惜，即对别人的实际生存都熟视无睹、漠不关心。"陪伴外公、外婆走在一旁的女子插话说。

面对这种目无党纪的行径，老人在极大的愤慨和无奈之下，只得写信求助于校长和书记。老人心想，如果再不采取措施使汪可悬崖勒马，他就会更疯狂，甚至变成犯罪，因为史泉不费吹灰之力以一个拙劣的谎言就能让他死心塌地，心甘情愿地长久稳坐在自己的贼船上。汪可期盼着继续升迁，妄想抓住史泉这根上爬的稻草，在她面前唯命是从，史泉对他翻手为云，覆手为雨。他听史泉说："书记、校长是自己人，都能摆平，让她去告吧。"副书记听了此言对她更加俯首帖耳，忘乎所以。他心里酥酥的,不由得飘飘然起来,浑然不知东南西北,他始终认为妻儿是他当前的大障碍,他便像赌棍一样把宝押在史泉身上。外婆疑惑每次只打头的原因何在,这个谜底只有汪可自己清楚。是不是头部坏了,她就能忘记一切?汪可的用心显然一览无余。

一位同仁闻讯曾经的校友朵朵被打,她急忙赶到派出所。

"汪可被任命为副书记,应该珍惜,而他却玩物丧志,让人痛心疾首。他逐渐失去了基本的道德规范,没有真切地关注妻儿的生活状况,至今仍然生活在糜烂与功利的虚幻之中,距离犯罪咫尺之遥。"她上前摸摸朵朵的头怜惜地说,"汪可被任命为领导,反而利用政治治妻儿,我希望他能借助星光的照亮,摸索着尽快走出迷宫。"一道前来的另一位同仁皱着眉头说:"汪可不同于一般的普通人,他是学校党委成熟与规范的标志,他无视规则,不可宽恕,否则怎能看守如圣洁花园般的校园。"

一位给外婆送雨伞的女生愤愤不平道:"汪可为所欲为,恶意放纵的行为直接毁灭了他的意志,他的冷酷无情很快能让妻儿在痛苦的经验中换来一点教训。"

知情人唾弃汪可对他妻子的残忍,说他是依靠吞食他人的成果才能生存的"捕食动物"。大家议论纷纷……

每一个人都有权益,有一个属于自己的基本天地,那就是家,无论它是什么样子的结构形态,永远是人生之旅中温馨的港湾、自由的王国。然而他母子有家却进不了门,强悍、霸道、愚蠢的丈夫为了荡妇方便进门,竟换了锁,把妻儿挡在门外,使母子俩没有了家的春夏与秋冬。史泉迫不及待地想住进大学家属院内,她以出卖肉体,偷别人的丈夫别人的家,达到她儿子能免去进校费,名正言顺地当上副书记继子的目的。只要汪可乐意亲子换继子,朵朵也无话可说,只要他不再伤害他们母子,她就只能少说几句话,顺从他的意愿。

朵朵自始至终不明白,史泉究竟是用什么办法让汪可食子的,史泉到底依靠学校哪位重量级人物去掠夺别人的丈夫、儿子的父亲。母子两人原本有家却不能回。

朵朵在派出所见到了前来寻找他们母子的母亲,说:

"妈妈,面对现实,我想退一步争取海阔天空,自己抓的一手臭牌,不要期望会是赢家，我们母子是陷进泥潭想赶快爬起来，想永远离开他。"

　　经受过在公众眼皮之下的皮肉之苦，她显得更加疲惫。母亲看在眼里却痛在心里，老人被汪可的暴力行径快气晕了，愤怒的火焰熊熊地燃烧着，几乎使两位老人丧失理智。彤彤见到外婆猛扑过去流泪不止，相偎的骨肉之情使老人感到无比亲切，瞬间忘记了惆怅。朵朵着实受到母亲的一顿埋怨，母亲寻思朵朵的婚姻本应是夫妻俩在难言之隐时的避难所，具有藏污纳垢的能力，此时污垢溢到屋外顺着楼梯进到校园，继续扩散淹没了彤彤所在学校的环境，为了拯救他重新生活的环境，朵朵的艰难婚姻走到尽头该要拐弯了。丈夫第一次出轨，娘家人劝说他是精神出轨，朵朵原谅了他继续家庭生活。丈夫第二次出轨，借口是肉体的结合，做妻子的只好忍气吞声，怕伤害儿子幼小的心灵，警告丈夫悬崖勒马，家庭生活惯性向前。丈夫第三次出轨是彻底背叛婚姻，与家人反目成仇，朵朵遭受到残酷的摧残，他们的婚姻迟早会破裂解体。母亲擦掉眼泪，点头赞同朵朵明智的想法说：

　　"知道在被狗咬了一口时，不会决心再要去被狗咬一口吧，何况他已是一条疯狗。"

　　既然汪可把他的妻儿、亲人打骂赶走，那就随他的意吧，史泉是有夫之妇，汪可明显是充当了小三的角色，还搂她在怀中听之安排，对病妻弱儿施加暴力和诋毁之言。彤彤不是他的儿子，是他替别人养的儿子，他的话果真把朵朵的感情挖尽了，这一辈子想起他来，有这句话就足够打消她的一切念想。朵朵摸摸疼痛的头部和胳膊说："跟这种疯狗理论有什么意义，真是丢人现眼。"她恰到好处地认输，让自己的心灵得到充分的休息，使自己的心灵空间更为广阔。母子的遭遇引起学校书记和校长的高度重视。

　　从派出所出来走在华灯初上的街上，彤彤仰视着外婆，用羡慕的口气说道：

　　"外婆您知道吗？瑞典的妈妈和孩子真幸福，他们受到警察的保护。警察叔叔管教不良的爸爸，爱护儿童，制止打骂老婆和孩子的行为，并把醉酒之后装疯卖傻的爸爸抓起来醒酒。"

　　外婆听后十分惊讶，不知道他小小年纪从什么刊物得知的，外婆此时的心情焦虑不安，只能简单地应付他说道：

"孙儿，大人们尽量想办法援助妈妈和你，减少不公规则对妇幼的伤害。"说完后，外婆心里空荡荡的。保护妇幼的机构听得见，看得见，却相隔着一座山摸不着。彤彤依偎着外婆默默无声，牵着外婆走在前头，朵朵旁若无人地低头跟着母亲，一同往娘家走去。外婆的家是等待拆迁的旧楼，没有供暖气，打开空调会导致电路跳闸，楼上楼下的住户都陆续搬走了。煤炭炉子加大火力，楼上楼下的冷空气争先恐后地进到房里争夺空间，怎么努力房子的温度也达不到十摄氏度，外婆担心母子俩如何过冬。汪可把学校家属院内母子的住房锁住，他的人性善恶在对待妻儿上一目了然，朵朵一天天、一周周、一年年地忍耐着，没有见到汪可支付一分钱的生活费用，毫无让妻儿进入本应该属于自己家的迹象。朵朵顾及脸面坚强地支撑着，尽了许多努力求助校方之后，没有得到确定的结果，汪可手中的购物卡看起来比母子俩的困难实惠得多。一位知道汪可的同学气愤地说："可恶的汪可，所有这些都使我深恶痛绝，在我看来他是多么卑鄙下流。"

外婆心想彤彤的生存、教育等本来应该是汪可不可推卸的责任，目前宁愿自己不遗余力，舍近求远花钱养育，给他提供物质、心理、道德、精神方面的照顾，也不愿意看见汪可本人和他面对面理论。这无疑是看在彤彤的情面上，是一种温软的回避。尽管汪可霸占了母子所属的家，巧舌如簧的嘴巴使学校对他和史泉仍然放任自流，但是我相信天无绝人之路，还好母子有慈悲为怀的小饭桌大伯、大妈的帮助。

小饭桌的大妈说："如果汪可能满足于已经得到的东西，他定会家庭幸福，全家太平。这个简单的道理显而易见，可是他现在的脑子进水了，仍然不安分守己，定会栽个大跟头的，他这是作茧自缚。"

外婆心中暗自有数，夫妻之间没有公平可言，理论不出长短，再不能继续纠缠浪费精力。他夫妻目前是鹬蚌相争，渔翁得利，朵朵被迫完完全全放弃了婚姻，何况夫妻两人追求的目标、准则显著不同，显然不是一类人。朵朵的生活喜欢原汁原味的白开水，慢慢地去品味，细细地去咀嚼，用心地去欣赏；汪可追求奢侈和逍遥，不知不觉把生活熬成苦药，甚至是毒药，盲目地追求已过时的糟粕，效仿他人穿名牌进出娱乐场所，高消费消磨时光，寻找异性窃窃私语。处在文化圈子之中的汪可，却把自己装扮成了韩国影星。

当负面影响给朵朵带来焦虑抑郁时，她在心中默默念着："事实不是丈夫说的那样，他的姘头全摆平了学校高层，母子俩只有死路一条。何况法律有条文规定，只需请律师帮助理清法律程序，便一目了然。法律明明白白地摆着，离婚伤害赔偿包含物质和精神，过错方都要赔偿，校方有义务支善拒恶。"她坚信高等学府的书记、校长不会轻易妥协为非作歹的人的甜言蜜语，对是非曲直会明察秋毫不会偏袒歪理，何况教育部的七条职责刚刚公布，要求还高等学府一块净地。她自我安慰，期望着真理、公平、民主、诚信与正义，她渴望彤彤的合法权益得到保障，呼唤她生活的权益和选择，但愿彻底摆脱汪可挖空心思的霸道行径，避免史泉的黑手伤人。母子俩不愿走进大学家属院，为了躲避人们同情的目光，两人过冬的衣物也得从商店里再买。她多想真切地喊一声："高校啊，为人师表的地方，别让喜好权色的人，仍然兴风作浪，别保护暗娼女继续破坏别人的家庭。"

汪可最终没有真的体会到书记、校长对他的放纵和宽容，没有真正攀附上救命稻草不断地狂喜，事实恰恰不以他们的意志为转移，等待汪可、史泉的是纪律检查部门对他们的调查，汪可辞职的下场，会保持高等学府的纯净。身为父亲，亲手把自己的生活埋葬，最终只有自食其果。此时朵朵的心情怎么也开朗不起来，她想谩骂丈夫，但在儿子面前那是一种不文明的行为，对无礼、无赖、不公、恶人的丈夫偶尔在气愤至极时，背着儿子在心里骂一骂，反而对舒缓自己的情绪有好处。面对紧张的工作，面对周围微妙的邻居，面对不知其中详情的人传出的各种流言蜚语，面对丈夫的信口雌黄，凶神恶煞，她除了感到疲惫以外，更多的是怕儿子再次受到伤害，怕捕风捉影袭来。她变得唯唯诺诺、谨小慎微，甚至伤痕累累，感觉到人生在世越来越累，她把自己束缚得越来越紧，内心痛骂丈夫贪恋女色、迷醉权钱。汪可指望迷恋的女色能帮他升官发财，不惜抛妻弃子，在邻居的眼皮之下，在以前共同的家中和史泉白日开火做饭，夜晚呼唤老公、老婆。史泉的儿子唤汪可为爸爸，并毫无顾忌地鸠占鹊巢，把母子俩的爱毁得荡然无存。

十一月二十四日,朵朵把丈夫起诉到法院,要求彻底和汪可依法解除夫妻关系,再不能藕断丝连,顾及他的脸面。她走在去法院的路上,心里绞尽脑汁地痛骂丈夫妄想不劳而获,唯利是图。他已经丢掉了昔日的坦荡,丢掉了诚信和善良,丢掉了曾视为生命的自尊和人性,把平静的家搞成轰鸣的战场,使母子俩整日胆战心惊、多愁善感,对无奈的环境生活苦不堪言。心灵简单得如一泓清水的朵朵,原本没有烦恼,没有戒备,她多么怀念从前,怀念过去十四年的家庭生活。

十二月二十四日,法院经过三次调解,未达成协议,汪可的条件竟如此苛刻,对儿子、房子怎样都不舍弃。第三次,汪可舍弃儿子要房子,当着司法调解人员的面大言不惭地说:“我是一个外地人,自己只能顾着自己。”这个问题的答案只要法官仔细分析一下卷中内容,便昭然若揭。

朵朵要她的律师请求调停,身为司法调解人员却责备她说:“你把视频交给纪律检查部门,不嫌丢人吗?快去把它拆掉。”那位司法调解人员明摆着和汪可通过气,否则,他怎么知道学校纪律检查部门有汪可的视频,况且朵朵并没有主动把视频交给纪检部门,而是纪检部门追要的。视频是五月发生的,在兔子急了也咬人自保的情况下,十二月被纪检部门要去,为什么纪检部门有人又透露给汪可,是因为汪可、史泉威胁她?

二〇一四年十二月二十七日,母亲收到女儿的一封未署名的快递,从笔迹辨认出是汪可的姘头史泉发给朵朵的,史泉毫无根据地威胁她放弃证据妥协,朵朵看完快递内容之后摇摇头苦笑着对她妈妈说:

“汪可、史泉联手对付我,我应付不了,我快崩溃了,儿子怎么办呀?”母亲建议报警,女儿否定:“无头案件又没有留下署名。”

母亲无计可施,怎么也想不明白,女儿明明是受害人,却要她成为沉默的牺牲者,女儿就应该忍耐吗?只能哑口无言耸耸肩,摇摇头吗?

看起来单纯的她,只有等着法院的结果。法律的公正她到哪里去找寻?然而,问题也许不那么复杂,法院门是朝南开,给法官一点“贡献”,结果会不会不同?她想想还是作罢,等一等事实的结果吧。

恰逢元旦假期,彤彤的大姨妈夫妻邀外公、外婆、幼童母子到秦岭花谷氧吧散散心。外婆想借此机会让他母子高兴,讨个好开头,到宝鸡去能保鸡年出生的彤彤平安,到消灾寺去给她母子消消灾难,启发内心的慈悲和睿智,从而使她自己焕发出人性的光辉,领悟生命的真谛。

外婆积极鼓动朵朵自驾上了高速,十一点两辆车在宝鸡停下,前往神仙庙拜谒,探寻元圣的足迹。一行人沿着212省道落脚在凤县香格里拉酒店。外婆兴奋不已,站在二十二层楼房间的窗前,双石铺中学映入外婆的眼里,勾起了她的回忆。老人回到了五十三年前,第一次出川的地点就在双石铺,此行无意之中来到了嘉陵江的源头,又给了她独特的体验,不同的行程,不同的感受。

第二天母子两人最先爬上巅峰,亲近远古的庙堂,望天祈祷,祈求母子平安。此时母子俩完全融入了大自然之中,那蔚蓝的天空,飘浮的白云,那拂面的清风,清脆的鸟鸣,让他们的心灵彻底净化了,人世间的一切都被抛到了九霄云外。两人突然紧紧搂抱,相拥片刻,继而各自伸出拳头互相鼓励:

"妈妈加油,我爱您。"

"儿子努力,我也爱你。"母子都露出兴奋的笑容。坐在山亭中听着人们的告诫,凡是杰出的人,会在逆境中磨炼意志,展现非凡人格的风采。同行的姐夫开导朵朵:"失败的婚姻能让你细细品味人生,反复咀嚼苦辣,痛定思痛。没有一个人的婚姻始终是一束鲜花,或是一丛荆棘。鲜花虽然令人怡情,但是常常使人失去警惕;荆棘虽然令人心悸,但却使人头脑清醒。经历了逆境婚姻后,也是你到达理想境界的通途。"

大姐看看茅塞顿开的妹妹也送上良言:"你从失败婚姻的废墟上重新站起来,冷静地反思自责,你能正视自己的缺点,努力克服自己的不足,从而驾驭生命的帆船,乘风破浪。"

母亲将自己家庭生活圆满的经验传递给女儿:"夫妻生活,男为天,女为地,和为贵,忍为高,勤养廉,俭养德,应处处为自己的后人做楷模。"

豁然开朗的朵朵眼眶里闪着泪花,扶着妈妈稳步走下山路,过一条河时,河水潮退,露出许多清水塘,有小鱼被留在里面,东游西逛,无法回到主河道。他们坐在浅滩的大石头上,欣赏着小鱼东躲西藏。可是彤彤用树干树枝挖出一条一条小沟把小塘的水引到主河道上,水到渠成,小鱼在水塘里顽强地蹦蹦跳跳。

外婆皱眉不解地责怪彤彤:"把水引走了,小鱼好可怜呀。"

彤彤脸蛋通红,满头大汗,正在用小手不停地把小鱼转移到河道中,专心致志地寻找小鱼。外公劝他说:"傻孩子,小鱼这么多,你这样做是徒劳无功。"

彤彤头也不抬地回答:"不,我帮助它们找到妈妈。"他固执地深信小鱼一定会回到它们妈妈的身边,外公也只好协助他的善举。为了赶时间,一家人都加入到了帮小鱼回家的行动中,确信小鱼全部回家了,全家才离开河道准备上路。

钱虽然不是万能的,但是,如果没有钱是万万不能的。俗话说,一分钱难倒英雄汉,朵朵很重视钱,绝不假装清高。她的课时费大约五千,儿子的日常开销、学费、钢琴费虽然昂贵,但开发智力、绘画、跆拳道,样样必不可少,从市区到新校区上课自驾车同样需要钱,所以她看重彤彤所得的权益赔偿是理所应当的,房子是生活的基础,没有钱,他们母子怎么办?人们应该容易理解,每个人其实都重视物质生活对于精神生活的决定作用,可见,她的生活智慧是建立在实实在在的日常生活上的,没有房子母子怎么安生?生活的基本保障搞不好,怎能安心做好本职工作?怎能追求理想,怎能培养儿子,怎能养好病体?当决心从这场婚姻中出来时,朵朵还是较为揪心的,但是为了彤彤的身心健康成长,母子的心情仿佛经历了一场洗礼,知道该做什么和怎么做人。此时母子暂时回避在外婆家里,无疑是合适的。

细细想来,经历了三年的恋爱,十四年的婚姻生活之后,她说:"人生三看,看远、看透、看淡。遏制膨胀的欲望,舍弃名利的渴望,舍弃对财富的贪念。"她真的智慧了,小妹劝她说:"文明离婚才能给宝宝最少的伤害。"所以朵朵听从法律的安排,安心教书带好儿子。

二〇一五年元月二十一日,法院开庭,汪可的诉词十分蹩脚,许多语言相当可笑,法官没有理他的偏见和狭隘。判决结果只有等待法官的裁决,母子期盼着,等待幸运的天雨降下来,忧愁去,喜自来。

空闲时,朵朵对丈夫记忆最深的是在家里,他蜷缩在被子里,蒙头大睡的同时冷漠地打着呼噜,光线永远照不到他,照不到萎靡的身体和灵魂。她豁达地对母亲说:

"汪可就喜欢那样的生活,他应该有他自己的选择,个中滋味别人无法体会,我不想乱碰他的人生,这就是我决定平静放弃这段婚姻的原因。"

这种平和的心情令大家颇为赞同,朵朵遭遇打击的心理被刺激得太久太久,丈夫第一任姘头是同事,天天见面,她隐忍装着若无其事,坦然面对,专心做自己的事,即使形单影只也不抱怨,因为婚姻的逆境是她宝贵的人生体验,逆境中的婚姻能使她更清楚地醒悟。她时常担心彤彤日夜都在悲、恐、惊中惴惴不安,使他的心理承受力和心理适应力太弱,所以她和彤彤需要向亲人、朋友倾诉,使用亲人、朋友的心理力量,强化自己的心理承受和适应能力,使其自行消化。可是她母子的兴奋点还是很少,整天心如止水的样子,掀不起高兴的浪花,虽然承受了亲人们给予生活的滋润,但总是高兴不起来。有时哭泣能释放痛苦,宣泄负面的情绪,在痛苦、悲伤地哭过之后,心情就会像雨后的晴天,快乐也就会随之而来。

在这十几年的漫长家庭生活中,朵朵不知不觉地习惯于忙碌的家庭生活状态,每天过着期盼金丝鸟似的丈夫回家的日子,心里虽有一些悲凉,但是家是母子俩的坚固支撑。当激情完全消退,她一改以前的麻木,果断地选择拆除他们的避风港,亲手剪断了绳索。原本有生活基础的家彻底倒塌,我想朵朵当初的尴尬、狼狈都是暂时的脆弱,痛楚已是在所难免,她目前最需要的是一个独自抚平创伤、恢复自尊的时间和空间,丢掉那清傲不易与人接触的习惯。

近期彤彤脸上的泪痕似乎从来没有干过,小伙伴们嫌他有被父亲抛弃的经历。一天,在放学后他到小饭桌的路上,调皮的同学们追着他喊:"他爸爸当了别人的小三,他是小三的儿子。"他感到无地自容,他想反抗,可是无助的泪水不停地流出。小饭桌的大妈知道了,厉声呵斥走了那些高年级的学生,大妈对他的目光非常温柔,和妈妈的目光一模一样,牵着彤彤的手上楼进了房间。

彤彤把对他父亲的怨恨藏在心中,强烈的愤怒和报复欲望让他时刻怒发冲冠,他已经感受不到父亲的爱意了,因此当他陷入矛盾和情绪变化时,他十分想以武力教训教训父亲。妈妈开导他说:

"儿子,季节轮回,霜风秋雨,叶落有情,片片归根,绿叶对根的情谊深，那是对生命春天的珍惜，是一个人真诚炽热的感情，也就是你生命的源头，你的根呀。在这个世界上你的父亲只有一个，他是你的亲人，他是你生命的根，学会感恩，让怨恨在浓浓的亲情里化解吧，用宽容和爱心去化解你对爸爸的怨恨，行吗？"

彤彤当机立断地摇摇头，妈妈和风细雨地把他搂在胸前，儿子腼腆地低下头，妈妈面带笑容地看着儿子又说："让内心充满感激和珍惜，这样才不会在有朝一日失去时心生懊悔。"

儿子片刻迟疑之后，脑子灵光一现，回答妈妈说：

"感恩，感恩，可是我讨厌'爸爸'二字。"

入冬的十二月十五日，外婆照常在六点准备送母子俩上班上学，平常朵朵赶在前面，进到车里准备好一切等着彤彤，随后送他到小饭桌大妈家准备入校。她从市区走两个小时的路程到长安校区去授课，必须在六点半之前安排好彤彤，时间不能耽搁。深冬之后的这一天，仍是早上六点，彤彤背起书包积极地先下楼，外婆紧跟在他身后，来到车跟前，彤彤和外婆的眼神瞬间对视在一起，外婆在他身上看见了不可思议的成熟和一种从未见过的力量。彤彤启动、预热车身等着妈妈，他给妈妈带去了轻松、方便、快捷，这种爱心使外婆震动，连连惊叹，以至呆呆地看着他的动作。当母子俩坐在车里时，他们时而提醒互相忘记了什么东西，时而又彼此笑笑相望，从母子的眼神里外婆看见了更加美丽和更加强大的凝聚力量，而且好像又增加了新的东西，使母子两人热烈探讨。

他们虽是孤独无助的母子，但在外婆的眼中，他们有一股强大的精神力量，这种力量能唤起母子俩内心深处的渴望，让他们去感悟人生的创造之美，奋斗之美；能唤起母子俩去感受激发和推动的潜力，追求生活本身更高远的东西；能唤起母子俩内在的无坚不摧的力量。母子俩像是一双吃饭的筷子，两根筷子只要往一处想，劲往一处使，就能如愿以偿。朵朵把所有的痛苦深深地埋在心里，以顽强的精神携手彤彤前进，在挫折面前，他母子两人站起来了，我预祝他们在今后的人生道路上，一如既往地走上阳关大道。

彤彤的童年、少年充满美好、幻想，用一片童心思考问题，很多烦恼的问题变得易解。此时他已是一个快乐的少年，常常坐在书房的桌子边,欣赏着《铁甲凶猛》的现代兵器图文。有时关掉灯望着窗外的星空,月亮圆时,他很快乐地说:"瞧瞧,月亮像一面闪闪发光的镜子,照着我和妈妈很快乐;月亮像只香蕉,挂在高楼顶尖真有趣。即使月亮在下雨天躲着不出来,有星星和我陪伴着妈妈,我们仍然感到快乐。小伙伴对我眨眨眼睛,嘟嘟嘴巴,疼我爱我的大妈、长辈们出手拉住我,我也感到很快乐。"

朵朵坐在钢琴房的窗台前,聆听着儿子弹奏一首潺潺涧流的钢琴曲,悠扬的曲子穿透房间在空中回响,一种荡涤心扉的感觉油然而生。在这样的情境中,母子两人慢慢品味那种淡然而又宁静的人生况味,再没有恐惧影响睡眠而变得精神十足。朵朵放下所有的复杂思绪,在简单中摸索,心平气和的时候,最容易悟到日子的真谛。母子从容地生活,恰如溪水静静地流过,淡定的日子宛如微风轻轻抚摸,妈妈的工作,儿子的学习展示出激情和快乐,除了各自的忙碌之外,还有那么多自然之美值得去追寻。

二〇一五年四月,陕西第十三届"春芽杯"中小学生艺术比赛,彤彤荣获钢琴比赛一等奖,消息在朵朵的同事之间传开,他们纷纷来到朵朵的面前探讨孩子的教育经验,这又给母子带来鼓励。

枪声响母亲绝望

　　二〇一四年十二月的一天，午夜我已沉睡，电话铃声骤然响起，老伴习惯在客厅看电视，嘴里嘟嘟囔囔着："是谁这么晚打来电话。"他很不高兴地抓起话筒一听说是找我的，他来到卧室对我说："北京的长途。"我急急忙忙冲到客厅拿起电话一听，是李佳姐的声音："碧清，三嫂住在医院，已经发了病危通知，她想立刻见到你。"

　　我不知何意，疑神疑鬼地反问："为什么见我？"

　　李佳姐急促地说道："李家遭到了灭顶之灾，请你快点赶到北京。"

　　这个消息是晴天霹雳，刹那间让我差点昏厥，放下电话我心神不宁，不知所措，胆战心惊地征求老伴的意见并和他商量，是否要立即赶到北京。老伴变得严肃沉默，我不知所以地在客厅转着圈圈，可是老伴斩钉截铁地催我说道：

　　"不要犹豫了，赶紧收拾行装，坐高铁到北京，那地方我熟悉。"

　　他的确熟悉，钧植回北京曾经领他游玩过，我无精打采，无力地坐在沙发里萎靡不振。

　　老伴又催说道："别人邀请你定有重任之托，我们快快收拾。"

　　我们把每个房间的君子兰和吊兰放到凉台浇好水，并用塑料薄膜把它们包住，主人不在家让它们仍然过着暖洋洋的日子。

　　早七点我们步行到了地铁入口，很快就坐上西安到北京的高铁，巨龙般的火车沿着轨道向北京方向全速驰去。从车厢内透过玻璃往窗外望去，火车经过华山，山峰高耸入云端。它如同一条长龙，在半山腰飞快地向前奔驰，看着巍然的崖石，火车风驰电掣般驶去。情绪抑郁的我坐在窗前眺望远方的田野,金黄的果实,成熟收获的季节,一直往北只见无际的苍黄色的平原。柿子树从车窗飞过,禁不住寒风已经凋落,剩下几个衰老的半青色半红色的柿子挂在树上迎着寒风摇晃。渐渐秃头的杨树干开始瘦弱,树叶一片接着一片地消失在金色的云霞里。

下午四点半就到了北京西站,马大姐的小儿子乐乐冒着雨等在站台内,接上我们后驾车送到了李佳姐指定的地点。我疑惑为什么不直接到病房,见乐乐心情很沉重,眼眶里的泪水仍在打转,我不便直言,只好听从安排。他把我们安排在一个大厅里,毫不知情的我只能慢慢地喝茶吃着水果,一点一点地消磨这难熬的时间。时间在焦急的等待中过得好慢,凭窗站立,眺望窗外,冻雨声渐渐地停了,窗帘后面隐隐地透着光亮,推开窗户一看,树梢上的残滴珠子映着霓虹灯,好似点点银光,闪闪烁烁地摇动。凭高下视,人们熙熙攘攘匆忙往返,长龙阵的车辆灯光犹如闪闪烁烁的繁星。我此时的心情焦急不已,又反身坐在沙发之中,瞌睡渐渐袭来。我在蒙眬之中突然被一声门的碰撞声惊醒,睁眼一看,大厅里依然空荡如初,老伴耳聋依旧闭着眼睛养神,奇怪的声音是从哪里传出的,这个医院怎么没有人,是不是太平间就在隔壁。我疑惑是不是自己听错了,刚才分明是从走廊上传来的脚步声,而且是好几个人走动的脚步声,我转变方向从门缝里朝外望去,心里暗暗吃了一惊。李佳姐夫妻、李浩然的儿子远远推着一把空的轮椅,跟在四轮推拉床后面,躺在床上的老人竟是李浩然。他们匆匆路过我们所在的大厅,后面紧跟着十几张陌生的面孔,愁眉苦脸,分秒必争地往前赶。我惊恐万状,窒息一样软软地躺在沙发上,忽左忽右、苦思冥想、忧心如焚,愈来愈焦虑和手足无措,站起身来往返不停地变换位置往外张望。推开厅门,楼道鸦雀无声没有一个人影,隔离网隔着两边的通道,我心里不免惴惴不安,只有闭目养神,听从安排。

约有一小时后,李佳姐愁眉不展地走进大厅,做了一个温和又很有决定性的手势,给紧跟她身后的侄子乐乐。我俩互相没有客套话,相拥之后她垂头丧气地躺倒在沙发上。乐乐和一名服务生请我们到餐厅用餐,我谢绝了,上前拉住乐乐的双手说:

"想立刻见到你母亲。"

可他却转向服务生指着另一间房子说："你尽快送糕点到那个房间，姑妈您一定要吃点食物，您不能倒下。"他哀求着他的姑妈。

李佳姐点点头说："好吧，陪你小姑父、小姑姑用餐。"

乐乐扶着老伴在安排的房间休息，我跟着进去一看，房间明显是李浩然住过的，台历之上清清楚楚地记载着马厅长病危通知的时间，我感到事态严重，转身到了大厅，站在李佳姐的身边。只见她眼泪从闭着的眼眶中流淌下来，我轻轻拉住她的手，她没有反应，她的泪水快速地往外冲，我只好陪着她伤感，顷刻间她猛然从沙发中跃起，拉着我坐在身边，用餐巾纸擦着眼泪小声说：

"看似美好的幸福家庭，无不具备着互为知心互为关爱的感情基础，但却藏着杀机。"

我对她的话感到震惊，但只能听着焦头烂额、心力交瘁的她继续往下说。

浩然哥遇到了无法隐忍的困境与难堪，马大姐的儿子洋洋，顾虑的是李浩然夺爱，所以他亲生父母才分开，前几天他竟一手挽着道貌岸然的生父突然出现在客厅，目空一切并上前拉住母亲的手，站在李浩然的面前声称有重要的消息宣布。洋洋的生父不请自来，大家处在十分惊讶的氛围之中，但李浩然仍然以礼相待，泰然自若，从容不迫却丝毫不觉得难为情，仍然高声招呼着大家，随后起身回避出厅，似乎与洋洋的生父不太尊重的举动格格不入。马大姐低声与洋洋说了一句话后脱开儿子的手，追出客厅拉住李浩然，他们手拉手反身进入客厅并肩而坐。大家在厅外陷入了忐忑不安的等待之中，不知道接下来会发生什么事，原来听说洋洋的生父是因为政治原因在一九六四年前潜逃国外，今天突然来家是不祥的征兆，他们疑惑不安。李浩然毕竟是政府官员，从不滥用职权谋取私利，他深知当中有一条不可逾越的界限，一旦越过这条界限，先前辛苦建立起来的地位和威信，连同因此获得的权利会立即崩塌和消失，这个在实践中悟出来的道理让他受益终生。马大姐胸有成竹地拿出早已准备好的一九六五年法院的离婚判决通知书两份，其中一份贴着无处投递的邮戳标签已经发黄，那是击败前夫的杀手锏。

时过两天，这里的一切安静如常，夜幕降临月亮升起，在满地重重的树影上，马大姐搀扶着浩然上了车，穿过平阳路向他们家的方向驶去。盏盏路灯像流星一闪而过，他们夫妻并肩坐在车后排，李浩然两眼专注着夜幕昏暗的灯光，此刻的心情欢快而平静，马大姐紧紧握着他的双手，脸上泛着微笑。车停在大门外，晚辈们都拥在门外迎接他们，而自视甚高的洋洋和他生父稳坐在客厅。阴沉着脸的洋洋已经破罐子破摔了，他老婆被引渡回国责怪李浩然没有透露一点消息，没有帮助他夫妻摆脱困境。其实事前李浩然带有警告性地提醒过他，他一意孤行早已涉嫌严重违法违纪，奢侈生活正在接受组织的调查。洋洋的腐败丑闻早使李浩然深恶痛绝，他的记忆力惊人到过目不忘的程度，虽不善言辞，但在遇到自己感兴趣的话题和情绪不好时也毫不掩饰。他想追问洋洋什么，但被儿子远远质问在先："大哥，你涉嫌受贿四千七百五十万，有据可查。"

洋洋冷冷地望着远远，洋洋生父绕了半天圈子说出了他的意图："你们父子出面摆平的可能性最大。"

李浩然当然是断然拒绝，并义正词严地驳斥洋洋生父的无理建议，言简意赅，犀利的语言击中了洋洋的要害，使他父子无法辩解。洋洋生父好不容易把自己琢磨好的话又说了出来："李部长，在现在这个情况下，只要你能说句话，问题就妥了……"

他的言辞美妙动听，可其用意就清楚了，这时满面笑容的李浩然顿时感到事情发生曲折，于是收敛了笑容，他的脸色变得严肃起来。李浩然用很慢的口气搪塞说："我已离休多年了，不在位，不谋其政呀。"搪塞是给对方留下足够的面子。

洋洋生父聪明过人，思维逻辑性强，辩才惊人，也不乏机智幽默，不屈不挠地护卫着洋洋的利益。李浩然毫不退让，挥洒自如地说上几句俏皮话，寻找一些共同点来缓和紧张的气氛，一下子让室内的紧张气氛一扫而空。洋洋深感继父不会再帮他，只能铁青着脸气冲冲地坐在沙发上。对于洋洋生父的无理请求，马大姐有点偏袒，李浩然想到自己仍享受着国务院的特殊津贴，保持晚节，不能落个年老不自重的臭名，没有揭发他的秘密是看在他夫人的面子上。李浩然当时琢磨不透他夫人在大儿子和两个小儿子身上是什么分量，恐怕只有她自己才清楚。当洋洋把事情编排得越离谱时，李浩然越听越恼火，洋父的傲慢，洋洋的狂妄，马

　　大姐的调和,终于激怒了他,他按捺不住心中的怒火,愤然起身指着洋洋的鼻子厉声质问:

　　"你知法犯法,党性和良知丢到哪里去了,远儿是在履行他的职责。"一番强烈的话语,在仍然愤怒的洋洋生父身上奏效了。

　　父子俩平静下来,洋洋玩世不恭的样子,让其他人面面相觑,谁也不便多说一句。李浩然愤怒起身,自言自语道:"贪如火,不遏则燎原,欲如水,不遏则滔天,绝不宽待。"说罢准备出厅上楼。马大姐充分意识到这次谈话事关重大,自始至终注意用词的选择,为求准确不伤两边。她委婉地对李浩然说:"我会选择一种巧妙的方式恰到好处地劝他自首,洋洋我十分了解,知道如何告诉他绝不是家里有人检举和揭发。"

　　李浩然对他夫人这次的表现极为不满,他对夫人的目光相当严厉,之后便不辞而别。马大姐心里很委屈,觉得丈夫误解了自己,她咬着嘴唇仿佛有着无限的心事,泪水终于滚落下来,思来想去觉得有必要立即向丈夫解释清楚,便跟上楼去了。

　　半个小时以后,李浩然又陪伴着他夫人下楼歉疚地说:"看来我是误解了你。"马大姐心中的疙瘩一下子就解开了,她对着前夫忧心地说道:"请你理智,不要误导了儿子。"

　　洋洋父子平静了,自觉理亏,用期盼的目光盯着李浩然,此时远远和弟弟乐乐又进到客厅,坐在父亲的身边耳语说:

　　"爸爸,此事怪不得妈妈,妈妈曾对大哥严厉地批评和指责过。"说着父子三人手挽起了手。

　　洋洋父子仍妄想通融,李浩然的沉默让洋洋记恨在大弟弟远远身上,话头一转把矛头指向远儿、乐儿身上,认为是他们两人在父母耳边添盐加醋。远远性格沉稳,是有着法学博士背景的司法人员,为人谨慎,生活中很注意逻辑性,沉默寡言,即使反驳指责哥哥,也能表现出冷静和沉稳:

　　"大哥,你滥用职权和贪污腐败的罪行已被起诉,走到今天是你咎由自取,父母有他们的处事原则,家风不可丢。爸爸早就告诫过我们兄弟,在政治生涯之中不得安宁的敏感问题,就是腐败……"

　　在这紧张激烈的交锋之中,他们兄弟之间出现了严重的裂痕,越说越深,火焰越涨越高。洋洋脾气暴躁,情绪坏极了,他对弟弟吼道:"都是你在搞鬼⋯⋯"洋洋的进攻性非常强,做事往往不留余地,远远则泰然自若,与洋洋的躁动形成鲜明的对比,自暴自弃的洋洋差点和大弟弟发生肢体冲突。身为外交人员的乐乐,挺身挡在他们中间说:"我支持二哥的主张,苍蝇不叮无缝的蛋,受了贪腐的益,必招人格的损;讨了人事的便宜,必吃天道的亏。"

他们兄弟之间的对话陷入僵局,李浩然夫妻坐在沙发中一言不发,静观其变。

李佳姐不能袖手旁观,眼睁睁地看着兄弟之间产生冲突,她上前把两边推开,不痛不痒地调和着。洋洋生父恼羞成怒,拉着他儿子站在客厅中间,李佳姐想可能又有特别的行动,便上前以礼相劝,但客气之中给他父子一个软钉子:"今天是周末,是我们全家老小共享天伦之乐的时间,不欢迎外人,请送客人出去。"洋洋父子愣怔片刻,只好灰溜溜地走开。李佳姐一颗悬着的心终于落地。

第二天上午九点,全家十几人坐在客厅欣赏从外地带回北京的风景照片,温馨、和谐,一家人其乐融融。门卫一看洋洋是家里的大儿子,没有通报便放行。洋洋有进出家门的钥匙,突然穷凶极恶地出现在客厅,马大姐出于母爱,走向洋洋说:

"儿子,绝不是你弟弟的检举和揭发的,你老婆在国外的地址是她娘家人暴露的,与家里任何人无关,有些事情你爸爸也无能为力⋯⋯"

在紧张激烈的气氛中,洋洋脸色铁青,猛然拿出早已准备好的手枪,先是对着李浩然的头部,继而迅速对准远远,李浩然眼疾手快挺身挡住,一颗原本是穿透远远心脏的子弹却落在李浩然的肋部。他没有立刻倒下,拉住洋洋并大声喊道:

"洋儿,冷静,理智一点!"

珍视名节的李浩然,极为痛苦,承受伤痛和突如其来的打击,并竭力制止血案再次发生,急忙去追赶出厅的洋洋。失去理智的洋洋没有见到远远,把枪口对准他自己的头,李浩然一个箭步冲上去,本想夺下洋洋手中的手枪,没有拉住只听到一声枪响,子弹从洋洋的颈部穿过。

马大姐精神上的凭借和寄托瞬间全部塌了下来,之后便昏迷不醒。

震怒了的李浩然对洋洋无视党纪国法的行径,表示了极大的愤慨,他嘴里喊道:

"把不奉公守法的洋洋押送公安局。"

李浩然倒在亲人的怀中血流不止,他们夫妻同时住进医院,洋洋被警车带走。

李佳姐叹了一口气说:

"危险时刻高度紧张的我差点儿也失去了知觉,当我的儿子拉起我时,不见了三哥,我感到我们的家山崩地裂。"她闭上眼睛沉默了一会儿继续说了下去:"回味往事,清晰记得他兄弟仨小时候为了争一辆新自行车,洋洋动手砸坏了,那是一辆托人给的特供票购买的飞鸽牌,小兄弟两人互相骑着上学回家。眼前的车子已被毁,兄弟俩愤怒地找到洋洋理论,继而三人扭打了起来。三嫂动手要打洋洋,三哥制止了她的拳头,并拉住她劝道:'你是母亲,责任在我们,小孩子不懂事自私,你不能以愚昧制愚昧,此事本身你有偏心,新自行车应该让哥哥先骑,过过瘾嘛。'并让兄弟俩给哥哥道歉,继而笑眯眯地走向洋洋,洋洋一头扑在三哥的怀抱中。"

李佳姐看看我继续往下说着:"其实三嫂很不容易,洋洋是一直放在他外婆身边长大的,三十一岁的三哥全部身心都扑在工作中不结婚,提亲的人家一拨又一拨,三哥仍不点头。三嫂是从心里感动了三哥,当时父母和家人坚决反对,我也积极参加到家人的行列中。他们的婚礼简单到了没有一个亲人到场祝贺,几位同学在宿舍的墙上贴了大大的喜字,别开生面的婚礼在祝福声中举行,我心里难受极了,躲在楼对面观看。那年代新郎新娘要唱歌,他们互相看了一眼,三嫂开头唱起太阳落山满天霞,三哥紧跟着合唱。歌声把过去和当时的他们连在一起。"

远远进厅上前致歉道:"小姑父、小姑姑,失礼啦,让您二老久等了。"

我和老伴同时摇头,我再次提出想立即见到他母亲,他看了看姑妈,姑妈吩咐他说:"远远,把姑姑领到你母亲的病房,我到你父亲的病房去,请你小姑父就在那房间休息。"她指着内间。远远陪我上到电梯时说:"母亲昨天心肌梗塞突发入院,夏叔叔和刘阿姨也来了。"

北京的高干病房

　　雨珠滴答地流在医院病房的窗户上,玻璃窗外的冻雨水,看上去像是要融化了的白银。我站在马大姐的病榻前,看到她目光微闪似乎认出了我,但却无力说话。守护在她身旁的全是女士,她们的眼睛明显红肿,个个都在伤心地流泪。马大姐的病情十分严重,经常昏迷不醒,偶尔苏醒过来看见我也在她的病床前,反而对我露出笑脸,用微弱的声音说:

　　"你来了。"

　　我点点头赶紧拉住她的手低头对她说:"大姐,安心养病,什么也别想。"看见她眼里的泪光在闪动,我的泪水也在眼里打转,我、刘大姐、马大姐的儿媳等人整天整夜地陪在医院的病房里。

　　马大姐突然伸手让我挨近她的身边,断断续续地对我交代了她心中隐藏的许多许多的事:

　　"碧清,我早已把你当成亲妹子。"稍微停顿了一下,她继续吃力地往下说,"浩然是一位品格高尚的正人君子,他为了尊重你我,始终不肯主动和你联系,但他心中长期被愧疚折磨着。我们夫妻在这五十二年的患难生活中,我和他成为最真挚的知己和伴侣,他一生以虚养心,以德养身,以仁养周围之物,以道养亲朋之事。浩然对你的思念长久令我敬佩,也谢谢你的给予,我走了以后恳请你和他多多走动聊天。答应我好吗?"

　　从马大姐期望的目光中,我明白她惦念着她的丈夫,她眼中流露的是人世间无比深厚的夫妻情。我安慰她说:"您安心养病吧,大姐,听说李部长已度过危险期,我还没有见到他。"

　　她露出欣慰的笑容说:"谢谢。"

我们两手相握，就那样静静地相握凝望着，心中有一种淡淡的凄凉和温情，有一种难以言状的感激之情，她握着我的手传递的是生命最后一思眷恋之情。握着她已经无力的手，她死死不松开，马大姐的心中承受着巨大悲痛，仍然有着博大的慈悲和体恤，容忍了她丈夫对婚外的女人留存在心，可见她对丈夫的爱是深厚的，刻骨铭心的，那相濡以沫的浓情全部融进他们五十二年的婚姻生活。马大姐的谦恭是一种深厚的教养，已扎根于心灵。在她的婚姻中，无论家庭事务多么繁杂和劳累，她从不让丈夫插手，而是自己一个人默默地承担。儿子们的叛逆、教育，她背着丈夫苦口婆心地耐心开导、引导、以身作则、言传身教，做到家庭事业两不误。李浩然的两个儿子品行优良是马大姐的心血，她始终怀着对丈夫不变的爱和深情，伴随在丈夫的身边，是标准的贤妻良母。

刘大姐小声在我耳边说："马厅长这是回光返照的现象。"

窗外的冻雨悄悄地滚落而下，只有一点淅淅沥沥的声音，花园的草色已经转入衰弱的苍黄卧倒在土地，院子里找不出一点完整的绿叶和新鲜的花朵。窗台上的虎尾兰、君子兰仍处处泛绿，窗外被意外遗忘的牡丹，让冻雨侵袭垂下了高贵的头，含着满眼的泪珠，在那叹息被上苍丢弃的薄命，我不禁感叹才过了几天的晴明好日子，又遇到这样冰冷的天气，但在这寒雨沉闷的时候，园中的梅花树枝头，已经出现着几个金黄色的宝贵的嫩蕊，小心地隐藏在绿油油、椭圆形的叶瓣下面，透露出一点新生命的萌芽希望。马大姐呼吸困难、心跳迟滞像一辆超重的车，在上山坡时气力不济地，渐渐地，慢慢地停下。

马大姐的精神和身体都呈现出瘫痪状态，说完"谢谢"二字整个心肺产生一种窒息。医生、护士走马灯似的频频出现在病房里，量血压、听脉搏、测体温、输液、输氧，可是她的身体状况却一时不如一时，越来越令人担忧。守护在一旁的我、刘大姐还有马大姐的其他亲人，被惶恐的情绪所笼罩，以至于一时竟不知所措，茫然若失。这两天的日子，对我确实是一种煎熬，马大姐的亲人一直劝我进房休息，我几乎没有合眼，两腿酸软无力，心脏像时时受到轰击和挤压似的，不知李浩然在他病房如何。刘大姐正想告诉我实情时，给马大姐输氧气的管子不通了，荧光屏上的心电图曲线越来越平，我们寸步不离地守护在马大姐的床边，时而用低沉而不同的声音呼唤：大姐、妈妈、奶奶、姑妈、马厅长……马大姐的输液管和输氧管几乎同时堵塞，有人禁不住大叫，我泪水夺眶而出，马大姐戴着人工呼吸器毫无知觉地走完最后的生命。

身后一片哭声，她走了，她在生命最后一瞬间的表现居然有这么大的反差，令我一直无法忘记绝美的她。人们把八十岁女人比似蜡梅花，以风韵之美著称。马大姐恰似蜡梅，她经过许多，见过许多，深沉许多，炽热许多，是人间难得的美丽风景。马大姐一路走好，我的泪水顺着腮边不断地流淌。

我和刘大姐互相搀扶着走出病房，她带领我迈着沉重的脚步来到李浩然的病房外，看见李佳姐正在给她三哥喂水。夏苏敏慢慢起身，开始在房间踱步，忽然停止了脚步，抬头看见抽泣的我们，他摆摆手不让我们进到李浩然的病房。他即刻走出病房，带我们进入和大病房相连接的隔壁小房间里。轻轻关闭房门后，他勃然大怒，骂洋洋是个白眼狼，心狠手辣，恩将仇报应该严惩不贷。我心乱如麻，急巴巴地问他：

"李主任的病情到底有没有好转？"

"病情已稳定，可失去了老伴呀。"夏苏敏痛苦地吐出，"他让我们隐瞒事实的真相，统一口径是枪走火，他承担一切不应承担的后果，目的很清楚，是表达他对他夫人的眷念之情，还要保全洋洋的性命。"

李浩然和马大姐是一对恩爱夫妻，相伴走过五十年从未红过脸，风雨多变的年代，春夏秋冬心心相印，长年累月地互相传递着他们的深情。

余晖映红了北京西山上空的半边天，我来到了李浩然的病床前，看见他的精气神已消失了大半。他身心交瘁、旧病复发、脸色灰暗、双目紧闭。多么坚强的老人啊，我的双眼含满泪水，心里隐隐作痛，双唇不停地颤抖。久久，久久看着他，我心里怜惜着，揪心着，晚年的他没有了老伴，没有了知冷知热的人，没有了精神上的慰藉，马大姐的离去对他是致命的打击，会让他产生孤独凄清的愁绪。我默默地安慰他："大哥，您的老伴已离您而去，您一定要坚强啊。"我接下李佳姐手中的水杯给他喂水，猛然发现他眼角滚动着两粒晶莹的泪珠，正悄悄地滴在枕头上，他可能知道女士们移入他的病房表示着爱妻已经离去。

继子洋洋涉嫌严重违纪，中央决定免去其领导职务，洋洋的名字从官网撤销,检察院提起公诉,法院也已经受理。李浩然深感自己有责任,他受了枪伤没有举证,在揪心的状态中,吃完了药,打完了针后安静地沉睡过去。

我们轻轻地走出病房进入大套间,七倒八歪地在床上,沙发上,偷闲闭目。坐在玻璃窗前的我,心情沉重地看着外间熟睡的李浩然,思绪万千。

突然一声号啕,如同冰崩猛然爆发,是李浩然清醒过来了,那是他顿时撕裂般的疼,是他长久埋藏在心底的伤痛,终于无法承受而爆发的哭声和撕心裂肺的痛苦,挥洒到了极致。

那一刻,我顾不得礼仪,猛冲上前抱住他继而变成拉着他的手,那一刻,我觉得自己伸出的绝不仅仅是一双手,而是一份真情的关爱,一份安慰和鼓励。

其他人一起拥到病床前,哭声变为一体。夏苏敏握住浩然和我的手,三双手同时在颤抖。苏敏脸上泪水纵横,声音嘶哑地反复说道:"大哥,大姐走得很安详。"在场的人都齐声应和着,病房的空气仿佛凝固了,一时间,短短的几分钟竟令人感到无比漫长,大家都低垂着头泪水往下流。浩然的眼眶里仍然含着泪花,声音微弱略带沙哑,发出了一记痛彻心扉的叹息说:"你们怎知,马厅长为我付出了一生,在这五十二年间,无论是生活的艰辛困苦和动荡危险,还是人生的重大变迁和风雨,她始终怀着对我无微不至的爱护和付出,深情伴随在我的身边。已是年过古稀的老人,却被自己的亲生儿子毁了,这对她的打击是沉重致命的。"

一九八七年,李浩然因车祸住进医院,医生要他截肢,否则保不住生命。马大姐不签字,坚持保守治疗,李浩然不信那个医生的结论,他抓住生命的绳索,做最后的攀登。马大姐看着丈夫的身体每况愈下,心急如焚,一边精心照顾,一边暗自垂泪。在丈夫伤势最重的日子里,她拒绝儿子和他人的陪护,独自二十四小时不离病房,等于把家搬进了医院病房,陪床照料,爱夫如子。

马厅长成了李浩然对妻子最多的称呼,其中分明透着那份真挚的爱、依恋和怀念,李浩然饱含着对妻子的那份爱的愧疚、赞叹与感念,说出了肺腑之言,耳聋的老伴眼圈也红红的,女士们再次泪如泉涌。我走

开让苏敏坐在浩然的身边,望着浩然仍是泪水不断,苏敏拍拍浩然盖在身上的被子说:

"老兄,人生际遇不是一个人的力量所能左右,诡谲多变,人性难处,唯一能使我们不觉其烦的办法就是使自己随遇而安。安心养伤吧,我们夫妻和碧清夫妻陪在你的身边。"

苏敏虽然体弱年老,疾病缠身,但是仍然身形挺拔,风采依旧,和他夫人相依相随,形影不离。也许是多年文化生涯的熏陶,他不苟言笑,甚至有些自我封闭,但对朋友真挚和坦诚,近期多次为李家的事情出谋划策。

李浩然住院也有二十多天,情绪稳定下来,伤口逐渐愈合,但他委曲求全一味消极退让,承担着洋洋不可推卸的责任,检察院的人也只好撤离。李家的所有人全都为马厅长的身后事忙碌着。我和老伴、苏敏夫妻、医生、护士、护工扶着李浩然走进电梯上楼去体检,他全身仍在发颤,大家陪着他坐在沙发上聊天,他微笑地转头向我老伴说:"妹夫,你辛苦了,给你添了麻烦。"老伴没有听清楚,笑着点头看着我,我示意他摇头,老伴照我的意思做了,引得李浩然捧腹笑出声,医生看到后连忙阻止。

我为自己最敬仰的人,最为感激的人,尽一点力,是心甘情愿的,那是一份歉意,是一份对他真挚的情谊。当我就有关事情向李浩然讨问时,他回答得极为简短,还是一贯标准的领导作风。

接过医生手中的体检表,一看各项指标正常,我放心地露出开心的笑脸,李浩然问我笑什么,我对他伸出大拇指连声说:"好,好,好。"他眉飞色舞地拉起我老伴,在众人的搀扶下,进电梯到房间,病房里坐着一位陌生老人和两位年轻男士,李浩然低声对我们说:"那是洋洋的父亲。"

我们的出现使他们三人站起身,那两位青年上前拥着李浩然直呼:"爷爷,爸爸让我们前来伺候您老人家和赔罪。"只见那两位青年对李浩然非常尊敬。洋洋的生父身材不高,面色红润,眼睛清亮,平和中透着精神,言谈举止很难让人相信他已是九十开外的老人了。他曾在国内的政坛中辉煌过,也失意过,后来因在汇报材料中有激进之言便潜逃国外。九十岁高龄、神情生动的他让我们极为惊叹,他上前对李浩然深深鞠了一躬,颇有感激之情,实在是难能可贵,一个月之前的傲慢已无影无踪。

　　李浩然以"骤然临之而不惊,无故加之而不怒"的胸襟,躬身践行的神态挽留客人,他能在恼怒时,旋即化为平静,没有较高的内在道德修养和气质修养是绝对办不到的。李浩然仍然保持着神态自若,一双深邃的眼睛是和善的,慈祥的脸庞是微笑的,对目前的状况担忧但仍面带笑容地说:"谢谢你们到医院来看我。"他的开场白很是独特,洋洋父亲的拘谨和尴尬立刻消失不见,两位老人显得十分融洽。

　　我们回避进到里间,目不转睛地朝外观望,看着李浩然那镇静、严肃的脸,可又有他那内在散发的正直,他的确是一个温和、坦诚、友善、难得一见的好人,他始终保持着谦和,但是他的眼神总是让人有一种忧郁的感觉。他们在坦率地交谈,我们的心情顿时轻松了起来,李浩然不仅没有怨他,而是进行了坦诚的交流,他们之间就像交往颇久的老朋友一样无拘无束。洋洋的父亲连连点头,风平浪静后大家心中的顾虑自散。

　　此时李佳姐进房间歉意地说:"辛苦你们了,三嫂的后事已经圆满结束。洋洋也脱离了危险,但他已被软禁拘押起来,他老婆也被收监。远远、乐乐兄弟俩前去探监回来说,洋洋充满悔恨,责骂自己是浑蛋,请求两个弟弟的原谅。"

　　大家对洋洋的处境没有兴趣,注目着李浩然忍辱负重,不计前嫌和他已故夫人的前夫促膝交谈。李浩然和颜悦色地喝了一口水说:

　　"博士,我的夫人、你的前妻已经为你我鞠躬尽瘁,为你父子尽心竭力,我们现在应该有共同的地方,请你明白洋洋的行为是犯罪啊。"

　　洋父频频点头默许,但是他还是顾忌坦白从宽,坚持负隅顽抗,洋父又用那种疑惑的眼神瞅着,思忖着李浩然的见解。李浩然现在显得十分疲惫,声音低沉缓慢地分析案情。洋父此时此刻从内心佩服他逻辑的严密,思路的清晰,善于引经据典,旁征博引,强劲有力地阐明自己观点的正确性。他用语诙谐幽默,既有坚定的原则性,又有豪爽豁达的灵活性,洋父不得不处于招架不住的境地。

　　洋父虽然才识过人,但在儿子这件事情上,他知道孰轻孰重,心明如镜,脸上露出喜色,欣然听从李浩然,建议亲人们积极查找赃物,帮助退赔赃款,主动坦白交代,力求减轻洋洋的罪行。李浩然开导洋父,使洋父采纳了他的主张,能使案件审理得比较顺利,洋父也表示愿意和法庭合作，两位老人顿觉如释重负。洋父心悦诚服地评定李浩然确实是光明正大的人，他的欣慰、激动、内疚交织在一起，想不到李家受到如此的重伤，李浩然仍是那么宽宏大量，这是李浩然对他夫人的儿子无限深爱之情。一串激动的泪水挂在洋父的脸颊上，他说：

"您是一位名副其实的好丈夫，大事难事看担当，逆事难事看胸襟，临喜临怒看涵养，群行群止看识见，是当之无愧的好父亲，优秀的家长。"

这番话出自洋父之口很不寻常，那两位年轻人围着李浩然，爷爷长爷爷短地不停叫着，捶背揉腰亲亲热热，两位老人都没有任何怨言，我们深感李浩然是一位自尊自律的人。

又一个星期之后，李浩然康复出院，三辆小车直奔他家，院内多人站成两排举着鲜花迎接他，一派温馨祥和的景象，真让人陶醉。小厅内摆放着马大姐的遗像，祭坛之上有香炉，照片下面的花瓶里插着康乃馨和玫瑰花，桌子旁边放着两碟马大姐生前爱吃的水果和点心。我们默默地上前三鞠躬，轮流上三炷香之后大家退去，留下无限悲痛的李浩然。我急忙送去一把椅子，心中极其痛苦的李浩然，整日沉浸在亡妻的悲伤之中，在祭坛下低头坐了很久很久，然后抬头面对夫人的遗像，他的目光一直停留在遗像之上，眨了眨眼睛，泪珠从眼角慢慢地滚下来。他的心被一阵阵强烈的留恋绞疼着，不忍心再看见夫人的遗像，勉强闭上了自己的眼睛，但他刚刚把眼睛闭上，觉得心里翻腾得更加厉害。他又睁开眼睛，双手抚摸着亡妻的照片，泪水像是决堤的湖水冲了出来，他的悲痛全部闷在心里，找不到一个发泄的机会。他的伤痕也在心里被痛苦的想念压得紧紧的，马大姐的离去对他来说是一种绝望的伤痛。我瞥见他带着悲痛表情的脸，不忍心再看，心里默默地祷告马大姐安息吧。

退出厅，我来到院子隔壁想看看孙苗，听说她听见了枪响之后一直卧床不起。我来到孙苗的房间，只见她安静地蜷缩在床角，目光痴呆，对我的出现没有任何反应，只是自顾自地说："不要丢下我，不要丢下我。"顿时我的眼泪涌出，扑了上去抱住她大声喊道："孙苗姐，孙苗姐您怎么啦？"她无神的眼睛木然地望着上空，继续说着她自己才懂得的话，她精神失常，保姆说她已经有两天没有进食。

我找到李佳姐对她说："佳姐，孙苗应该送进医院。"李佳转身拨打了

120,李浩然也来到孙苗的房间,紧紧拉着孙苗的手,心疼地不断喊着:"苗苗,你认识我吗?我是你的三哥,苗苗!"她仍一点反应也没有,李浩然的眼光无力地向屋子四周移动,他什么也看不透,痛苦地叹了一口气,带着一种彷徨失去爱妻的可怜样子,无精打采。此时他是多么的孤寂多么的衰弱,当我看了看失血过多而心力交瘁的他,陡然间他的脸显得苍老憔悴许多。辛酸面孔的李浩然和失去感应的孙苗,刹那间,悲凉痛楚像飓风席卷了我,令我伤心欲绝。

孙苗出嫁到山东

　　我坚持和保姆随救护车到医院,孙苗的淋巴癌已经到了晚期,早在两年前就被判了死刑,由于她心中有爱能活到今天实属不易,是爱延续了她的生命,我对她的病情十分担心。来到医院,孙苗竟能住高干病房,原来高干病房也分等级,孙苗是单人间。刚安顿好,我忧心忡忡地看着医生、护士在孙苗病床前忙碌着,却不见了保姆郭姐。我把头伸出病房外,看见保姆慌慌张张地给谁打电话:"她已经住进了医院,岌岌可危。"并告诉了电话那头孙苗住院的具体科室和房间,而后进门坐在我的对面,我听到保姆自言自语说道:"好不容易等到相爱的黄金周期,却在相思中受煎熬。"

　　这着实让我大吃一惊,我问道:"你刚才给谁打电话?"我目不转睛地等着保姆下面的话,她指着病床上的孙苗小声说道:"我打电话告诉了她的恋人和外甥。"

　　我实在感到困惑,但这立即引起了我的强烈兴趣,便迫不及待地发问:"你说什么?她的恋人和外甥在哪里?"

　　"马上就会到。"

　　"李浩然和马大姐知道吗?"

　　保姆摇摇头,处于好奇和不可思议的我想追问一个明白时,医生却把保姆喊走了,我只好留在孙苗的病床边。保姆刚刚回到孙苗住的病房,只见一位身穿海军军装的中年男士,推着轮椅上一位鹤发童颜的老人进到房间。那位老人从轮椅上站起身,挂着拐杖急不可耐地上前来到孙苗的床前:"孙苗,苗苗,你知道吗,我来晚了。"继而泪如雨下地抱着昏昏沉沉的孙苗呜呜大哭。那位穿海军军装的人眼睛里闪着泪花,激动地亲切地喊着:"小姨,小姨!"他皱眉犯难,坚毅的嘴角抿得紧紧的。

起初我带着惊讶的眼光看着他们,继而又换成了同情的目光,但我心中的寒冷一下被暖暖的灯光照亮了,孙苗再不是举目无亲了,现在有亲人们关爱着她。

孙苗打完了针,吃完了药安静地昏睡着,我有心把孙苗丢给他们,借口没有吃中午饭,出房间便拉起保姆坐到走廊尽头的沙发上,一起吃着李佳姐送来的糕点和牛奶,边吃边议论着神秘人和孙苗的新鲜事。我着急地问保姆:

"你是什么时间知道他们关系的?"

"二○一三年五月,马厅长吩咐必须天天推着孙苗到公园透透气,因为她刚刚做完化疗,要多晒晒太阳呼吸新鲜空气。同时李部长和马厅长还规定如果天阴下雨只要风雨一停我们就要出门。

"一天清晨,我们在公园的树荫下面,我托着孙苗的头正在给她按摩脖子,一位拄着拐杖的老人走向我们,上前拉住孙苗的手并叫:'苗苗,我跟踪了你们好几天才确定就是你呀,苗苗,我找你找得好辛苦啦。'

"孙苗一见到他,脸上露出惊喜的微笑,继而泪水冲刷着她浓浓的忧伤。那位老人也啜泣着,孙苗让我回家拿药和水,有意支开我。从那以后我们早晚在公园见面,他拄着拐杖替我推上轮椅,彼此非常默契,我意识到了他们真的坠入爱河之中,当爱情姗姗地向孙苗走来时,她按捺着一颗热情而跳动的心。孙苗原本因爱而受伤的心,犹如三九寒冬的冰河在温暖的阳光下开始慢慢地解冻,她渴望与他天天见面,下雨天也不放过,她似乎有了能够看透他的智慧,她对他态度温和,一点消息都不让我透露出去。她此时既甜蜜又幸福,在我面前再不是以前那般傲慢无礼,无任何优越之感。有时她哼着一支小曲,在我面前也不遮遮掩掩,每晚睡觉前孙苗渐渐习惯了接听他的电话,这也成了孙苗生活中的一个重要组成部分。有时不能如期地接到他的电话,也会有一种失落感,当孙苗心里装着甜蜜的爱情之后,她的心态和个性也改变了许多。我守候她轻松多了,当他给孙苗提建议和意见时,孙苗总是温顺地听着,感觉是那么温馨和满足,孙苗看他的眼光绝对是前所未有的温柔,那股子骄横、傲慢和不讲理的劲儿瞬间消失。

"每天不管刮风或者下雨,她都急巴巴地催我把她送到公园,想见到他,公园里每当风和日丽的早晨或者温和宜人的黄昏,常常看到一对残疾人男女,女人坐在轮椅上,男人拄着拐杖静静地推她前进。偶尔她会为一只小鸟而惊喜,偶尔他会为她摘下一朵黄色的蒲公英戴在头上,两人互相甜蜜地对视着。

"当听到他从阶梯上走过来拐杖撑地发出的嗒嗒声时,孙苗突然害羞了起来,坐在轮椅上,低垂着头。他从孙苗身后经过做了个鬼脸,两个人都笑了,他的大笑像股嬉闹的溪流贯穿她的全身。推着轮椅往前走到幽静的树丛中,不至于一下子让人瞥见,他递给孙苗一个削好的苹果,孙苗闻闻,深深地吸了一口气,抬头递给他,让他先咬一口。这样的甜蜜一直留在孙苗的心里,他们已是恋人了。

"虽然一起经历过许多许多的苦难,现在已一去不复返了,太阳出来了,孙苗要投入到他的怀抱,而在他的眼里孙苗就是一朵绚丽的玫瑰花,她的花瓣将在他的内心绚烂地绽开。老年时期的他们渴望互相簇拥着,没想到亲密又很快使他们觉得心烦意乱。孙苗静静地坐在那里,只等他低头相望,她便淡淡地笑着,漫不经心地点点头。他对孙苗充满了爱意,东瞅瞅西望望显得有些不知所措,最终他做了一个开玩笑的姿态,诱发着她的期盼,孙苗紧闭双唇,闭着眼睛,他又低头突然吻吻她的头。孙苗抬头看见他稍稍眯紧的眼睛,一份永远甜蜜的爱情,无不使他们心醉神迷。

"孙苗最近脸上总有像孩子一样天真的微笑,李部长夫妻表扬了我,马厅长给我增加三百元工资,原本我想给他们说明情况,可是孙苗不让,说等他求婚以后再讲清楚……"

病房里传来吵闹的声音,我们立刻回到病房里,医生、护士给孙苗打针挂上吊瓶,孙苗又迷迷瞪瞪地沉睡过去。那位老人不时地用手擦着眼泪,双手抱着自己的头,弯着腰,显然一副精神倦困无助的样子,坐在轮椅靠着病床半晌不说一句话,猛抬头看看孙苗摸摸她的前额,低头吻吻孙苗的手。看见老人那悲痛的神情,我心中的苦涩在翻腾,扭头见那中年男士寸步不离地站在孙苗的病床前,他的脑袋垂得很低,目光盯着他小姨。

我上前安慰老人，老人回头对我说道："大妹子，谢谢你。"我趁机拉了一把椅子坐到轮椅旁边，望着此时老人蜡黄的脸，也从他惨淡的语气中感到一丝悲凉，我不由得心里揪紧了几分。他犹豫了一会儿把头转向我来，像是在轻轻自语："我把她当作女神敬爱，可是她一生是那么可怜，目前只有我来照顾她，因为我曾在她父母面前承诺过，要一生一世地爱她，好好照顾她。"

我大感不解地发问："孙苗的父母知道你们的恋情？"

他点点头又否定说："不，是我单相思暗恋着她。"老人手指着孙苗。

"孙苗感觉到了吗？"我想问个究竟。

他将淡淡的眉头皱成肉疙瘩说："她那时恋着别人，也怪那个没有自由的年代。"

我不赞成他的说法："我也是那个年代的人，恋爱有自由呀。"未加考虑的我脱口而出。

他极力驳斥，摇摇头气愤地说："没有，对我这样的人没有。"

本想问他是什么样的人，但他没有给我问话的机会，他紧紧握着拳头沉默不语，我意识到由于我的冒昧使他不快便转换话题：

"相处了半天，我还不知道您贵姓？"

"许永义。"在一阵激烈的感情波动之后，他憋得通红的脸终于鼓起勇气，如泣如诉道出他们的往事：

"我原本是孙苗父亲的机要秘书，她父亲位居高位时她对我不屑一顾，而我却不自量力对她存有好感，默默承受她的冷漠和轻视。被她父母有所察觉，是因为我把孙苗写进了我的日记里，这个秘密被我的粗心大意暴露了，我把日记本子丢在孙书记办公室的沙发上，孙苗的母亲看了内容，我却因祸得福。孙苗的父母找我谈话，我对他们道出我真心实意爱着孙苗，海枯石烂不变心，他们要我大胆面对，名正言顺地追求，帮助我完成心愿，从此我就没有了顾虑……接着孙书记被关进牛棚，我也受到牵连停职强劳改造，孙书记年纪大了，身体有多种疾病，我偷着给他寻医送药，被'造反派'知道了，当时就把我的腿打断。"他摸了摸他的伤腿苦笑地摇摇头，仿佛有许多恐怖的影子还在他眼前晃动。

　　我感到悲从中来,想不到他那时风华正茂也遭受过这般摧残,留下伤残至今。他咽下了话,看着孙苗泪如雨下,我被她触动,陪着流泪,陷入沉思,像结冰的湖一样沉默。

　　我有意引开他的伤感,试着转移话题:"您能走路呀。"

　　他破涕苦笑一声回答我:"这是装的假肢。"

　　我没有勇气继续往下问了,怕再次触碰着他的伤痕,把脸转开不敢再看他一眼,因为他们的悲惨遭遇和他对孙苗的真情让人心碎,一切都已成了过去的梦痕,我便就事论事地唠嗑:"你和孙苗现在情愫深厚?"

　　他不避讳地点点头又笑眯了眼,沉思片刻又开始诉说,他的眼光不停地在孙苗躺睡的病床之上移动,他的眼睛没有一刻离开过孙苗。我一下被感动,甜甜地问他:"既是爱为什么不结婚?"

　　而他真诚地相告:"我常常还会追溯到那些早已消逝的时光,孙苗一生让权利、地位、荣耀、财富害了她,受到如此的灾难惩戒导致残疾,我们的现状只能爱,不能结婚。"他说得非常巧妙,很是机智但终究有些模糊,让我不得要领,又好像他不是在回答我的问话,而是在谈论婚姻中的哲学,或是哲学中的婚姻。我明白了他不言而喻的心情,他的处境我曾经也有过,我不能再咬住不放地追问了。

　　他和孙苗在患难之中才产生了相当深厚的情感,冰冻三尺非一日之寒,孙苗在危难的时刻也正是他孤立无援、骨瘦如柴地被送回山东老家改造的时候。一九八三年,在拨乱反正的政治形势下他没有被遗忘,单位落实政策给他改正恢复了工资,但他一直不露声色、不远千里地寻找孙苗的下落,从来没有放弃过。近一年中他在北京和孙苗接触甚密,两情相悦,正准备向孙苗求婚,孙苗的后期化疗刚刚结束,李家又出现状况。当我问到那海军为什么把孙苗喊叫小姨时,他警惕地回答了我说:

　　"他是孙苗姐姐珍妮的儿子,他刚刚出生后,妈妈就去世了。"

　　我穷追不舍地问他:"孩子的父亲呢?"

　　"死了。"

　　显而易见,我的问话成了一块巨石压在他的心头,面前是死一般的沉寂。良久,他不愿意透露半个字,而我却有意外的收获,让我感觉犹如在梦境。没有想到珍妮的儿子仍然活在这个世上,便是眼前仪表堂堂、两眼炯炯有神的中年男士，他现任海军某部参谋长，是他把许永义接到北京的家里，孝敬老人已有两年时间。当我转身目不转睛地盯着那位海军军官时，他不躲避我的视线而是彬彬有礼地上前叫了一声：

"阿姨好。"然后他指着许永义告诉我："他是我的养父，把我从小送回到山东农村，我是奶奶带养大的。"

世事难预料，今天我见到了雅兰阿姨的外孙子就在我的眼前，孙苗的亲外甥，只是遗憾孙苗没有享受天伦之乐的时间，遗憾孙苗内心深处的某种愿望落空，遗憾没有享受到她渴望的爱情。年轻时的孙苗看不上忠厚善良的许永义，那时的她居高临下地拒绝他，年老以后的孙苗真心实意要嫁给起初对她赤胆忠心的男人，但为时晚矣，事实证明了许永义曾经说过的，真爱不在一朝一夕而在永远。

我赞叹孙苗最终是幸福的，她的追求者和唯一知情的人不嫌弃她已是一位高位截肢、生活不能自理的伤残人。我为他们两人发出一声怜惜的叹息，为什么人们单单要把他们致残，伤害他们那么深，不给他们一丝温和的目光，不给他们一颗同情的心，但是他们顺从地接受了一切，他们毫无怨言地老去。

孙苗最终得到了纯洁男性的爱慕，我想她应该知足了。但是她的爱没有拯救他，反而给他增添了一些痛苦，记忆中他的爱没有允许他有许多美妙的幻想，而把他丢进想念的深渊。

"苗苗，我在喊你，能听见吗？"他用温柔的声音在呼唤孙苗，眼睛里已经含着明亮的泪珠。他把手放得离孙苗更近，在她耳边小声地说着什么，他紧紧握住孙苗的手感觉手在微微地动，把手轻轻地放在她的脸上，低声喊着孙苗的名字，抚摸着她的额头。孙苗睁开眼睛用留恋的眼光看着他，脸上时时浮出凄凉的微笑，眼睛里面存有泪珠，用极其温柔而凄楚的声音喊了一声，只有他才能听见的永义，之后便闭上了眼睛。

寒风飒飒，月朗星稀，喧嚣的北京已经沉睡，空气里还弥漫着哀叫的余音"苗苗""小姨"，这不仅是哀号与狂叫，这是生命的呼声。许永义把他全部的爱都倾注在这里面，要把她从另一个世界唤回来，好像有什么虫子在咬他的脑子，他双手捧着头不断地呻吟。

海军军官的痛苦和悲哀声混合在一起，他紧紧拽住床头不放手，更加厉害地捶着自己的胸膛,脱去军衣,不顾一切地跪在他小姨的床前。他终于忍不住啜泣起来,那声音像回音一样在寂静的病房里震荡,忏悔自己没有早点来照顾小姨,哀求她的宽恕。可是这一切已经迟了,病魔拦着他们最后的爱,只能跟她诀别。

在阵阵寒风的呼唤声中,一片一片的叶子在千树万树的梢头不情愿地打旋,然后飘飘地坠落下来。我看着孙苗闭眼离开了这个世界,留下许永义悲痛欲绝。我感慨万分,离开病房下楼走在寒风中,站在有树林的高坡抬头望去,黑黄色的冬叶还顽强地挂在树梢,在风中摇摇晃晃,等待坠落。寒风不住地吹着,寒露淅淅沥沥地下着,杨树树枝一声声地响着,病房里的许永义悲痛得神经错乱起来。我想到离去的孙苗不禁沉思着,性格十分傲慢的孙苗集荣华富贵于一身,在人生的路上她到底在挣扎什么,走时却是那么的悲惨。

我追忆和她不相同的青春。孙苗是盛开的莲花太肆意,她不考虑别人的感受,要多妖娆有多妖娆,要多华丽有多华丽。她怎知李浩然对她盛开的花朵持有警惕,而他对"百灵鸟"小小的花朵过分地喜欢。

我追忆和她不尽相同的中年。她一步步地在冷风暴雨中受尽伤残,而后衣食无忧,过着安逸的生活,而"百灵鸟"在暴风雨中拼搏,之后含饴弄孙过平淡生活。我们有着相同的晚年,同是女人被男人惦念,五十二年前,我和她曾是冷眼相对,她的恃宠而骄、狂傲和飞扬跋扈使我前面没有出路,后面没有退路。在保持自尊的紧要关头我没有犹豫,没有徘徊,没有等待,而是果断迅速地做出决策,义无反顾地纵身一跃,从而绝处逢生。这是孙苗姐姐逼的出路,使我大胆地闯入西安拼一拼,我只能拿出破釜沉舟的勇气和胆量,越过困境的高墙。其实以我当年的傲气和妄想,只是像一片落叶或一片小石子投入水中,没有激起多大的波澜。可见这个世界没有什么可以依靠别人,生命的价值不能依仗什么背景、什么人物,而是取决我们自己,因为我们有独特的思维,不仅需要勇气,还需要智慧,生活必定如鱼得水。目前虽然我开了茶叶店赔了钱,但是赚到了健康和快乐,仍然可以堂堂正正、坦坦荡荡地生活,即使卑微渺小,但回首往事依旧对自己的选择不后悔。高贵的她和卑微的我仅仅是相对社会而言,时运不济的我们也可以通过过滤心灵的杂质,呵护灵魂中最珍贵的东西，来让心灵变得博大深邃。我们没有青春的欢乐，是自己舍弃心中的一份真情，让中年时期伤感消沉，老年的我们互相充满了感化之情，继而产生感恩之心又连串成为一个圆圈，从而真实地拥有属于自己的一份安心。

不同的经历常使得我的生活更加多姿多彩，更加值得回味，滋味绵长，而又波澜起伏。我和她都是人生天地之间的匆匆过客，不论先后都从同一个起点到同一个终点，只不过走的道路不同而已。生活就是这样让我们在得失之间平衡着，虽然失去了最珍贵的东西，但是我得到了更多美好的时间和充满希望的心。不失做人尊严的我，而今拥有柳暗花明的晚年，身体健康没有任何疾病，可以随心所欲地做好事情，仍然在追求心中的理想，努力留些精神物质启迪子孙，对未来世界充满更美好、更光明的信心。

在刚刚起步中，我开始努力拼搏，周围的人们给我宽容和厚爱，真是令我欣慰，在不经意之间，她不给我留一点个性的余地，影响并改变了我的一生，痛苦有时也是一种幸福。安息吧，相同又不同命运的孙苗姐姐。

孙苗和许永义的情感挣扎给许永义带去的痛苦超过慰藉，他们最终没有迈出生命旅程中最关键的一步，走进神圣的婚姻殿堂。孙苗姐姐欠许大哥一个温情，她的去世对于许大哥来说如同山崩地裂，真情感动天地。许永义决定迎娶灵魂远去的孙苗的骨灰作为新娘，入许家祠堂。李家人在骨灰盒上扎上了鲜花和红布，李浩然的儿子乐乐捧着骨灰盒亲手交到坐在轮椅之上的许永义的手中。远远递给海军军官一张存有十五万元的银行卡说："孙大哥，这是爸爸给孙苗姨的嫁妆。"当许永义被李家人搀扶上了汽车，转身离去的那一瞬间，李浩然眼睛里冒出了泪花。汽车启动驶去的那一刹，一股清风吹拂我的头发，轻轻抚摸着我的脸庞，随即飘然而去。

人们叹着气，充满了惋惜的同情，我和李家人站在那里久久不愿离去，议论着他们的恋情和遭遇，心里隐隐作痛。当大家对许永义赞不绝口时，只见守候孙苗十五年的保姆郭姐，拉着重重的拉杆箱，手里提着沉沉的大提包匆匆走来。

"郭姐，你这是到哪里去？"

"我代替孙苗去守护许秘书。"

原来郭姐不能生育,二十年前被丈夫、婆家人赶出家门,流落在太原桥下的一个石洞里,孤苦伶仃,衣食难寻,被马大姐在太原出差散步时发现,带回北京送到家政培训班。三个月以后,她接替了孙苗原先的保姆,一直陪伴孙苗二十多年。大家猜想许永义的真诚感动了郭姐,她心甘情愿去追赶许永义,顶替孙苗照顾许永义。李浩然让他儿子电话通知许的车等等郭姐,郭姐坐上乐乐开的车去找她的归宿,人间有真情实在太美好了。

女下属忽悠自杀

陈老师今年已有八十五岁高龄,由于风湿性关节炎腿脚不便坐轮椅已经五年,她儿子参加马大姐的追悼会得知我也在北京,她给李浩然打电话邀请我和老伴到海淀区司法家属院内叙旧。当李浩然告诉我这个消息时,那一刻从没有过的温暖和感动如破冰的河水在我心里缓缓涌动,按捺不住激动的心情,我兴奋不已,激动万分。我和她是忘年之交,她有大姐一般的能力,一直爱护我、欣赏我、关照我,在我彷徨迷惘的青春里她是我的贵人,为我做了许多事,她的决策影响了我的一生。

我迫不及待地前往她儿子的家里,陈老师子孙满堂,老伴王局长在去年九十一岁时去了天堂。当我见到恩人时,情不自禁地跪在她的轮椅跟前,双手抱着她,头依偎在她的胸前,她的泪水浸湿我的头发,我的泪水落在她胸前的衣裳上。站在她旁边的儿媳递上纸巾,她长时间地凝视着我,眼里满是怜惜。她儿媳痴痴地望着这动人的场面,泪水猛地溢满了眼眶。

我推着轮椅上的她,漫步来到院内小花园。花园里黄色的花淡雅,白色的花高洁,紫色的花热烈而深沉,飘飘洒洒地在微弱的寒风中失去了姿态。我们停步在开败的月季花台前,谈着分别之后各自的哀思,自然谈到常老师,我向陈老师打听道:

"常老师境况如何?"

陈老师缓缓地说道:"夫妻俩三年前被女儿接到新加坡去了,书房的电脑里有他们全家的合影视频。"

我很纳闷地问道:"他们只有一个儿子,没有女儿呀?"

"他们的儿子二十岁那年得了癌症离他们而去。"

我们同时低沉叹息，思念旧情。少许，我恳求陈老师带领我回去看视频，推着陈老师返回到书房打开电脑，引人注目的是一张全家福。首先映入眼帘的是尤老师夫妻腿上坐着一个少年，常老师夫妻，还有一对年轻夫妻七人喜气洋洋，笑容满满。我手指着，惊奇地问道：

"陈老师，尤老师夫妻和他们是什么关系？"

"亲家关系呀。"

我诧异地刨根问底："尤老师不是只有两个儿子吗？"

陈老师自己将轮椅向前移动到电脑桌子旁边，指着荧光屏上的全家福说："年轻男士是尤老师的儿子，少年是他们的孙子，年轻女士是常老师的女儿，少年是他们的外孙子。明白了吗？"

"哦，哦。"

"碧清，你往下看常老师去年发给我的一份传真。"

传真写道：

　　陈迅，近日可好？我的亲家母尤华群副局长近期时常谈到自己的死，她表面上很镇定地谈论这不可避免的事情，并且预计到实际的影响。她常常冷静地说："我剩下的时间显然已经不多了，在我去世以后希望我的骨灰能被埋在我家乡的土壤里，上面种植一棵核桃树。三年前死神夺去了丈夫的生命，我埋头教小朋友中文，现在轮到我的头上，我只能接受这种巨大的挑战。我虽然开始轻视风湿性心脏病的疼痛，但是最终不得不听从儿子的安排，把我送进医院。"尤老师她躺在病床上，已到了心力衰竭的地步，死神正在悄悄地向她招手，她发出一声声痛苦的呻吟，还有迷惘的叹息。在一个早晨，阳光把群山染成玫瑰色，灿烂的晨光充满了那间病房，照在尤老师瘦削的脸颊上，死亡已经使她的眼睛定住。二〇一三年五月二十一日九点三十五分，她的心脏停止跳动，享年八十四岁。

我深深地怀念我的这位贵人，哀伤地低头在电脑旁边，陈老师拉拉我的手故意卖着关子问：

"你不想听常老师的女儿从何而来？"

我起身先是跪在轮椅旁边拥抱着她，没有回答她的问话。她指着旁边的小板凳示意我坐下，我依偎在她的腿旁，仰望着她慈祥的脸庞，静静地听她叙述常老师的女儿在他们心中的分量。

四十年前立冬的那天，下午五点常老师已经下班，骑着自行车在回家的路上。学校的张老师骑自行车追赶过来说办公室有她的电话，她转身回学校接听电话，之后直奔公安人员宿舍，推开门叫道：

"婷婷你怎么啦？"常老师拉开布隔帘子，看见婷婷躺在床上，面色苍白，头发乱蓬蓬的，地板上扔了许多布片，布片上面沾满了血迹，床单上也有血，床边坐着一个一只眼瞎的老太太，是婷婷的母亲。老太听见有人进去，有些惊慌失措。婷婷用微弱的急促的声音说：

"常老师，常大姐，你赶快到你婆婆那里去，那里发生了重大事情，快去。"

常老师一听家里发生了重大事情，心急如焚，火急火燎地直奔婆家而去。夜幕降临，她站在大门口正要举手敲门时，听见了婴儿的哭声，低头看见一团棉被松松垮垮，揭开被角用手一摸，触摸到毛茸茸的头发，她毛骨悚然，顿感惊恐不安。此时婴儿哭声连连，惊得院内老人开门查看，常老师心中有数，赶紧把棉被扎好以免婴儿受冷，抱上被褥就往公婆房间冲去，她放在热炕上打开被子，看见一张字条，上面写着"这女孩是你们家的"。

常老师看完字条，惊得天旋地转，一下子倒在地上，大脑霎时一片空白。慢慢地她恢复了知觉，痛苦像钢针般扎进她的胸膛，心里慢慢升起一阵恐惧，恐惧来自婴儿的大哭声。她从地上爬起来走到炕边，静静地看着婴儿，她的心在一点点地滴血。她痛恨自己草率，轻信女警官的话，从而上当受骗。她快疯了，女婴是稀里糊涂地来到这个世界上的，目前所具有的感觉只是饿，唯一的表达方式就只有哭，女婴的诞生给这一家人带来了不少麻烦，婴儿揪心的哭声使她瞬间清醒。常老师躺在女婴的身边，用手轻轻拍打着盖在女婴身上的被子，女婴居然停止哭叫。她的脑海中一直进行着激烈的思想斗争，她起身把女婴托付给母亲，骑着摇摇晃晃的自行车回到家里，没有开灯，在一片漆黑中躺在卧室的床上。丈夫到乡下还没有回到局里，十一点了她听见汽车进院子的声音，之后又听见丈夫每次开门惯有的叫喊声："下班回家啰。"丈夫开灯走进卧室，看见妻子躺在床上，他急急忙忙上前问道：

"哪里不舒服？"

常老师起身上前，将字条摔到丈夫的脸上，破口大骂："道德败坏，等着双开，去坐牢吧。"

丈夫感到莫名其妙，一头雾水，不清楚妻子今天怎么了。丈夫心想切不可与她斤斤计较，看样子她心情不妙，自己必须笑脸对待。他笑吟吟地上前抱抱常老师，正要查看字条写的内容，探问究竟时，电话响个不停，他拿起电话一听："办公室的婷婷在宿舍里自杀身亡。"

他失魂落魄地连帽子都没有戴往警局跑去，忧心忡忡地想怎么给省厅孔厅长交代，一个风华正茂的女孩，年轻党员，一个国家正规大学的毕业生，一个工作不到一年的警官，竟然绝望自杀，到底为什么？他沉默着、惋惜着、心疼着、疑惑着，泪水一个劲儿地从脸颊往下流。常老师借送帽子的理由到了警局，看到办公桌上婷婷留下的遗书："活着太累，死是一种解脱。"常老师小心地看了丈夫一眼，他正在发呆，眼睛里有着看不见的东西，也许他正在思念着婷婷。常老师转身离开办公室，心想丈夫像有良知的小偷，因为一时冲动拿走了别人的东西，但是不能昧着良心将那件东西据为己有。

天已黑，有好多好多的星星，它们团成一个个的圆圈，从远处飘过来，近了，才发现是一个个窗户射出来灯光。

常老师找到一个饲养山羊的老农家里，每天订购一斤鲜奶送往婆家。从此，残酷的现实令她疲惫不堪，真正的家庭生活突然把她从浪漫的幻想中拉回来，好比在准备扒窃的小偷被人当场抓获一样，揪心、难堪和尴尬在她心里展开了最复杂的一面。她想到名誉比什么都重要，既然上级平息了此事，她便默默地将巨大的痛苦往肚里咽。反复权衡利弊后，她不想对丈夫说三道四，不忍心看到儿子不认父亲的画面和他蔑视的目光。她只能保持沉默，对于没有任何心理准备，没有任何感情基础的女婴，常老师开门见山，单刀直入地对公婆说：

"这女婴是你儿子和下属婷婷生的,我不忍心把她丢在外面。"

老人听到此话,看看炕上的婴儿,开始对儿子实行全面的批评:"你丧尽天良,不要脸面,你怎么面对妻儿,我们全家的脸面往哪里搁?你枉为公安战士……"老人面对的的确是事实的真相,他们委婉地开导儿媳说:"那个女警官没有背景,不是为了爱情,也不是为了友情,而是一种需要,一种情感的交换,说的赤裸一点就是一桩买卖不成丢了性命。所有的秘密包不住了,她生下女婴,喝农药丧命,没有了结局,造孽呀。"

老人想到,父母是小生命的依靠,幼小的她没有妈妈,人老的时候孩子是父母的依靠,儿子、儿媳又多了一分力量,时空更迭,角色对换,都是一个道理,目前只有他们老两口挺身站在最软弱的一边,迎接现实的挑战。常老师觉得丈夫的作为真把她的感情挖空了,想起他的行径就足够打消她的一切关怀和温存。

丈夫有口难辩,解释不清楚,一口黑锅压身低,家人骂他,埋怨他,夫妻感情出现了严重的裂痕,他不知根源何在,问题何在。他们分居了,常老师起初睡在书房,丈夫正常睡在卧室,他心疼妻子,求儿子帮忙换位,他睡在书房,而妻子睡在卧室。然而常老师把卧室的门牢牢锁住,钥匙始终不离她的腰带,他们的婚姻缺乏了温情,开始了冷战,她像变了一个人似的,变得冷漠,变得疏远,丈夫对她似乎也失去了意义。

所有的温情在日复一日的摩擦中日渐淡薄,家的温度愈来愈低,气氛也不似从前那般和谐美满,十分平静,常老师对丈夫不屑一顾,使他孤独无援。丈夫期望常老师打他,像以往那样打架、怄气,毕竟夫妻间打是亲骂是爱,然而家里一切都是死气沉沉的,无声无息,静悄悄的跟莫斯科郊外的晚上似的,只有锅碗瓢盆相互碰撞时的声响和儿子叫爸妈的声音。他仔细琢磨了一下,请亲友、密友帮忙周旋,两人虽然促膝,四目相对,彼此也只是呆呆地僵坐着,无济于事。他在继续努力挽回妻子的感情,即使知道她爱憎分明。常老师爱他的时候温柔得一塌糊涂,甚至丧失理智都无怨无悔。而今却对他不闻不问,他换下的衣服被丢弃在卫生间的角落,书房桌子上的暖水瓶再没有被热水温润过,厨房再没有剩饭等着他。他决定默默地拿起笔来重操旧情,一天一封甜言蜜语的话仍然使常老师无动于衷,丈夫想她的力量在家庭毕竟是无穷的,他没有办法在家庭中与之抗衡,吃亏的永远会是自己,心中装着事业又唯恐失去了她,今生今世她都是自己唯一的伴侣。丈夫坚持在常老师面前嘘寒问暖,经常提前下班骑自行车到学校门口接她,她拒绝坐上自行车的后座,丈夫只好推上自行车跟在她屁股后面。如果遇上熟人,常老师停止脚步,丈夫便疾步上前,两人像在悠闲地散步。此时丈夫抓紧时间和她交谈,一再解释自己没有迷失灵魂,常老师听不进去,他的努力并没有任何效果。

常老师此时的心像一片湖面,无论是云朵还是孤鸿,只要被其照临都会留下许多痕迹,而心最忌讳的是怨恨,眼前的丈夫给她添了不少堵。只有时间才能证明两人的深厚情谊,看样子丈夫也只好与她分处两地,才能躲避妻子的烦恼。想让妻子焦躁不安的心平静下来,只有日日夜夜不出现在她的面前。主意已定,调令下来离开家的那天,他用爱惜的目光看着,当着家人的面前拉住常老师的手,常老师双手颤抖,声音也颤抖地说道:"许多罪恶都是源于有正义理由的邪恶,我最痛恨那种邪恶,你走吧,永远别回来。"

每逢各自的单位召开表彰大会,夫妻两人都愿意抽空同时出席,在《最亲爱的人》文章中常老师用渲染的文字把丈夫描写得既光彩又亲切,如果说这是一种弥补的反常心理,那也赚得了人们的相信,毕竟在别人眼里常老师是个把爱情、家庭、事业和谐统一在一起的女人。多年以后的一天,丈夫在地方电视露面,常老师注意到了,可她不知所措,想了许久到底该送什么礼物给丈夫,但终究还是不了了之。丈夫现在爱吃米饭、馒头还是面条?喜欢女孩还是男孩?她一无所知。

丈夫似乎只是一个可有可无的符号,原来每次在外人面前把丈夫的名字叫得那么响亮是因为内心的空虚,夫妻之间的冷战自七十年代初燃起,已经延续了十多年。一九八三年,李浩然调到北京和基层同事告别时,知道了他们夫妻的矛盾,朋友虽然相劝,夫妻各自口头答应和好如初,但实际上常老师对他依然冷若冰霜,李浩然亲自分别和他们夫妻交谈寻根探源,他们越谈越乱,越乱越烦,纠结不堪。夫妻俩所遇到的问题恰如一团乱麻,李浩然寻思其实只要理出头绪,不难找出问题的症结。李浩然单独和很沮丧的常老师丈夫深谈,那位丈夫回忆当时婷婷自杀以后,他第一时间给孔厅长打去电话,对方居然回答"好,好,好",令他感到莫名其妙。李浩然心中明白这难于解开的疙瘩是必须清理的症结,李浩然到了北京以后不负使命,调查事情的原委,做了女婴的DNA鉴定,女婴竟与常老师的丈夫毫无瓜葛,是已归西天三年的孔厅长的骨肉。常老师自愧多年折磨丈夫的心灵,半夜起身做了丈夫爱吃的食品,带上搁置已久未织成的毛背心,并给丈夫购买了不计其数的新内衣裤、袜子,刻不容缓地赶往丈夫身边,像是要把冷落丈夫十几年的愧疚全部补上。

太阳初起,常老师坐上第一趟班车,来到千里之外的深山县城。整个县城被笼罩在一片昏黄之中,路边的花坛里花心染满了沙尘,在漫天尘沙的天气中来到丈夫任职的单位,她要完成一次心灵的释放。谁知丈夫自驾车巡逻于丛林旷野之中,深入到了偏远村庄的农户家里,因要了解贫困地区的治安变化,化解人与人之间的纠纷和冲突,稳定最为动荡险恶的地区,他几乎每一天都在村庄中穿行。黄昏降临,夜幕深沉,大地寂寞无声。此刻的常老师枯坐惆怅,深夜十一点赶织着丈夫的毛背心,孤独和寂寞也将丈夫紧紧包围。

常老师羞愧地躲在招待所房间的窗前,看着对面房间孤零零的他,坐在窗前的办公桌子旁边,喝水,吃着饼干,读着文件。她看着窗外,想到曾经多少次和丈夫共守窗前,多少次相拥着迎接黎明,如今却落得一丈之远不敢上前,一刹那间,往日的恩爱全涌到她的脑海中,以往很少想到丈夫的种种优点,现在回想起来,他的确是个难得的好丈夫。常老师走出房间,望着天上寥寥无几的星星,心疼丈夫的苦涩涌上心头,想到了许多平日里根本不会触及的问题,想到亲人,双方父母离去的悲伤,儿子进入大学的喜悦,心里重新装满了与丈夫的情感和回忆。她竟清清楚楚地回忆起以往和丈夫之间温婉的恩爱,后悔现在处于分隔两地的境地。全是因为她的纠缠,她不再迁怒,不再抱怨,让心灵化作一只候鸟起飞……

想到常要身处野外的丈夫,想到和不法分子对抗的险恶之境,常老师无法预料哪一刻在哪一片丛林,丈夫会倒在哪一个亡命之徒的枪口之下,她这才意识到自己祸患了家庭,屈辱了丈夫,造成丈夫思绪如麻,剪不断,理还乱……刺耳的电话铃声打断常老师的思绪,丈夫接听电话后匆匆起身出门，她有意躲避丈夫的视线蹲在树丛的后面，无意间触摸到从不离身的卧室房门的钥匙，她从腰带上取下来，置于手上细细端详，借着灯光银色的钥匙闪烁发亮，匙齿山丘般的起伏犹如她此刻的心情。此时此地，她想到这把小小的钥匙牵引着她的愚蠢、狭隘、偏见、自私，想起丈夫往日开启卧室门时，轻轻地，随着那清脆洪亮的声音，打开门的便是他们温馨的大床。多少年来，它已成为他们生命的组成部分，庇护着他们走过风风雨雨，甜甜蜜蜜……

她自责道："我们的卧室，往日平静安逸，竟然让这把小小的钥匙隔离了我们的夫妻情分。"常老师拿着它久久凝视，责怪它在无形之中造成他们夫妻对立，把丈夫挡在外面的居然是一把钥匙，小小的钥匙成为她对丈夫的愧疚，她又把它揣在怀里漫步往招待所的房间走去。她片刻转身快步来到丈夫的门外，用尼龙线把钥匙悬坠在门把上，想着如果丈夫一开门就会发出叮当响的声音，犹如她的声声呼唤，意味着和平、亲人与爱意。

他们对对方的爱，延绵不断，永远不断地加深，常老师自愧于种种往事，心酸流泪。她最终来到丈夫的身边与他融为一体，他们夫妻和好如初，李浩然的帮助功不可没。

二〇一五年四月二十一日，春花烂漫正当时，李浩然坐车护送夫人回浙江入土为安。入土为安是对夫人无尽的疼惜、思念、追忆、缅怀；入土为安是对夫人的情感中最为神圣的升华；入土为安是对夫人一种神圣的敬慕之情。李浩然亲自送夫人更是为了尽心地呵护她，唯恐轻视委屈了她，更为忠心地恪守曾经对她相许的诺言，唯恐她受到怠慢。

我随同车队赶往北京机场，陆续又来了许多人。今天李浩然真正是痛苦中的超脱，遗憾后的达观，困扰里的潇洒，忙碌中的从容。让春风拂去他心灵的疲惫，让快乐拨动他那受伤的神经，他也明白了生老病死是自然规律，凡人不可抗拒。

"啊，朋友们。"有人对着车窗外高呼，"放下忧愁，才能得到轻松的心情，昨天已成为历史，唯独今天，唯独此刻，才是我们活着的人开开心心、快快乐乐享受大自然的时候。"

一个小时之后，大家一前一后陆陆续续地坐在机场的大厅，我茫然地望着略显苍白，身形憔悴，不再那么挺拔的李浩然，自己也不明白为什么心里如此酸软。坐在那心神不安，我站起身来走到屏风后面，呆呆傻傻地盯着墙壁上的画面，当李佳姐拉住我的手时，我才回过神来。她邀请我说："请你夫妻一定到浙江来玩，我们随时恭候。"

我也顺口敷衍道："我会到杭州去看望你们的。"

李浩然看着我微笑着，只有我知道在这淡淡的微笑中，饱含着无限的旧友情和无奈，我仍兴奋地点着头，可是我们两人的视线极易相遇，导致紧张感不断增加，我与他延续了友情，更加深对他的了解……我的内心世界有许多新奇的感受，学到许多有用的知识，产生一种赏心悦目的快乐。我迅速转过身去，无端地落下泪来，脸上的眼泪使我感到羞愧，便即刻背过身去擦得干干净净。

李浩然是一个富有责任心的人，这不免让我对他产生了一种温情的崇敬，我对李佳姐恳请道："姐姐，李主任的老年全靠您费心了。"

李佳姐抱抱我，深切地说道："碧清，放心吧，我们是他的亲人，不会让他孤孤单单的，每天都有专人陪着他，况且家里还有服务生。空闲时麻烦您常来电话和三哥叙叙旧，让他开心开心，拜托了。"

我点点头，她开心地笑了笑。她的话我认可，李浩然的生活环境比我优越，还有儿孙妹妹等亲人相伴。可是我对他的牵挂却是因为亲人们有自己的家庭，有自己的工作要做，不论多么孝顺的子女，都不能昼夜相伴。保姆和服务生是经济关系，经济关系永远代替不了老伴间的感情，"老伴"这二字真是令人动容的字眼，它的内涵不仅仅是爱，更是一种无可取代的地位。他失去了老伴，没有了精神的依赖，而我虽不是穷途潦倒的处境，却有老伴互相搀扶着。

此时李浩然的大儿子夫妻俩气喘吁吁地来到他父亲面前，两人手里捧着大把灿烂的迎春花，仿佛整个春天都要握在他们父亲的手里一样，夫妻俩把那捧花献给他们的父亲说：

"爸爸我们一味地忙碌，遗忘了您今天的行程，刚从境外飞回来，下了飞机就匆匆忙忙赶来了。"夫妻两人同时拥抱了李浩然表示歉意。

李浩然被这突如其来的幸福烧红了脸，他对儿子、儿媳说道："独乐乐不如众乐乐。"儿子儿媳跟在李浩然的身后，亲手将他们怀抱的迎春花，一枝一枝地分发给在场的每一个人，这何尝不是一种美丽的场景呢。在他那严谨的外表下，向大家展现了一颗美丽的心，这何尝不是一种高尚的境界。

当我看见李浩然坐在远处的人堆里，默默地望着我们，他想说什么，动了动嘴唇却又什么也没说。临别时他起身走到我和刘大姐跟前，站立了几秒钟突然低声叹了两口气，上前拥抱了我的老伴，继而双手拉住夏苏敏和我拥到他胸前，久久不松开。那么多陌生人注视着我们，虽然是礼节性的拥抱，但让我的脸通红了好一阵。

久别重逢，今天又要分别，彼此对对方难忘的是满怀深情的友谊，还有一份鼓励。相拥那一刻，似一缕清风拂过宁静的心境，从此忧郁的灵魂将不再寂寞，我感受到了心灵强烈的颤动和震撼，让我们彼此珍藏心中相拥的记忆，衷心祝福李大哥的老年宁静平安。苏敏挣脱他的怀抱继而双手拉住他的手说："大哥，嫂子安顿好后，尽快返回北京，我们还有'重任'。"

李浩然连连点头，流露出肯定的语气："重任，重任装在这里。"他指着自己的胸膛，两人击掌定音，禁不住脸上罩上欢喜，容光焕发了起来。众送行者恍然一乐。

吕小明在疑惑之中大声问苏敏："你们两人卖的是什么关子？什么重任？高深莫测的。"

夏苏敏拍拍吕小明的肩膀说："我们老了给后人留点感悟，发现适合自己的道路，能增添活力，又对身心健康大大有益，我们必须迈出第一步，伸手改变自己身边的人，还能带来好处。帮助绝望、恐惧的人挖掘自身的价值和潜力，享受时代变化带来的安然、轻松、自在。"

李浩然若有所思地说道："楚楚女士拿出五十万元作为爱心小屋牵头基金，它的宗旨是给弱势人提供一个充满欢笑和展现情谊的平台，我和苏敏积极支持并参与这一善举。在永恒轮回的今天，我们的一举一动必须都要承受着沉重的重任，在这一背景下，发挥自我优势，可让家庭和谐平安，心中没有恐惧感。"

刘大姐疾步上前握住李浩然的手说："大哥一路保重，盛年的我也想加入到你们的重任之中做义工。"

207

李浩然斩钉截铁地回答："欢迎你刘教授,像你们这样的人才多多益善。"

苏敏郑重其事回答道："在人生的旅途中,会遇到各种障碍、河流、高山无法逾越,只有绕道而行或者另辟蹊径。在这过程之中需要有人指点,有平坦的大道,也有未开发的原始森林,走不出误区,甚至迷路,需要有人带领他们拿出勇气、力量,积极地行动起来,拿出冲天的干劲,挖掘自身的潜力,到达理想的彼岸,否则将陷入绝望的泥潭。"

李浩然兴冲冲地补充道："随着都市生活日趋紧张与繁忙,人的心里不免增添困惑与无奈,让他们宣泄又不会感到尴尬的忏悔屋,会迅速出现在人们的生活中,只要倾诉合理,人们会领到合理的资助或者帮助。"

苏敏又详细地介绍了爱心小屋的宗旨："帮助需要的人放弃懒散,丢掉依赖,走出生命的沼泽。"

吕小明饶有兴趣地参与说："在我们周围,一幕幕无奈又心酸的悲剧随时发生,他们经受着炼狱般的痛苦,他们像一叶漂泊在人生大海之中的孤舟,帮助他们找到避风的港湾。有我一员可以吗?"

李浩然和夏苏敏异口同声道："欢迎,欢迎你成为一位铁杆干将,老黄牛。"

全场哈哈大笑,笑声充满了大厅上空,淹没了电视播放的音乐声,人们纷纷来到李浩然和夏苏敏的身边。

吕夏凡牵手妻子兴高采烈地说："这些虽然是小小善举,宛如寒冬墙角的朵朵腊梅,唤起弱者的希望,让他们相望温暖的春天,保持信仰和力量。我赞助五万元。"

吕夏梦夫妻不甘心落后说："这样的善举,能向周围弱势群体提供快乐,扩大需要帮助的人们的范围,我们赞助十万元。"

送行者纷纷表示有钱出钱,有力出力,对我来说,这一切我都无能为力,我什么话也没有说,静静地看着他们情不自禁地兴奋。一转身从李浩然那忧虑的眼神中我又看到了他仍在伤感,我报以感激的微笑,微笑中凝聚着对他的崇敬,一种怜惜和愧疚涌入我的心中。

我目不转睛地凝视着他转身走进安检口,他一直往前走,没有回头,他的背影在我们的视线中消失,我的心灵受到许久未有过的震动和撞击。他在待人处事方面沉稳、宽容、和平、幽默、友善、冷静和优雅,我对他的那份愧疚之心,永远装进我的内心深处。

仰望飞机冲上蓝天,我的泪水再次奔腾。